KB156606

帝王燕

제왕연 19
ⓒ지에모 2021

초판1쇄 인쇄	2021년 5월 31일
초판1쇄 발행	2021년 6월 15일

지은이	지에모芥沫
옮긴이	이소정

펴낸이	박대일
편집	이문영 · 박지해 · 임유리 · 신지연 · 이지영
마케팅	임유미 · 손태석
일러스트	흑요석
디자인	박현주
교정	김미영

펴낸곳	파란미디어
출판등록	2004년 9월 14일 제313-2004-00214호

주소	03992 서울시 마포구 동교로23길 14 국제빌딩 6층
전화	02.3141.5589 영업부 070.4616.2012 편집부
팩스	02.6499.5589
전자우편	paranbook@gmail.com
카페	http://cafe.naver.com/paranmedia
인스타그램	@paranmedia

ISBN	978-89-6371-896-5(04820)
	978-89-6371-821-7(전21권)

제
왕
연

19

帝王燕

지에모芥沫 지음 — 이소정 옮김

파란

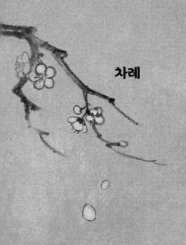

차례

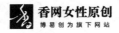

너마저 나를 배반하고

비연이 고운원에게 멈추라고 명령했고, 고운원은 발걸음을 멈췄다.

이 순간 고운원의 입 가장자리가 가볍게 올라가 있었다. 그러나 그가 몸을 돌리는 순간에는 이미 오만하고 사악한 표정으로 돌아와 있었다.

비연은 완벽히 확신할 수는 없었지만 제 짐작이 과히 틀리지 않았으리라 생각했다. 그녀가 외쳤다.

"약왕정이 완성되지도 않았는데 내가 어떻게 약왕정과 계약할 수 있었지? 그리고 어떻게 약왕정을 장악할 수 있었던 거야? 그건 아마도…… 내가 그때 약왕정이 아닌 당신과 계약했다는 얘기겠지!"

고운원이 큰 소리로 웃기 시작했다.

"하하! 본존은 이 생애에 너 하나만을 제자로 들였다. 그리고 너는 본존을 부끄럽게 하지 않는 제자로구나! 다만 안타깝게도 너무 늦었다!"

고운원은 아주 잘 알고 있었다. 그는 지금에야 비연을 제자로 인정하고 그녀 앞에서 약왕정의 신화를 조종해 보였다. 숨기지 않았다면, 비연은 아마 한참 전에 약왕정의 비밀을 알아챘을 것이다.

일단 그녀가 그에게 명령할 수 있다는 것을 알았으면 고운원으로서는 그녀의 뜻을 거스를 수 없었다. 그랬을 경우 그가 바라는 모든 것을 이룰 수 없을 터였다.

비연은 그에게 명령할 수 있다는 사실을 깨닫지 못해, 수차례 그에게 간청하곤 했다.

이제 그녀가 명령할 수 있다는 사실을 깨달았다 해도 이미 늦었다. 고운원은 남아 있는 비밀을 알아낼 기회를 그녀에게 주지 않을 작정이었다.

고운원이 뒤로 물러나며 계속 말했다.

"네가 적령석을 약왕정 안에 넣은 그 순간부터 나와의 계약은 깨어진 셈이다! 하하! 애야, 사부가 너를 10년 동안 키워 준 은혜에 보답할 때가 왔다!"

말을 마친 그가 몸을 돌려 불길 깊은 곳으로 달려가자, 비연이 다시 큰 소리로 명령했다.

"고운원, 멈춰! 명령이다! 거기 서!"

고운원은 한번도 돌아보지 않고 계속 달려 곧 불길 속으로 사라졌다. 그렇다. 이제 그녀의 명령은 아무런 효력이 없었다. 계약은 이제 존재하지 않는 것이나 마찬가지였다.

그러나 비연은 도무지 알 수 없었다. 적령석이 약왕정에 들어오는 순간 계약이 깨졌다고? 그렇다면 지금 그녀는 약왕정과 대체 무슨 관계인 걸까? 어째서 그녀가 약왕정 안에 머물 수 있는 걸까? 그리고 대체 어떻게 약왕정의 신화를 조종할 수 있는 걸까?

그리고 고운원은? 지금 그와 약왕정은 대체 무슨 관계일까?

이것은 아마도 고운원 최대의 비밀일 것이다. 그리고 반드시 봉황력과 관계가 있을 것이다!

비연은 바로 그를 쫓기 시작했다. 곧 봉황력의 존재를 느낄 수 있었다. 심지어 힘을 들여 소환하려 하지 않아도 봉황력이 그녀에게 도움을 청하며 발버둥 치고 있다는 사실을 느낄 수 있었다!

비연은 더더욱 빠르게 달려갔다. 그녀 앞 불길이 유난히도 격렬하고 거대하게 타오르고 있었다. 화염은 마치 피와 같은 붉은빛, 고운원의 미간에 보였던 그 붉은빛이었다!

비연은 점차 주변의 모든 것을 제대로 볼 수 없게 되었다. 고개를 돌려 보니 등 뒤로도 온통 핏빛 불길이 타오르고 있었고, 약초밭으로 가득 찼던 숲도 이제는 보이지 않았다.

그녀는 문득 이 불길이 더욱 거세지리라는 느낌을, 영원히 꺼지지 않을 거라는 느낌을 받았다. 아니, 이 불길은 약왕정 안 공간의 모든 것을 불태울 것 같았다!

설마 이 공간이 약재를 저장하기 위해 마련된 것이 아니라, 약왕정을 완성하기 위해 존재했던 것일까?

그래서 적령석이 약왕정에 들어오는 순간 약왕정이 완성된 걸까?

저 붉은 피와도 같은 불길이 9품 신화일까?

약왕정이 완성되면 그녀와 고운원의 계약도 깨어지는 것일까?

그렇다면 대체 누가 약왕정의 주인이 되는 걸까?

약왕정에 주인이 둘일 수는 없다!

비연은 생각에 잠긴 채 계속 앞을 향해 걸어갔다. 그녀 앞쪽의 불길은 이미 눈을 찌를 듯 붉어져 있었다. 계속 밀려오는 열기가 아니었다면, 비연은 자신이 불의 바다가 아닌 피의 바다에 빠졌다고 착각했을 것이다.

그녀는 계속, 계속 걸었지만 마치 그 자리에서 맴돌고 있는 것처럼 도무지 끝에 다다를 수가 없었다. 붉은 불길이 그녀를 어지럽게 했다.

비연은 문득 의심스러운 마음이 들어 발걸음을 멈췄다!

고운원은 그녀와 봉황력의 힘을 빌려 약왕정을 완성했다. 그렇다면 지금 혹시 그녀와 약왕정을 두고 다투려는 것은 아닐까? 그는 분명 그녀를 이곳으로 유인했다!

비연은 뒤로 물러나기 시작했다. 그리고 다시 봉황력을 소환해 보았다! 봉황력이 돌아오지 않자 다시 한번 소환했고, 두 번째도 되지 않자 계속 시도했다.

그녀가 다섯 번째로 소환했을 때, 봉황력이 갑자기 앞쪽 불바다에서 하늘을 향해 날아올랐다! 거대한 봉황허영이 마치 봉황이 다시 태어나듯, 불길 속에서 봉황력을 따라 하늘로 비상하기 위해 날개를 활짝 폈다.

그러나 봉황허영은 마치 이 불길 속에 갇혀 발버둥을 치고 있는 것 같았다! 그와 동시에 뜨거운 화염이 갑자기 사방팔방을 향해 흩어졌고, 열기가 용솟음쳤다.

비연은 제 영혼마저 타 버리는 듯한 감각에 몸을 떨었다! 그녀는 이 열기를 도저히 견딜 수 없었다!

그녀는 재빨리 불길에게 물러나라고 명령했지만, 불길은 계속 그녀를 덮쳐 왔다.

그렇다. 그녀는 이제 약왕정을 제어할 수 없었다!

그녀의 추측이 옳았다!

약왕정이 완성되었고, 비연과 고운원의 계약은 효력을 잃었다. 그들은 약왕정을 연성한 사람들이었지만, 약왕정의 주인이 둘일 수는 없었다. 그러니 그들 중 한 사람만이 남을 수밖에 없었다!

그녀가 이긴다면 사람도 귀신도 아닌 고운원은 살아남지 못할 것이다. 만약 그녀가 진다면…… 그녀는 어떻게 될까? 어쨌든 지금 그녀의 몸이 약왕정 안에 들어와 있는 것은 아니었다!

비연에게는 지금 많은 것을 고민할 여유가 없었다. 밀려오는 열기를 피하지도 않았다! 그녀는 도망칠 수 없었다. 설령 고운원을 상대할 수 없다 해도, 결코 도망을 선택하지는 않을 것이다!

봉황력이 눈앞에 있었다. 그녀가 약왕정을 승급시킨 목적은 바로 봉황력을 다시 돌려받기 위해서가 아니었던가. 지금 돌려받지 않는다면 또 언제 받는단 말인가.

비연은 발걸음을 멈췄다. 뜨거운 열기가 훅 끼쳐 왔지만 그녀는 고개를 들어 하늘로 날아오르려고 하는 봉황허영을 바라보았다. 그리고 다시 한번 정신을 집중해 소환했다!

봉황력이 그녀의 소환에 응하듯 불길 속에서 더욱 격렬하게 발버둥 치기 시작했다. 그러나 결국은 헛수고였다. 하늘을 향해 올라가는 불길이 마치 거대한 뱀처럼 봉황허영을 속박하고 있었다. 봉황허영이 몸을 꿈틀거리자 그 뱀 같은 불길이 흩어지는 듯했으나 곧 되돌아왔다.

비연은 계속 시도했다!

이때, 불길이 그녀에게 아주 가까이 접근해 있었다. 열기 때문에 그녀는 이제 눈도 뜰 수 없을 정도였다. 그녀는 마음을 단단히 먹고, 차라리 눈을 감은 채 계속 소환했다!

바로 이때, 봉황허영이 갑자기 모든 불길의 속박에서 벗어나 몸을 돌리더니 비연을 향해 지극히 빠른 속도로 날아왔다.

쿵!

거대한 굉음이 들렸다. 비연이 재빨리 눈을 뜨고 의아한 눈빛으로 바라보았다. 왜냐하면 봉황력은 그녀에게로 돌아오지 않고, 그녀를 관통해 지나갔기 때문이다.

이건…….

봉황력이 그녀를 배반한 걸까?

비연이 돌아보았다. 봉황허영이 마치 한 마리 봉황처럼 그녀 등 뒤에 착지하더니, 온몸을 불태우며 언제라도 다시 비연에게 달려들 듯 꿈틀거렸다.

비연은 의아한 표정으로 중얼거렸다.

"설마…… 너마저 나를 배반하는 거야?"

그녀의 말이 떨어지는 순간, 봉황이 날개를 펴더니 그녀를 향해 날아왔다. 그와 동시에 비연의 등 뒤에서 열기가 훅 끼쳐 왔다. 그렇게 두 갈래의 뜨거운 불길이 비연을 덮치고 있었다!

이 순간 약왕정 밖에서는 혼절해 있던 비연이 사납게 피를 토해 냈다. 이마에는 땀이 가득했고 온몸 뜨겁게 열이 오르고 있었다. 미간을 꽉 찌푸리고 있는 것이 아주 고통스러워 보였다!

전다다는 안 그래도 비연이 이상하다는 것을 눈치채고 있었다. 그러나 이야기를 할 사람이 없었다. 헌원예 일행은 모두 이미 부상당했고, 여자들은 기진맥진해서 금방이라도 무너질 듯했다…….

봉황화

당정을 포함해 여자들은 기진맥진해 제대로 서 있지도 못하고 비틀거렸다.

고칠소를 비롯해 남자들은 그래도 버티고 있었다. 그들은 한 무리가 포위 공격하고 다른 무리가 기습하는 형태로 군구신이 건명력을 소환하지 못하도록 견제하고 있었다.

고칠소, 영승, 아금은 칼이나 창 같은 병기로 근거리에서 결투를 벌였고, 목연은 영술로 계속 위치를 옮겨 가며 공격해 군구신의 주의력을 분산시켰다. 그리고 당 가주와 헌원예는 암기와 화살로 기습했다.

그들의 공격은 어수선하고 무질서해 보였지만, 실제로는 물샐 틈 없이 군구신을 압박하고 있었다. 그러나 그것은 진법과 마찬가지로, 한 번이라도 실수하면 그대로 무너질 수밖에 없는 방식이었다. 그들은 정신을 집중하고 끝까지 버텨야 했고, 군구신은 어떻게든 돌파구를 찾아내야 했다!

인정하지 않을 수 없었다. 군구신은 그들의 사정을 전혀 봐주고 있지 않았다. 그는 정말로 죽기 직전까지 압박받고 있었다. 그러나 그는 아직 한참 더 버틸 수 있었고, 헌원예 일행은 얼마나 버틸지 알 수 없는 상태였다!

이 순간 군구신은 자신보다는 비연을 더 걱정했다. 그녀가 아프지는 않을까? 그녀가 고통스럽거나…… 부상을 입으면…….

실제로 비연의 몸은 점점 더 뜨거워져 전다다는 이제 그녀를 안고 있을 수도 없을 지경이었다. 바닥에 눕히는 순간, 비연의 미간에 화염 모양의 표식이 떠오르더니 희미하게 붉은 빛을 내뿜기 시작했다. 전다다는 당황하여 나지막한 목소리로 외쳤다.

"연아 언니! 연아 언니!"

비연은 전혀 반응하지 않았고, 전다다는 경악하여 어머니를 바라보았다. 그러나 어머니를 비롯해 여자들 모두 군구신을 노려보고 있었다. 그들은 휴식을 취하는 와중에도 군구신을 공격할 틈만 노리고 있었다.

어떻게 해야 하지?

비연을 도울 수 있는 사람은 없었다. 어머니며 다른 이들을 불러온다 해도 아무 소용 없을 것이다. 게다가 괜히 아버지 일행을 놀라게 했다가는 군구신이 돌파구를 찾아낼 수 있었고, 그렇게 되면 모든 것이 끝이었다!

전다다는 생각하고 또 생각하다가 결국은 아무도 부르지 않고 혼자 비연을 지키기로 했다. 그녀는 잠시 비연을 지켜보다가 귓가에 대고 속삭이기 시작했다.

"연아 언니, 버텨야 해! 우리 거의 한계까지 온 것 같아! 우리는 언니에게 희망을 걸고 있어! 그러니까 어서 깨어나……."

이 순간 약왕곡을 포함해 약왕정 안의 모든 공간은 불길에 휩싸여 있었다!

비연의 추측은 틀리지 않았다. 이 공간은 약초를 재배하기 위해 만들어진 곳이 아니라 약을 연마하기 위해 만들어진 공간 이었다.

비연은 눈을 감은 채 불길 속에 누워 있었다. 정신을 잃은 것처럼 보였지만, 실제로는 봉황력에게 속박당해 꼼짝도 할 수 없었다.

불길은 계속 이글이글 타올랐다. 그녀의 몸은 멀쩡해 보였지만 실제로는 무어라 형용할 수 없이 고통스러웠다. 마치 그녀의 영혼이 조금씩 타들어 가 재가 되는 중인 것 같았다. 이렇게 영혼이 불타 없어지면, 그녀는 그대로 죽게 되는 걸까?

어째서?

어째서 사부는 그녀를 이용한 걸까?

어째서 고남신은 그녀와 적이 되기로 한 걸까?

어째서 태어난 순간부터 그녀를 지켜 주던 봉황력마저 그녀를 배반하려 하는 걸까!

비연의 의식이 점차 흐려졌다. 스스로에게 질문을 하나하나 던질 때마다 그녀의 의지는 점점 더 약해졌다. 차라리 자고 싶었다. 아무 일도 벌어지지 않았던 것처럼, 잠에서 깨어나면 모두가 반겨 주는 집으로 돌아갈 것처럼.

자자. 잠이 들면 이렇게 아프지 않을 거야.

비연이 잠에 빠지려는 순간, 그녀의 귓가에 전다다의 목소리가 들려왔다.

"연아 언니, 어서 깨어나! 연아 언니, 우리는 이제 버틸 수가 없어! 연아 언니, 솔직하게 말할게. 오라버니가 백리명천에게 먼저 손을 쓰게 했어. 우리 모두에게는 이제 퇴로가 없어. 언니가 깨어나지 않으면…… 우리 모두 함께 죽게 될 거야!"

이 말을 들은 순간 잠에 빠지려던 비연이 사나운 기세로 정신을 차렸다.

그리고 이 순간, 전다다가 갑자기 비명을 질렀다.

"악……!"

어찌 된 일일까?

약왕정 밖에서는 군구신이 당리가 날리는 암기를 받아쳐 내고 있었다. 그 암기가 공교롭게도 목연의 어깨를 맞혔고, 목연은 그대로 멈출 수밖에 없었다. 그 틈에 군구신이 단숨에 장풍으로 그를 날려 버렸다!

평형을 유지하던 국면이 깨졌다!

헌원예는 그사이에도 화살을 여러 대 날렸고, 고칠소도 검을 들어 군구신을 사납게 찔러 갔다. 그러나 이미 늦었다.

군구신이 검을 뽑아 몸을 돌리더니 검날로 고칠소의 검을 막아 내고, 헌원예의 화살을 떨어뜨렸다. 그리고 환영처럼 움직이더니 그들의 포위를 뚫고 헌원예를 습격했다!

다행히도 헌원예가 빠르게 반응해 고칠소 일행이 있는 곳으로 피했다. 군구신이 발걸음을 멈춘 곳은 헌원예가 방금 서 있던 바로 그 자리였다. 그는 건명보검을 든 채 냉랭한 눈으로 그들을 바라보았다.

약왕정 안에서는 비연이 전다다의 비명에 철저히 정신을 차렸다.

비연이 눈을 크게 뜨고 외쳤다.

"안 돼!"

밖에서는 도대체 무슨 일이 벌어지고 있는 걸까?

설마 군구신이…….

비연은 더 생각을 이을 엄두가 나지 않았다. 그녀는 불에 타오르는 고통을 참으면서 몸을 일으켰다. 순간, 거대한 뱀과 같은 불길이 그녀의 발목을 잡아 땅에 쓰러뜨렸다.

그녀는 고통으로 인해 헉, 차가운 숨을 들이마시면서도 이를 악물고 버텼다. 비연이 벗어나려 할수록 불길은 더욱 뜨거워졌고, 이제 그녀는 견디다 못해 몸을 떨고 있었다.

안 돼! 일어나야만 해!

그녀는 말했었다. 절대로 지지 않겠노라고!

오라버니는 스스로와 모두를 위해 퇴로를 마련해 두지 않았으니, 그녀가 길을 만들어야 한다. 전다다의 말이 옳았다. 그녀가 죽는다면 모든 이들이 함께 죽을 수밖에 없었다!

그럴 수는 없다!

그들은 10년 동안이나 그녀를 찾아 헤맸는데…… 그녀는 부모를 구하지도 못했고, 아무 도움도 되지 못했다. 그녀가 지금까지 한 일이라고는 그들을 힘들게 한 것밖에 없었다! 그런데 마지막까지 이렇게 민폐를 끼치게 된다면…….

그녀는 이 이상은 그들을 희생시킬 수 없었다. 그들 중 누구도! 앞으로는 그 어떤 희생도 있어서는 안 될 말이었다!

비연은 이를 악물고 억지로 버티며 천천히 몸을 일으켰다.

그러나!

그녀가 몸을 일으키는 순간 봉황허영이 갑자기 그녀의 등 뒤에 나타나더니 거대한 날개를 펼쳐 그녀를 감쌌다. 그 거대한 날개는 마치 두 개의 거대한 불덩이처럼 순식간에 그녀를 불길에 휩싸이게 했다.

그녀가 불길에 휩싸이는 순간, 주변의 모든 화염이 사라졌다. 사방은 어둠으로 변했다.

비연은 양팔로 자기 자신을 끌어안고 있었다. 몸을 움직이고 싶었지만 움직일 수 없었다. 그녀는 다시 봉황력에게 속박당한 것이다.

대체 어찌 된 일일까?

그녀가 분노하여 외쳤다.

"고운원! 나와! 나오란 말이야!"

마침내 깊이를 알 수 없는 어둠 속에서 고운원이 모습을 드러냈다. 그는 옅은 불빛에 감싸여 있었고, 미간에는 화염 표식이 하나 떠올라 있어 얼핏 보기에는 마치 불의 신처럼 보였다. 그러나 그의 표정은 차갑고 오만하기만 했다.

그가 비연을 흘깃 바라보더니 웃으며 말했다.

"네가 졌다!"

비연은 분노한 눈으로 그를 노려보았다.

고운원이 손을 들더니 그녀의 배를 가리켰다. 비연은 그제야 제 배에서 화염이 하나 불타오르는 것을 발견했다. 화염은 곧 그녀의 전신으로 퍼지기 시작했다. 마치 금방이라도 그녀의 영혼을 불태워 버릴 듯이.

그녀는 전혀 아프지 않았다! 그러나 바로 그렇기 때문에 두려웠다!

고운원이 큰 소리로 웃기 시작했다.

"보아라! 너는 이미 졌다! 하하, 말해 주어야겠지. 이 불은 이제 약왕 신화가 아니라 봉황화다! 네가 무엇 때문에 봉황력을 다룰 수 없는지 알겠느냐? 그것은 봉황력이 이미 사라졌기 때문이란다. 9품 약왕 신화가 봉황력을 태워 봉황화가 되었으니까! 사실 너는 나처럼 그것을 피하기만 하면 되는 거였다. 그런데 너는 네 능력을 가늠하지도 않고 계속 그것을 소환하려 했지. 그러니 그것은 당연히 너와 적이 될 수밖에 없었지!"

비연이 당황하여 중얼거렸다.

"봉황화라고?"

인연을 끊다

봉황화?

비연으로서는 처음 듣는 단어였다.

그녀는 고운원이 방금 한 말도 앞뒤가 안 맞는다고 생각했다.

어쨌든 이 순간, 뜨거운 불에 온몸이 타오르는 듯한 고통과 두통이 함께 밀려왔다. 전다다의 목소리까지 귀를 때려, 그녀는 냉정함을 유지하며 생각을 이어 나갈 수가 없었다.

그러나 고운원의 말 외에는 돌파구를 찾을 도리가 없었다. 그녀에게는 다른 선택지가 없었다.

비연은 어떻게든 고통을 무시하려고 애썼다. 전다다의 외침도 무시하며 정신을 집중했다. 비연이 큰 소리로 물었다.

"이게 당신이 나를 이용한 목적인가? 약왕정을 연성한 진짜 목적이 이거냐고?"

고운원이 큰 소리로 웃기 시작했다.

"설마, 네 스승이 정말 천하의 창생들을 위해 그런 줄 안 것이냐?"

그 광기 어린 웃음을 보며 비연은 무어라 표현할 수 없는 감정을 느끼고 있었다.

고운원이 다시 말했다.

"이 불은 쓰기에 따라 사람을 살릴 수도 죽일 수도 있지. 약을 익힌 자의 손에 들어왔으니 약왕 신화가 된 것일 뿐, 만약 무를 익힌 자의 손에 들어갔다면 병기가 되었을 거다. 다만, 본존이 고른 사람은 절대 이 불을 함부로 쓰지 않겠지! 하하, 본존은 이 불과 처음으로 계약할 사람이 무척이나 기대되는구나. 연아, 그 사람이 군구신이면 어떨 것 같으냐? 본존은 그의 야심에 아주 감탄했거든!"

비연의 증오가 정점에 달했다. 그녀의 눈 속에서 타오르는 분노의 불길은 주변의 불길에 절대 뒤지지 않았다.

그러나 그녀는 제 감정을 억누른 채, 고운원의 말을 한마디 한마디 곱씹어 보았다. 계속 그의 말이 뭔가 이상하다는 생각이 들었다.

고운원이 눈썹을 치켜세우며 그녀를 바라보았다. 그의 얼굴에 어려 있던 웃음기도 점차 사라지며 음산한 기운이 맴돌기 시작했다.

"물론 네 말대로 약왕정에 주인이 둘일 수는 없으니, 이 모든 것은…… 네가 죽어야만 가능해지지!"

비연이 분노한 목소리로 외쳤다.

"아니, 약왕정에 주인이 둘일 수가 없는 것이 아니지! 고운원, 당신은 그때 몸을 약왕정에 바쳤잖아! 나를 죽인다고 해도 당신은 약왕정의 주인이 될 수 없어. 당신은 그저 기령이 되어 주인을 선택할 권리를 얻게 될 뿐이야! 하지만 당신을 죽이면, 내가 약왕정의 진짜 주인이 될 수 있지!"

고운원의 안색이 더욱 음험해졌다. 그가 한 걸음 한 걸음 비연에게 다가오더니 말했다.

"그러면 또 어때서?"

말을 마친 그가 손을 뻗어, 불타오르는 화염을 뚫고 비연의 목을 조르기 시작했다. 비연은 눈을 내리깔고 그 손을 보면서 발버둥 치기 시작했다. 그러나 그녀는 불타오르는 봉황의 두 날개에 속박당해 꼼짝도 할 수 없었다. 할 수 있는 것은 그저 고개를 드는 것뿐이었다.

그녀가 고개를 들자 고운원이 손에 힘을 더했고, 바로 숨이 막혀 왔다.

고운원이 말했다.

"네가 어떻게 본존을 죽일 수 있겠느냐? 너는 지금 곧 죽을 텐데!"

비연의 마음을 채우고 있는 것은 분명 분노와 원한이었다. 그러나 가까운 거리에서 고운원의 음산한 얼굴을 보는 순간, 그녀의 눈에 떠오른 것은 원한도 분노도 아닌, 깊은 슬픔이었다.

비연이 간신히 중얼거렸다.

"알면서⋯⋯. 내가⋯⋯ 그 10년을 얼마나⋯⋯ 얼마나 그리워했는지."

이 순간 고운원의 마음이 어떠한지는 그만이 알 터였다. 그의 얼굴에 그나마 남아 있던 웃음기가 한층 사나워졌다.

"그래? 그렇다면 어서 키워 준 사부의 은혜에 보답하려무나!"

말을 마친 그가 손에 힘을 더 주었다.

"죽어라!"

비연이 눈을 감았다. 그녀는 뜨거운 불이 자신을 태우도록, 고운원이 자신의 목을 조르도록……. 그리고 전다다의 목소리가 귓가에 맴돌도록 그대로 내버려 둔 채, 과거의 수많은 밤처럼 모든 잡념을 버리고 마음을 수련하고 있었다!

고운원의 손이 봉황의 화염을 뚫고 그녀의 목을 조르기 시작했을 때, 마침내 그의 말에 어떤 문제가 있는지 깨달았다.

그녀는 이 어두운 공간에 들어오기 전에 봉황력이 속박된 상태로 발버둥 치는 것을 느낄 수 있었다. 이 공간에 들어와서 봉황력을 부를 때에는 봉황력이 그녀에게 간청하고 있다는 것도 느꼈다. 그리고 그 후, 봉황력이 9품 신화에서 벗어나는 것을 보았고, 봉황허영이 봉황화로 변해 그녀에게로 날아왔다.

고운원은 봉황력이 봉황화로 변했고, 이제는 그녀에게 속하지 않는다고 말했다. 그리고 그녀가 봉황화를 억지로 소환하려 했기 때문에 그녀에게 적의를 품고 공격한 것이라고도 했다.

그 말이 사실이라면, 봉황력이 왜 그녀에게 구원을 청하는 신호를 보냈던 걸까? 그리고 무엇 때문에 고운원이 이리도 쉽게 뜨거운 화염을 뚫고 그녀의 목을 조를 수 있는 걸까?

설마, 이 봉황화에게는 공격력이 없는 게 아닐까?

하지만 봉황화에게 공격력이 없다면 대체 어떻게 그녀를 공격하려 했던 걸까?

결론은 단 하나였다. 봉황화가 그녀를 속박한 것은 결코 그녀를 공격하고 있는 것이 아니었다. 봉황화는 지금 주인을 인식하고, 그녀의 것이 되려 하고 있었다!

비연은 자신의 추측이 옳은지 완벽하게 확신할 수는 없었다. 그뿐 아니라 마음 수련만으로 봉황화가 된 봉황력을 장악할 수 있을지는 더더욱 확신할 수 없었다. 그러나 이런 상황에서는, 가능성이 조금이라도 있다면 거기에 매달려 볼 수밖에 없었다.

비연은 눈을 감고 잡념을 뿌리친 채 자신의 마음을 자유롭게 풀어놓았다. 그다음 자신을 태우고 있는 화염을 느껴 보았다.

그녀가 집중하면 할수록 고통은 더욱 커졌고, 그와 동시에 고운원 손의 힘도 더해졌다. 숨이 막히는 듯한 괴로움이 배로 늘어났다. 그녀의 집중력이 흐트러지기 시작했다.

다시 자신의 숨소리에 집중하기 시작했다. 호흡이 멈춘 듯 너무나 괴로웠다! 가슴 전체가 답답해 오며 그대로 폭발할 것만 같았다……. 그렇게 곧 죽어 버릴 것 같기만…….

아, 안 되는데……. 버텨야 하는데!

그때 약왕정 밖 바닥에는 암기가 잔뜩 흩어져 있었다. 고칠소 일행은 이미 중상을 입어 바닥에 쓰러져 있었다. 아직 버티고 있는 사람은 헌원예뿐이었다. 그는 한쪽 무릎을 꿇은 채 한 손으로 바닥을 짚고 있었지만 다른 한 손으로는 여전히 주먹을 쥐고 있었다.

군구신은 입가에 선혈을 머금은 채 웃고 있었다. 그러다 검을 높이 치켜올리더니 사납게 헌원예를 향해 내리쳤다.

찰나의 순간, 성대한 검기가 헌원예를 강타했다.

"안 돼! 예 오라버니, 어서 피해! 어서!"

전다다가 큰 소리로 울고 있었다.

"안 돼! 안 된다고! 죽이지 마!"

그 순간, 이미 가사 상태에 빠져 있던 비연이 사나운 기세로 정신을 차렸다.

오라버니?

안 돼! 그럴 수 없어!

갑자기 비연이 눈을 떴다. 봉황력이 갑자기 폭발하더니 화염에서 벗어나 봉황허영이 되어 하늘 높이로 날아올랐다.

고운원이 뒤로 밀려났다. 그 찰나의 순간 비연을 속박하고 있던 거대한 봉황의 날개가 거대한 화염으로 변했고, 비연의 몸 전체가 둘러싸이고 말았다.

봉황허영이 곧 아래를 향해 날아와 비연의 몸 안으로 들어갔다. 비연의 귓가에 전다다의 울음소리가 계속 들려왔다. 비연은 그대로 굳어 버렸다. 그녀의 두 눈마저 텅 비어 버린 것 같았다.

그러나 곧 그 비어 버린 눈동자에 점차 화염이 떠오르기 시작했다. 마치 그녀의 눈 안쪽에서 불길이 타오르고 있는 것처럼.

그녀가 갑자기 두 주먹을 쥐었다. 신음과 함께 그녀를 감싸고 있던 거대한 화염이 사라졌다. 봉황허영이 다시 한번 그녀의 몸에서 날아오르더니 점차 불타오르는 봉황의 모습으로 변해 그녀의 주변을 맴돌기 시작했다.

의심할 바 없는 성공이었다! 그녀는 봉황력을 되돌려 받았을 뿐 아니라 봉황화도 장악했다!

멀리 쓰러져 있던 고운원이 천천히 몸을 일으켰다. 그의 입에서는 피가 계속 흘러내리고 있었다. 그가 의아한 표정으로 말했다.

"너, 너……."

비연이 차가운 눈빛으로 그를 바라보며 말했다.

"나는 죽을 수 없어. 내가 이긴 거야."

고운원이 바로 몸을 돌렸다. 그러나 뛰어갈 힘조차 남아 있지 않아 한 손으로 제 가슴을 누르며 빠르게 앞을 향해 걸어갔다.

비연은 그를 쫓아가지 않고 그저 차가운 눈으로 낭패한 뒷모습을 바라보았다. 지금 그녀의 귓가에 맴도는 울음소리는 비할 데 없이 처량했다. 그녀로서는 단 한순간도 지체할 수 없었다. 그녀는 어떻게든 약왕정의 주인이 되어 이 공간을 떠나야 했다. 그를 죽여야만 했다!

비연이 소리쳤다.

"고운원! 당신과 나 사이, 사제 간의 인연은…… 오늘로 끝인 거야!"

말을 마친 그녀는 의연하게 몸을 돌려 봉황화에게 명령했다.

"그를 죽여!"

봉황화는 명령을 받들어 바로 고운원에게로 날아갔다…….

우리의 인연, 여기까지

봉황화가 사나운 기세로 고운원을 향해 날아갔다.

고운원은 등 뒤에서 열기가 엄습해 오는 것을 느꼈다! 천 년 동안 불길에 태워지고 있는 그였지만, 그동안 겪어 온 모든 불길을 다 합쳐도 지금 자신을 덮쳐 오는 저 화염의 뜨거움과는 비교조차 할 수 없었다.

봉황화가 건드리기도 전에, 그는 이미 견딜 수 없는 지경이 되었다.

그가 발걸음을 멈췄다.

이 상황에서도 그는 여전히 황망한 표정을 짓고 있었다. 기왕 연극을 할 거라면 최후의 순간까지 해야만 했다! 그의 어린 연아는 정말로 아주 영리하니까. 거의 모든 것을 추리해 냈으니까.

그가 죽으면 비연은 약왕정의 진정한 주인이 되고 이 공간을 떠날 수 있게 된다. 그리고 봉황화를 언제든지 약왕정 밖으로 소환할 수 있게 된다.

사실 그는 이미 한계에 다다른 상황이었다. 봉황화를 연성해 내지 못했다면 이 약왕정은 주인이 없는 상태로 폐물이나 다름 없는 상태가 되었을 테고, 그가 천 년에 걸쳐 노력한 것도 전부 헛수고가 되었을 것이다.

고운원은 공포에 질린 표정으로 천천히 몸을 돌렸다. 봉황화가 그를 덮쳐 오고 있었다. 그리고 저 멀리 그에게서 등을 돌린 비연의 뒷모습이 보였다.

　이글거리는 화염이 공기마저 불태웠기 때문일까, 아니면 열기에 눈이 희미해졌기 때문일까. 고운원에게는 비연의 뒷모습을 포함하여 눈앞의 모든 것이 흐릿하게만 보였다.

　어쩐지 아련한 가운데 비연의 뒷모습이 점차 작아지는 듯하더니, 여러 해 전의 아직 어린 연아가 그곳에 서 있는 것처럼 보였다.

　'사부…… 나 또 악몽을 꾸었어요! 또 그 이상한 악몽을 꾸었다고요!'

　'사부, 헤헤, 감초 사탕이 다 떨어졌어요. 또 만들어 줘요.'

　'사부, 바로 내일이 춘사일이에요. 올해는 무슨 선물을 주실 거예요?'

　'아……. 사부, 나 피가 나요! 봐요, 바지에 전부! 나 죽는 거예요?'

　'사부, 안심해요. 내가 기억을 되찾는 날이 오더라도 사부를 버리고 가는 일은 없을 테니까. 사부는 영원히 내 사부인걸요.'

　'사부…… 사부…… 사부!'

　'사부'라 부르는 여린 음성이 고운원의 귓가에 메아리쳤다. 그와 동시에 또 다른 목소리가 그의 귀 주변을 맴돌기 시작했다. 마치 종소리처럼 낭랑한 여자의 목소리가.

　'고운원, 나는 세 살 때부터 너를 좋아했어. 말해 봐, 너는 몇

살 때부터 나를 좋아했어?'

'고운원, 약에 미친 바보! 내 생일이 춘사일이라고, 제비가 돌아오는 춘사일! 그래서 내 이름에 제비 연燕 자가 들어가는 거잖아!'

'고운원, 구현침으로도 나를 구할 수 없을 거야. 이만 포기해, 응?'

'고운원, 넌 아직 나에게 해 주지 못한 일이 많아……. 꼭 네 딸로 다시 태어나서 너에게 그 빚을 받아 낼 거야. 그러니까 약속해 줘. 내가 죽어도 살아남겠다고……. 고씨 가문으로 돌아가서 아내를 맞고 딸을 낳겠다고. 응?'

두 목소리가 함께 뒤섞이고 있었다. 고운원은 이제 점차 흐려져 가는 뒷모습이 대체 누구의 뒷모습인지 분간할 수 없었다. 마침내 그는 연기를 계속할 수 없었다.

그의 얼굴에서 공포가 점차 사라지더니, 대신 잔잔한 미소가 떠오르기 시작했다. 어쩔 수 없다는 듯, 서글프다는 듯…… 슬프다는 듯.

고운원이 중얼거렸다.

"연아, 우리 사제의 인연은…… 여기까지로구나."

이 말이 떨어지는 순간, 봉황화가 그의 몸을 꿰뚫었다. 그리고 그의 배에 화염을 하나 남기고 하늘 높이 날아올랐다.

고운원의 배에 피어난 화염이 빠르게 자리를 넓히더니 곧 그의 몸으로 잠식해 들어갔다. 순식간에 그의 몸은 그대로 타올라 뼈 한 조각 남기지 않고 그대로 사라졌다. 거대한 화염도 점차 작아지더니 마침내 꺼지고 말았다.

비연의 몸이 살며시 떨리고 있었다. 그녀는 손가락 끝에 통증을 느끼고 손을 들어 보았다. 엄지손가락 끝에서 핏방울이 스며 나오고 있었다. 그 핏방울이 갑자기 공중으로 떠오르더니 곧 사라졌다.

계약을 맺은 걸까? 그래서…….

비연이 재빨리 몸을 돌렸다. 그러나 등 뒤는 이미 아무것도 없이 텅 비어 있었다.

끝난 건가?

무어라 표현할 수 없는 고통이 마음속에 퍼져 나갔다. 그러나 그녀는 그 이상 생각하지 않고 바로 눈을 감았다.

정신을 집중해 약왕정 안 공간을 떠나야 했다. 아직 다 끝난 것은 아니니까! 오라버니가 그녀를 기다리고 있었다!

약왕정 공간 밖.

꼬맹이와 대설이 헌원예를 대신해 군구신의 검을 막아 냈다. 두 마리는 헌원예의 좌우 양쪽으로 민첩하게 착지했으나 숨을 헐떡이고 있었다. 아마 다시는 일어나지 못할 듯했다.

군구신은 건명보검을 높이 쳐들고 헌원예를 바라보며 냉랭한 목소리로 말했다.

"본 왕이 한번 두고 보아야겠군. 과연 누가 너를 구해 줄 수 있을지! 대진국은 본 왕이 받아 두마!"

말을 마친 그가 검을 아래로 휘둘렀다. 그리고 바로 그 순간, 약왕정 밖의 비연이 정신을 차렸다. 눈을 깜빡이던 그녀는 건명의 검기가 무지개처럼 피어나 제 오라비를 공격하는 것을 보았다!

"안 돼!"

그녀는 바로 몸을 일으켰다. 검을 뽑을 여유도 없이 바로 헌원예 앞으로 달려가며 봉황력을 폭발시켰다!

봉황허영이 공중에 나타났다. 약왕정 안 공간에서처럼 불길이 되어 타오르지는 않았지만, 불과 같은 빛이 맴도는 봉황허영은 마치 불타오르는 봉황처럼 보였다.

건명의 검기와 봉황허영이 부딪쳐 잠시 대치 상태에 들어갔다. 하지만 곧 두 힘 모두 사라지고 말았다.

비연은 군구신을 바라보았고, 군구신도 그녀를 바라보았다.

그에 대한 비연의 분노는 전혀 줄지 않은 상태였다. 그와는 단 한 마디도 하고 싶지 않았다. 비연은 일단 헌원예를 부축하며 말했다.

"오라버니, 괜찮아?"

헌원예가 평온해 보이는 비연을 바라보며 기쁜 표정으로 물었다.

"연아, 이긴 거니?"

비연이 고개를 끄덕였다.

"응, 내가 이겼어!"

그러자 헌원예가 입가의 핏자국을 닦으며 전다다에게 외쳤다.

"검을!"

전다다가 그제야 정신을 차리고 재빨리 제 검을 헌원예에게 던졌다.

헌원예는 이미 중상을 입은 상태라 온몸의 기가 뒤엉키고 있었다. 그러나 그는 굳세게 버티는 중이었다!

헌원예가 장검을 지팡이 삼아 몸을 일으키면서 비연의 손을 밀어냈다.

"괜찮다. 오라비는 아무 문제 없다!"

그는 마지막 숨까지 그러모아, 동생과 어깨를 나란히 하고 전투에 임할 생각이었다!

이 모습을 본 고칠소 일행의 얼굴에 웃음이 떠올랐다. 그들 역시 무력한 상태였지만 의연하게 몸을 일으키려 했다.

전다다 역시 일어나더니 주변에서 오래도록 나서지 못하던 몇 마리 맹수를 소환했다! 이 맹수들은 군구신의 건명력을 보고 깜짝 놀라 꼼짝하지 못하고 있었지만, 방금 본 봉황화에 자신감을 얻은 듯 바로 군구신을 포위했다.

군구신은 아직 인검합일의 경지에 이르지 못했다. 게다가 지금 부상까지 당한 상태니 승산이 전혀 없었다!

군구신은 주변의 모든 것을, 심지어 헌원예조차 쳐다보지 않았다. 비연이 깨어나자 온 신경을 그녀에게 쏟았다. 그는 기쁜 마음으로 슬퍼했다. 고운원이…… 세상을 떠났다. 그리고 다음은 그의 차례였다.

군구신이 눈을 가늘게 뜨고 비연을 바라보며 물었다.

"네 사부는?"

비연이 말없이 현한보검을 뽑았다.

군구신이 다시 말했다.

"약왕정과 봉황력은 대체 무슨 관계지? 너희는……."

비연이 차가운 목소리로 그의 말을 끊었다.

"려금과 《운현수경》을 내놓는다면, 본 공주가 네 시신만은 보전해 주마!"

군구신이 일부러 생각에 잠긴 듯한 표정으로 말했다.

"시신이라? 하하, 본 왕의 목숨을 남겨 준다면 혹시 고려해 볼지도 모르겠군!"

비연은 말없이 그를 향해 검을 휘둘렀다.

일이 이렇게까지 되었는데 목숨을 남겨 달라고?

건명력과의 계약은 물릴 수 없다. 그의 목숨을 남겨 그가 인검합일의 경지에 다다르면…… 다시 그들을 물어뜯으려 할 것이다! 그러니 그를 반드시 죽여야 했다!

이것은 그가 배반한 순간부터 결정되어 있던 일이었다. 그들은 그를 죽여야만 했다!

그녀는 이 사실을 너무나 잘 알고 있었고, 그랬기에 오라버니에게 혈서를 보냈다.

군구신이 비연의 검을 바라보며 큰 소리로 웃기 시작했다.

"농담이었을 뿐인데, 진심인 줄 아는 건가? 하하! 봉황력을 되찾았다고 본 왕에게 맞설 수 있다고 생각하는 건가? 좋아, 본 왕이 오늘 너희 남매를 함께 해결하겠다!"

의외, 속전속결

군구신의 경멸 어린 시선을 받으면서도 비연은 얼음처럼 차가운 얼굴로 반응을 보이지 않았다. 말없이 봉황화를 소환했을 뿐. 현한보검에 불길이 활활 타오르기 시작했다.

비연이 먼저 군구신을 공격했다!

그녀의 검법은 군구신에게서 전수받은 것이었다. 그녀가 검을 배울 때, 이렇게 서로 검을 마주하는 날이 올 거라고 상상이나 했었던가.

어쨌든 검법을 논하자면 군구신이 한 수 위였고, 그는 영술도 익히고 있었다. 그렇기에 비연의 봉황력이 그의 건명력과 필적할 수 있다 해도, 비연 혼자의 힘으로는 그를 온전히 제압할 수 없었다.

군구신은 가볍게 비연의 공격을 피해 냈다. 입가에는 시종일관 차가운 미소가 어려 있었다.

그의 몸이 환영처럼 움직이더니 곧 비연의 등 뒤에 나타났다. 비연이 바로 몸을 피했다. 바로 이 순간, 헌원예가 이를 악물고 검을 휘둘렀다.

서정력이 빠른 속도로 군구신의 등을 덮쳤다. 군구신은 막 비연에게 손을 쓰려던 참이었으나, 서정력을 피하지 않을 수는 없었다.

비연은 그 기회를 틈타 몸을 돌려 봉황화로 군구신을 공격했다! 군구신은 몸을 피하는 척하며 헌원예를 공격했다.

그의 검이 사납게 헌원예에게로 향하는 걸 보고 경악한 비연이 재빨리 의식을 움직였다. 봉황화가 헌원예의 앞을 막아서며 건명력과 부딪쳤고, 그들 세 사람 모두 뒤로 튕겨 나갔다!

헌원예가 고칠소 곁으로 날려가 쓰러졌다. 이때 고칠소는 막 몸을 일으키고 있었다. 그가 검으로 제 몸을 지탱하며 헌원예를 잡아끌었다.

헌원예는 온몸이 갈기갈기 찢겨 나가는 듯한 고통을 느끼면서도 신음 한번 내지 않고 의연하게 몸을 일으켰다. 비연과 군구신도 모두 땅에 착지해 안정적으로 자리 잡고 섰다!

비연의 얼굴은 얼음처럼 차가웠다. 그녀는 일각도 지체하지 않고 다시 군구신에게 검을 휘둘렀다. 그와 동시에 주변에 있던 당정 일행이 모두 기운을 차리고 검을 들었다. 그들 모두 비연과 같이 얼음처럼 차가운 눈빛으로 군구신을 바라보았다.

군구신은 그들을 한 명, 한 명 바라보았다. 그의 입가에 서린 미소가 한층 짙어졌다. 그 미소는 경멸을 담고 있는 듯도 했고, 자조하는 것 같기도 했다.

모두 그와 친밀한 이들이었다. 지금 그의 상황을 저들에게 버림받았다고 말해도 좋은지는 알 수 없었지만, 어쨌든 군구신은 인정하지 않을 수 없었다. 저들에게서 그런 눈빛을 받는 것은 정말로 괴로운 일이었다!

그러나 그는 아직 웃고 있었다.

그들을 하나하나 진지한 눈길을 바라보며 속으로 중얼거렸다.

'오늘 이후로는 나, 고남신을 잊어 주십시오. 나 대신 연아를 잘 달래 주시고, 나를 잊고…… 행복하게 살아 주십시오.'

그의 시선이 마지막으로 비연에게 향했다. 미소도 그대로 굳어 버린 것 같았다.

찰나의 순간, 그가 검을 휘둘렀다. 언뜻 보기에는 비연을 공격하는 것 같았으나, 그의 검 끝은 비연 곁에 있는 헌원예와 고칠소에게로 향하고 있었다.

그러나 예상 밖의 일이 벌어졌다. 갑자기 어디선가 암기가 날아온 것이다.

누구일까?

군구신이 재빨리 몸을 기울였고, 검기가 함께 기울어지며 그들 옆의 빈터를 공격했다. 군구신은 그 암기를 완벽하게 피하지 못하고 어깨에 맞았다!

이때였다. 진묵이 검을 지팡이 삼아 걸어 나왔다. 중상을 입은 그였지만 이 전투를 놓칠 생각은 없었다.

이 암기는 당정이 빙해에서 그에게 상처를 입힌 후 속죄의 의미로 주었던 것이었다. 대단한 암기는 아니었다. 그러나 그의 손에 들어온 이상 신묘한 것으로 변할 수밖에 없었다. 그의 눈이 그 누구보다도 좋기 때문이었다. 군구신이 피하지 않았다면 이 암기는 분명 급소에 명중했을 것이다.

진묵은 아주 약해진 상태였지만 평소처럼 담담하지 않았다. 그의 눈에는 분명 분노의 불길이 타오르고 있었다. 그는 군구신을 노려보며 비연에게 다가왔다.

"주인님, 암기에 독을 발랐어. 도망치게 하지 마!"

인정하지 않을 수 없었다. 군구신으로서도 예상하지 못한 상황이었다!

군구신도 자신이 얼마나 버틸 수 있을지 알지 못했다. 그러나 어서 이곳을 떠나야 한다는 사실만은 잘 알고 있었다. 이대로 이곳에서 죽을 수는 없었다!

그가 몸을 돌리는 순간, 목연이 의연하게 몸을 날려 다가왔다. 그와 동시에 모든 이들이 군구신을 포위하며 비연에게 기회를 만들어 주었다.

비연이 현한보검을 휘두르며 봉황화를 소환했다. 봉황화는 현한보검 주위를 맴돌며 명령을 기다리고 있었다.

모두 군구신을 둘러싸고 있으니, 비연에게 있어서는 이만한 기회가 없었다. 일검이면 군구신을 죽일 수 있다. 그리고 모두 얼마 버티지 못할 테니 이 이상 시간을 지체할 수도 없었다.

비연의 눈은 여전히 차가웠다. 그러나 그녀는 현한보검을 높이 쳐든 채 오래도록 내려치지 못하고 있었다. 모두 목숨을 걸고 버티고 있건만…….

헌원예가 그녀를 돌아보며 노한 목소리로 외쳤다.

"연아!"

비연은 재빨리 정신을 차렸다. 그러나 그녀가 현한보검으로 내려치는 순간 군구신이 건명력을 폭발시켰고, 모든 이들이 뒤로 나가떨어졌다. 그와 동시에 군구신도 기혈이 막힌 듯 갑자기 검은 피를 토해 냈다.

기회가 다시 왔다!

그러나 바로 이 순간, 쓰러진 채 계속 꼼짝도 하지 않던 축운궁주가 갑자기 몸을 일으키더니 사나운 기세로 비연에게 검을 휘둘렀다.

"고운원을 돌려줘! 돌려 달란 말이야!"

그 누구도 축운궁주가 이런 순간에 배반하리라고는 생각지 못했다!

비연이 깨어난 순간부터 축운궁주는 고운원이 졌다는 것을, 그가 이 세상에서 사라졌다는 것을 알아차렸다. 다만, 계속 넋을 잃고 있다가 지금에야 겨우 정신을 차린 참이었다.

비연이 축운궁주를 돌아보며 검 끝을 돌렸다. 그러나 그녀가 손을 쓰기도 전에 곁에 쓰러져 있던 목연이 매서운 기세로 장검을 던졌다.

검이 축운궁주의 등에 꽂히더니 몸을 꿰뚫고 가슴으로 나왔다! 축운궁주가 그대로 멈추며 천천히 목연을 돌아보았다. 그녀는 잠시 멍한 표정을 지었으나 곧 큰 소리로 웃기 시작했다.

사실 그녀는 그제야 진정으로 정신이 들어 고운원이 자신의 것이 아니라는 사실을 의식한 참이었다. 그녀는 진심으로 비연을 죽이려 했다기보다는 그저 본능적으로 고운원의 복수를 하려 했었다. 깊은 생각 없이 무의식적으로 손을 쓴 셈이었다.

축운궁주는 고개를 숙이고 제 가슴을 뚫고 나온 검을 바라보았다. 뜻밖에도 해탈한 것 같은 느낌이 들었다.

그녀는 너무 오래 외롭게 지냈다. 최근 이 사람들과 함께하면서 겨우 진정으로 살아 있다는 느낌을 받았고, 자신이 과거 외모를 유지하기 위해 했던 일들이 얼마나 구역질 나는 것인지도 깨닫게 되었다.

어쨌든 지금 그녀도 고운원의 뒤를 따르게 되었으니 이제는 그를 찾아다닐 필요가 없다. 목연의 손에 죽게 되었으니 목씨 가문에게 진 빚도 갚게 된 셈이다…….

이렇게, 축운궁주가 웃고 또 웃으며 쓰러졌다.

그와 동시에 군구신의 몸이 환영처럼 움직이더니 밖으로 도망쳤다.

목연을 제외하고는 그 누구도 축운궁주에게 신경 쓰지 않았다. 비연이 즉시 군구신을 쫓아갔고, 헌원예와 고칠소도 동시에 몸을 일으켰다. 그들은 발걸음을 옮기기도 어려운 상황이었지만 한 걸음 한 걸음 군구신을 쫓기 시작했다.

군구신의 입가에는 검은 피가 흐르고 있었다. 중독된 상태에서는 경솔하게 건명력을 쓸 수 없었다. 이대로라면 한동안은 더 버틸 수 있었다. 그러나 건명력을 사용한다면 독성이 빠르게 발작할 것이다.

여기까지 이른 이상, 옳고 그름이 어디 있을까? 비연이 봉황력을 돌려받았다. 시간을 오래 끌면 상처만 깊어질 뿐이다. 아무리 안타까울지라도…….

군구신은 이를 악물고 결심했다.

속전속결로 끝내자!

그는 차장을 나와 남쪽으로 도망쳤다. 그러나 감히 영술을 쓸 엄두를 내지 못하고 대신 숲으로 들어가 나는 듯이 달렸다.

비연은 그를 놓치지 않고 따라왔다. 처음에는 헌원예와 시위들도 쫓아왔으나 점차 거리가 벌어졌고, 결국에는 비연과 군구신 두 사람만 추격전을 벌였다.

비연이 군구신을 쫓아 산 아래까지 갔을 때, 그가 갑자기 발걸음을 멈추더니 뒤를 돌아보았다. 그의 입가에는 검은 피가 묻어 있었다.

비연 역시 발걸음을 멈췄다. 그녀가 검을 휘두르자 봉황화가 그녀의 등 뒤에 나타났다. 이제 그녀는 언제라도 군구신을 공격할 수 있었다.

군구신의 입가에 미소가 떠올랐다.

"연 공주님, 아직 기억하는지 모르겠지만…… 어린 시절에도 항상 이런 식으로 나를 쫓아다녔지."

잘 들어 봐

기억하느냐고?

당연히 기억하고 있었기에 그녀는 이렇게 쫓아왔다. 과거의 모든 것이 밀물처럼 머릿속으로 들어와 그녀의 영혼을 강타했다. 기억이 깊은 만큼, 미움도 깊을 수밖에 없었다.

그녀는 대답하지 않았다. 다른 손으로 검의 손잡이를 잡으며 이를 악물고 마음을 다잡았을 뿐. 약왕정 안에서처럼!

아니다. 약왕정 안에서는 보지 않을 수 있었다. 등을 돌린 채 그저 명령 한마디로 10년간의 사제의 정을 끊어 버릴 수 있었다.

그러나 군구신에게는 그럴 수 없었다. 자칫하면 죽는 쪽은 자신이 될 수도 있었기에 대충할 수도, 마음 편하게 외면할 수도 없었다. 그녀는 그를 바라보면서 죽여야만 했다!

비연은 차가운 눈으로 그를 바라보았다. 마음속에 가득 찬 말을 단 한마디도 내뱉고 싶지 않았다. 그러나 그녀의 마음을 대변하기라도 하듯 그녀의 두 손이 떨리고 있었다. 봉황력이 너무 강해서일까, 그녀의 마음이…… 너무 아팠다!

시작해라! 헌원연, 어서!

그녀의 얼굴은 무표정했지만, 마음속으로는 고함을 지르고 있었다.

방금도 머뭇거리다가 좋은 기회를 놓쳐 버렸잖아. 하마터면 목숨을 잃을 뻔했어! 이제는 망설여서는 안 돼. 어서 움직여!

비연의 손이 떨리는 것을 본 군구신은 마음이 칼에 베인 듯 아파 왔다. 당장이라도 건명보검을 내팽개치고 그녀를 품 안에 안고 싶었다! 그러나 이 중요한 순간에 그동안 공들여 쌓은 탑을 무너뜨릴 수는 없었다.

그의 바보 같은 연아는…… 그에게 배반당하고도…… 그렇게 괴로운 일을 겪었으면서도 여전히 손을 쓰지 못하고 있었다. 그러니 진상을 알게 되면 절대로 손을 쓰지 않을 것이다!

그로서는 상상조차 할 수 없었다. 그녀가 대체 고통을 얼마나 겪어야 검을 들지.

고통스러웠다. 그래도 그녀가 스스로를 미워하게 만드는 것보다는, 군구신 자신을 미워하게 만드는 편이 나았다.

군구신이 억지로 희미하게나마 웃으며 계속 말했다.

"이것도 기억할지 모르겠군. 어린 시절, 나는 항상 너에게 일부러 양보해 주었지. 하하, 말해 봐. 이번에도 내가 일부러 양보해 줄 것 같은지."

이 말을 들은 순간 비연은 뭔가 이상하다는 것을 깨달았다!

이 상황에서도 그녀는 여전히 과감하게 손을 쓰지 못하고 있었다. 군구신이 가볍게 코웃음을 치더니 산 위로 도망치기 시작했다.

비연은 일검에 그를 베지 못한 것이 한스러웠다. 봉황화가 날아올랐으나 군구신은 이미 꽤 멀리까지 도망친 다음이었다.

비연으로서도 자신이 미워하는 것이 그인지, 아니면 자신의 연약한 일면인지 분간할 수 없었다.

어째서 그녀의 심장은 충분히 강하지 않은 걸까? 어째서 지금 그녀의 심장에는 증오 외에도…… 여전히 고통이 남아 있는 걸까? 덕분에 그녀는 기회를 눈앞에 두고도 계속 손을 쓰지 못했다!

다시 마음을 단단히 추스르고 그를 쫓기 시작했다. 어느새 산 정상에 이르자 얼음처럼 차가운 바람이 남쪽에서 불어왔다. 그녀는 그제야 이 이름 없는 산 정상에서 빙해를 조망할 수 있다는 사실을 알아차렸다.

심장이 쥐어짜이듯 아파 왔다. 그저 울고만 싶었다. 그녀의 부황과 모후는 지금도 저 빙해 아래에 갇혀 있었다!

군구신은 멀지 않은 곳에 서서 빙해를 바라보고 있었다. 그가 그녀를 돌아보더니 차갑게 웃으며 말했다.

"헌원연, 네 부황과 모후가 보고 싶은가? 하하! 하지만 안타깝게도 그들은 어릴 때처럼 너를 지켜 줄 수 없어. 하하! 대진국 공주님, 부황이 어린 시절에 너를 어떻게 지켰는지 기억나? 그는 너에게 무예도 가르치지 않았고, 네가 궁 밖으로 나오는 것조차 싫어했지. 하지만 안타깝게도, 그는 너를 평생 지켜 줄 수 없었어……."

"그만!"

마침내 비연이 분노한 목소리로 외쳤다.

그러나 군구신은 계속 말을 이어 갔다.

"하하, 안타깝게도…… 본 왕도 너를 평생 지켜 줄 수 없고."

비연이 거의 울부짖듯 외치며 다시 그의 말을 잘랐다.

"나는 지켜 줄 사람 따위 필요하지 않아! 군구신, 내가 당신과 함께 있으려 했던 건 당신의 보호 때문이 아니야! 그저 나를 지키기 위해서라면, 당신은 필요 없어!"

군구신은 주먹을 꽉 쥐면서도 여전히 웃으며 말했다.

"그래? 하지만 너는 너무 바보 같아서, 걱정하지 않을 수 없다니까!"

바로 이때였다. 어디선가 애교 섞인 목소리가 들려왔다.

"그렇고말고요. 정말 바보 같아서 불쌍할 지경이야."

비연이 바로 돌아보았다. 절벽의 거대한 바위 옆에서 한 여자가 걸어 나왔다. 바로 계강란이었다!

방금 산 아래에서 군구신의 말을 들은 비연은 뭔가 이상하다는 것을 느꼈다. 분명 무슨 문제가 있다. 그녀는 망설임 없이 손을 써야 했으나 그러지 못했다.

그녀는 바보가 아니었다! 그리고 그처럼 그렇게 사납지도, 단호하지도 못했다!

비연도 웃으며 계강란에게 말했다.

"불쌍하다고? 본 공주가 버린 남자를 주워 가려고 온 주제에? 너야말로 불쌍하지!"

계강란이 바로 발끈하여 검을 뽑으며 노한 목소리로 외쳤다.

"전하, 시작해요!"

비연은 이해할 수 없었다. 계강란의 무공 수준으로 어디 감히 시작하자는 말을 할 수 있단 말인가? 게다가 군구신은 지금 기혈이 막힌 상황이었다. 그러니 그와 계강란이 협공해 온다 해도 그녀의 적수가 아니었다!

군구신이 그녀를 이곳으로 유인한 것은 무엇 때문일까? 그들 두 사람은 서로 사통한 외에 또 연합하여 뭘 하려는 걸까?

군구신이 검을 뽑았다. 계강란이 바로 곁으로 물러나더니 도저히 참을 수 없다는 듯 물었다.

"전하, 일이 잘되면 저를 아내로 맞아 주시는 거죠?"

이 말을 듣는 순간 군구신은 당황하여 얼이 빠졌다. 그는 계강란이 갑자기 이런 말을 꺼내리라고는 생각지 못한 것이다.

비연 역시 멈칫했다. 갑자기 심장이 칼에 난도질당하듯 아파 오고, 고통스러운 나머지 숨마저 쉴 수 없을 지경이었다.

너무나…… 너무나 익숙한 말이었다! 어린 시절, 세상 물정 모르던 시절…… 그녀는 부끄러움도 모르고 항상 그에게 같은 말을 했으니까.

'영 오라버니, 나중에 나를 아내로 맞아 줄 거야?'

'고남신, 나를 아내로 맞아 줄 거지?'

그녀의 시선이 군구신에게로 향했다. 그녀가 미약을 쓰던 그날, 그녀는 이미 답을 얻었다. 그러나 이 순간 그녀는 고집스럽게도 다시 답을 얻으려 하고 있었다!

계강란이 부끄러운 듯 얼굴을 붉히면서도 하고픈 말을 쏟아냈다.

그녀가 이렇게 바보같이 구는 것은 사실 계산이 있어서였다.

그녀는 군구신이 자신을 이용하고 있다는 사실을 알지 못했으나, 이 기회를 틈타 그에게서 약속을 받아 내고 싶었다. 이렇게 중요한 순간 그녀가 이리하는 것은 군구신을 위협하는 것과 마찬가지였다.

"망중한테서 들었어요. 전하께서는 아직 혼례의 예를 하나 끝내지 않으셨다고요. 일부러 그러셨던 거죠? 평생 저 하나만을 아내로 인정하겠다고 말씀해 주세요. 네?"

군구신이 고개를 돌린 순간, 비연의 고집스러운 눈동자가 눈에 들어왔다. 그는 당장이라도 그녀의 시선을 피하고 싶었지만, 억지로 비연과 눈을 맞추며…… 억지로 웃으며 대답했다.

"좋다. 잘 들어 두도록. 나 군구신은 평생 너 한 사람만을 아내로 인정하겠다."

이 순간, 그는 비연을 보고 있었다. 그의 이 말은 비연에게 하는 말이었다!

그러나 비연은 그가 계강란에게 대답하고 있다고 생각했다. 그녀는 그의 시선을 피하며 현한보검을 꽉 잡은 다음 분노한 목소리로 외쳤다.

"허락할 수 없어! 나 헌원연이 버린 남자는 죽어야만 해! 그 누구도 주워 갈 수 없다고!"

그녀가 돌연 계강란을 향해 검을 휘둘렀다. 그러나 군구신이 나는 듯이 달려와 계강란 앞을 막아서더니, 전력을 다해 건명력을 폭발시켜 봉황화를 막아 냈다. 그러더니 갑자기 검을 땅에 꽂았다.

그가 울컥, 검은 피를 토해 냈다. 그리고 두 눈동자는 점차 텅 비어 갔다.

이것은…….

비연이 짐작 가는 바가 있는 것처럼 검을 휘두르려 할 때, 군 구신이 다시 검을 뽑더니 번개처럼 그녀를 습격해 왔다. 비연은 거리를 벌릴 시간을 벌지 못했고, 곧 두 사람 사이에서 거대한 힘이 폭발했다.

군구신의 검은 점점 더 빠르게 움직이고 있었다. 사람은 검을 따르고 검은 사람을 따르니, 그의 움직임은 마치 물 흐르듯 자연스러웠다. 마치 그와 검이 하나가 된 듯한 착각마저 들 정도였다.

비연은 전투를 벌이며 물러났다. 다행히도 군구신이 상처를 입은 데다 중독까지 당한 상태였고, 봉황화가 그녀를 계속 지켜 주었기에 비연은 그를 상대하면서도 생각을 이어 나갈 수 있었다.

군구신은 지금 분명 주화입마에 빠졌다! 그가 건명검법의 두 번째 경지에 오를 때도 이러했으니까.

설마, 그는 지금 세 번째 경지에 오르고 있는 걸까? 그가 그녀를 이곳으로 유인한 까닭도 이것 때문일까?

설마, 그가 세 번째 경지에 이르는 것이 계강란과 무슨 관련이라도 있는 걸까?

안 돼!

그녀는 그가 인검합일의 경지에 이르게 내버려 둘 수 없었다. 그 경지에 이르면 그는 무적이 된다!

그녀는 이 이상 망설일 수 없었다!

비연은 계속 방어를 위주로 하고 있었지만, 즉시 공격 태세로 바꾸며 일검에 군구신을 떨쳐 냈다.

군구신이 뒤로 두어 걸음 물러나자 비연은 즉시 몸을 돌려 다시 한번 전력을 다해 계강란을 공격했다. 그러나 군구신이 갑자기 온 힘을 다해 그녀에게 사나운 일검을 날렸다.

이 일검은, 그녀를 사지로 밀어 넣기 위한 것이었다!

비연이 그를 돌아보았다. 그의 공격을 피할 방법이라고는 아예 없었다.

그녀의 검 끝이 살짝 비껴가는 듯싶더니 봉황화가 하늘을 향해 날아올랐다. 그녀의 검날이 떨어지는 순간, 검기가 봉황화와 함께 파죽지세로 군구신을 덮쳐 갔다…….

돌아와 줘

군구신의 배를 공격하던 봉황화가 잠시 멈추는가 싶더니 갑자기 그의 몸을 관통해 버렸다!

다른 사람이었다면 당연히 죽었을 것이다. 그러나 군구신에게는 인검합일의 경지가 시작되는 것에 불과했다! 그의 배에서 한 줄기 황금 빛이 솟아오르더니 점차 전신으로 퍼져 나가기 시작했다.

비연은 황망한 표정을 짓고 있었다. 지금 그가 죽었을까 봐 두려워하는 건지, 아니면 그가 승급에 성공했을까 봐 두려워하는 건지 스스로도 알 수 없었다.

황금 빛에 둘러싸인 군구신의 상처가 점점 회복되고 있었지만, 몸 상태는 조금도 좋아진 듯하지 않았다. 안색은 더욱 창백해졌고, 입에서는 다시 피가 흐르고 있었다.

그가 고개를 들어 비연을 바라보았다.

비연이 다시 검을 치켜든 채 냉랭하게 말했다.

"군구신, 절대 당신이 인검합일의 경지에 들게 할 수 없어! 절대로!"

그가 진실을 말했다면 그녀는 이렇게 단호할 수 없었을 것이다!

군구신은 입가에 선혈을 흘리면서도 차갑게 미소 지었다.

"이 일은 네가 선택할 수 있는 일이 아니다!"

곁에서 보고 있던 계강란이 재빨리 군구신 곁으로 달려왔다. 그녀는 장검을 꽉 쥔 채 언제라도 그를 도와 혈제를 치를 준비를 했다!

군구신은 계강란에게, 그가 인검합일의 경지에 이르면 바로 혈제를 치러 그가 주화입마에 빠지는 것을 막으라고 지시한 상태였다!

비연이 다시 한번 사납게 검으로 베어 갔다. 봉황화가 다시 뻗어 나가며 군구신의 복부를 강타했다! 그러나 이번에는 바로 그를 관통하지 않고 그의 복부를 감싼 황금 빛과 맞서고 있었다.

군구신의 표정이 차가워졌다. 그는 건명력을 복부로 모으며 강인하게 버텼다. 그러나 얼마 안 돼 봉황화가 우세해지기 시작했다!

비연이 다시 검을 들었다. 이 검을 한 번만 더 내려치면 그는 분명 실패할 것이다. 그는 죽을 것이다!

비연은 자꾸만 약해지는 자신이 원망스러웠다. 그러나 그녀는 정말로 검을 내리칠 수가 없었다.

그녀는 직접 그를 죽일 생각을 한 적이 없었다. 그저 봉황력으로 그를 견제하며 오라버니가 그를 죽이게 할 생각이었다. 그러나 상황이 꼬이면서 결국 그녀 혼자 그를 상대하게 되었다.

순간의 일일 뿐이다. 검을 한 번 내려치기만 하면 모든 것이 끝날 거야!

내려쳐!

어서! 헌원연!

그는 적이잖아. 어째서 이렇게 마음이 약해지는 거야? 어서 움직여! 손을 쓰지 않으면 죽게 되는 건 나 자신이라고! 그뿐 아니라 대진국도 잃게 될 거야!

비연은 속으로 스스로에게 비난을 퍼부었다. 그러나 심장은 여전히 거대한 산에 억눌리기라도 한 것 같았고, 그녀는 이제 숨조차 제대로 쉴 수 없었다.

마침내 사납게 검을 휘둘렀다. 그러나 이 일격은 군구신의 오른쪽으로 살짝 비껴갔다.

군구신이 매서운 기세로 봉황을 밀쳐 내며, 울컥 선혈을 토해 냈다. 그러나 그는 잠시도 지체하지 않고 계강란을 잡아끌 더니 산 아래를 향해 달리기 시작했다.

군구신은 도망치고 있는 것처럼 보였지만 실제로는 최후의 전장, 바로 10년 전의 그곳으로 향하는 중이었다.

모든 것이 그곳에서 시작되었으니, 그곳에서 끝나는 것이 마땅했다.

그의 운명 역시 그곳에서 바뀌었으니, 그곳에서 끝나야만 했다.

비연은 이를 악물었다. 지금 그에게 화가 난 건지 아니면 스스로에게 화가 난 건지 구분할 수 없었다. 안 그래도 창백하던 얼굴이 이제는 파랗게 질리고 있었다. 그야말로 무너지기 일보 직전이었지만, 그녀는 계속 군구신을 쫓아갔다.

그녀는 사실 그의 급소를 찌를 수 있었지만 검은 계속 비껴갔다. 그러나 한 번 또 한 번, 그녀의 검은 점점 더 빨라졌다. 그에게 잠시도 쉴 틈을 주지 않고 계속 몰아붙였다.

산 아래까지 달려가는 동안, 그녀가 몇 번이나 검을 휘둘렀는지 셀 수 없을 지경이었다. 그러나 그녀의 검은 단 한 번도 그를 제대로 찌르지 못했다.

군구신은 계강란을 보호하며 계속 도망쳤다. 산 아래에 도착했을 무렵에는 진이 빠져 숨마저 거칠게 몰아쉬고 있었다.

마침내 그가 멈춰 섰다.

그는 계강란을 제 등 뒤로 밀었다. 그리고 제대로 서 있는 것조차 힘겨워 보이는 모습으로 건명보검을 계강란에게 건네며 나지막하게 말했다.

"본 왕의 말을 기억하도록!"

계강란은 비연과 마찬가지로 진상을 전혀 몰랐고, 군구신을 절대적으로 신뢰하고 있었다. 그녀는 재빨리 제 검을 던져 버리고 건명보검을 받아 두 손으로 꼭 잡았다.

"전하, 안심하세요. 기억하고 있으니까요. 전하는 비연을 상대하는 것에만 집중하세요!"

그 순간, 비연의 검 끝은 군구신에게로 향하고 있었다.

군구신은 지금 대체 뭘 하려는 걸까? 설마 포기하려는 걸까? 아니면 다른 생각이 있는 걸까?

비연은 이 모든 것을 생각하지 않기로 했다. 그녀는 차가운 눈빛으로 재빨리 검을 휘둘렀다.

그녀의 검이 군구신 곁을 아슬아슬하게 스쳐 가며 모래며 잔

돌이 잔뜩 날아올랐다. 군구신이 눈을 들어 그녀를 바라보았다. 비연은 다시 한번 검을 휘둘러 그의 다른 쪽을 공격했다.

군구신이 큰 소리로 웃기 시작했다.

"헌원연! 하하, 차마 본 왕을 죽이지 못하겠나? 쯧, 정말 놀라운 일이군!"

검을 쥔 비연의 손에 푸른 힘줄이 솟아올라 있었다. 그녀는 대답 없이 검을 휘둘렀다. 그러나 검은 여전히 군구신을 비껴갔다.

군구신이 가볍게 코웃음을 치더니 두 손을 교차시켜 배 위에 얹었다. 찰나의 순간, 황금 빛 두 줄기가 그의 손바닥에서 흘러나오더니 점차 그의 몸을 감쌌다. 빛이 흐름에 따라 황금 빛이 점차 성대하게 변해 갔다!

비연은 마침내 검을 멈췄다. 그녀는 검을 내린 채 차가운 눈으로 그를 바라보았다.

아무리 우둔한 사람이라도 알아볼 수 있었다. 군구신은 승급의 마지막 순간에 접어들었다. 이 순간은 승부가, 아니 그에 앞서 두 사람의 생사가, 심지어 운공과 현공 두 대륙의 장래가 결정되는 순간이었다.

비연은 계속 검을 내리고 있었지만, 현한보검의 검날은 점차 뜨거운 불길에 휩싸이고 있었다. 불길이 점점 더 커져 이제 검날이 보이지 않을 지경이었다!

두 사람의 눈빛이 마주쳤다. 황금 빛이 군구신을 감싼 가운데, 비연의 불길은 점점 더 거세지고 있었다. 그들 안에 숨어 있던 힘이 용솟음치려 하고 있었다.

지금 그들 남쪽에 있는 작디작은 언덕 뒤에는 바로 끝없는 빙해가 펼쳐져 있었다. 빙해에서 얼음처럼 차가운 바람이 계속 불어와 뼈가 다 시릴 지경이었다. 그러나 비연은 추위도 느끼지 못하고 있었다.

그리고 이 순간, 고칠소 일행이 산 정상에서 그들을 바라보고 있었다. 그들은 모두 부상당한 상태였지만 강하게 버티며 빠르게 다가오는 중이었다. 당장이라도 산에서 굴러 내려오지 못하는 것을 한탄하면서.

비연의 눈에는 군구신밖에 보이지 않았다. 황금 빛에 감싸여 이제는 흐릿하게 보이는 그만이. 온 세상이 텅 비어 이제 그들 두 사람밖에 남지 않은 것 같은 기분이었다.

마침내 그녀가 입을 열었다.

"당신도 알고 있잖아. 승급의 마지막 순간이, 가장 위험하다는 사실을."

군구신이 갑자기 손을 교차시키더니 더욱 성대한 황금 빛을 폭발시켰다. 그와 동시에 그의 몸을 감싼 황금 빛이 지극히 빠른 속도로 흐르기 시작했다. 입가에는 가벼운 미소가 번지고 있었다.

"물론 알고 있지!"

비연도 뜻밖에 웃기 시작했다. 잔잔하게, 그가 가장 좋아하는 그 모습 그대로.

비연이 말했다.

"그럼…… 당신, 후회하고 있어?"

군구신이 당황하여 살짝 멈칫했다. 그가 막 입을 열어 대답하려는 순간, 비연이 갑자기 현한보검을 높이 들더니 노한 목소리로 외쳤다.

"고남신, 10여 년이 지났어! 마음에 정과 의리를 품은 사람들은 모두 돌아왔어! 심지어 백리 군부까지도 돌아왔지! 마지막으로 한 번만 묻겠다. 당신은…… 돌아올 것인지, 아닌지!"

그녀의 텅 빈 눈동자에 눈물이 차오르고 있었다. 마침내 그녀가 울먹이며 외쳤다.

"영 오라버니, 돌아오지 않을 거야? 응?"

끝없는 나의 눈물을 저버리고

돌아오지 않겠느냐고?

그는 단 한 번도 그녀를 떠난 적 없었다. 기억을 잃은 수년 동안도 기남침향 염주를 손에서 떼어 놓지 않았을 정도로!

'나는 단 한 번도 너를 떠난 적 없어. 하지만…… 지금은 정말로 가야 해. 연아, 영 오라버니는 다시는 돌아오지 않을 거야. 그러니까…… 건강해야 해!'

이 말은 군구신의 마음속에서만 메아리칠 뿐이었다. 그의 입가에 떠오른 미소는 너무나 무정해 보였다.

그가 갑자기 제 배에 모여 있던 건명력을 두 손으로 옮기기 시작했다. 그와 동시에 전신을 감싸던 황금 빛이 극히 빠른 속도로 그의 손을 향해 흐르기 시작했다!

그가 큰 소리로 외쳤다.

"헌원연, 나는 돌아가지 않는다!"

말을 마친 그는 갑자기 손을 뻗더니 모든 건명력을 비연에게로 쏟아부었다.

비연은 마음이 아픈 나머지 갑자기 선혈을 울컥 토해 냈다. 그녀의 눈에서는 눈물이 끊임없이 흘러내렸다.

그녀는 마침내 검을 들어 온 힘을 다해 군구신을 사납게 베어 갔다. 동시에 산허리를 내려오던 헌원예 일행이 모두 발걸음을 멈췄다.

헌원예와 고칠소, 승 회장이 함께 외쳤다.

"연아, 안 돼! 그러지 마!"

그러나 늦었다!

찰나의 순간, 타오르는 열화 속에서 봉황허영이 하늘을 향해 날아올랐다. 그리고 그것은 곧 거대한 봉황으로 변해 군구신의 황금 빛을 향해 날아갔다.

쿵……!

거대한 굉음이 온 천지에 울려 퍼졌다. 멀리 드넓은 빙해가 갑자기 산산조각이 나기 시작하더니, 갈라진 얼음 틈으로 거대한 물기둥이 하늘을 향해 솟아올랐다. 물기둥이 온 해면을 뒤덮는 모습은 멀리서 보아도 그 무엇과 비할 수 없는 장관이었다!

봉황력이 빙해의 지살을 불러낸 것이다!

얼음이 깨졌다!

순식간에 빙해의 중심에서 용오름이 하늘을 향해 치솟으면서, 빙해 곳곳에 솟아오르던 물기둥이 용오름으로 빨려 들어갔다.

깨어진 빙해의 얼음 조각이 모두 날아오르며, 모든 것이 거대한 한 줄기 용오름으로 변해 하늘과 땅을 웅장하게 연결하고 있었다!

10여 년의 세월이 흘렀다. 그동안 얼마나 많은 것이 변했을까?

그러나 눈앞의 이 장면을 보고 있노라니 마치 시간을 거슬러 올라간 듯한 착각이 들었다. 10여 년 전 그날로 되돌아가 모든 일이 다시 한번 반복되고 있는 것만 같았다!

헌원예 일행은 모두 눈을 휘둥그렇게 뜬 채 산허리에서 이 모습을 바라보고 있었다. 그들 모두 그것이 불가능하다는 사실을 알고 있었다. 이 상황은 그저 다시 한번 거대한 재난을 불러올 뿐이라는 사실을.

이 순간, 그들은 도저히 눈물을 참을 수 없었다! 헌원예의 눈에는 뜨거운 눈물이 어려 있었고, 고칠소의 눈가에는 이미 맑은 눈물이 흐르고 있었다.

남자라고 눈물을 흘리지 않는 것은 아니다. 다만 마음 깊은 곳 상처가 움직일 때만 눈물을 흘릴 뿐.

그러나 비연은 자신의 등 뒤에서 무슨 일이 벌어지고 있는지도 알지 못하고 있었다. 이 순간 그녀의 눈 속에, 그리고 세계에는 오로지 군구신만이 남아 있을 뿐이었다!

그녀는 차가운 눈으로 봉황과 건명력이 맞부딪치는 장면을 바라보았다. 봉황력이 점차 건명력을 짓누르며 상승세를 타고 있었다.

군구신 등 뒤에 서 있던 계강란이 저 멀리 날아가고, 군구신의 입가에서 계속 피가 흐르고…… 그의 두 눈에 불길이 어리고……. 봉황력이 마침내 황금 빛을 무너뜨리고 파죽지세로 군구신을 향해 날아가기 시작했다! 그를 꿰뚫기 위해!

눈물이 걷잡을 수 없이 흘러내렸다. 입 안으로 짜디짠 눈물이 스며들었다. 그 괴로운 맛 때문일까, 비연은 겨우 자신이 여전히 중얼거리고 있다는 사실을 알아차릴 수 있었다.

"돌아오지 않아? 돌아오지 않을 거야? 응……?"

마음에 정과 의를 품은 사람들은 모두 돌아오기 마련이다!

고남신, 당신은? 당신은 돌아오지 않을 거야?

그는 대답하지 않았다. 이 순간에도 그는 무대에 선 배우처럼 연기를 계속하고 있었다!

그는 경악한 표정으로 봉황력에 관통당한 제 몸을 내려다보았다. 그의 몸 안에서 뜨거운 불길이 일어나고 있었다. 그는 비연에게 최후의 눈길을 던지고, 몸을 돌려 비연을 등진 채 소리쳤다.

"계강란! 계강란!"

봉황력이 그의 몸을 꿰뚫는 순간, 그는 승급에 성공했다. 그는 이제 그 자신이 아니었다. 더는 그의 연아의…… 그 사람이 아니었다. 그는 이제 건명력의 소유였다!

인검합일!

그는 본래 사라져 시신조차 남기지 못하는 상태가 되어야 했다. 그러나 그는 강하게 버티는 중이었다. 그때 북강의 차가운 물 속에서 그녀를 지키겠다는 신념 하나로 버텼던 것처럼! 그는 지금 마지막 연기를 펼치며, 마지막으로 그녀를 지키려 하고 있었다!

연아, 미안하다.

연아, 영 오라버니는 너를 지키기 위해…… 손을 놓는 거야. 너의 영 오라버니를 잊어.

"계강란, 계……."

마침내 그의 목소리가 갑자기 멈췄다. 그의 온몸이 순식간에 불길 속에 함몰되어 눈 깜짝할 사이에 보이지 않게 되었다. 이제 아무것도 남아 있지 않았다.

이때 빙해의 거대한 용오름이 점차 줄어들더니 결국은 보이지 않게 되었다. 산산조각이 난 빙해가 점차 원래의 모습을 회복하더니, 마치 하룻밤 사이에 겨울이 되어 버린 것처럼 해면이 점차 얼음으로 뒤덮이기 시작했다.

그러나 비연은 등 뒤에서 벌어지는 상황을 전혀 알아채지 못하고 있었다. 그저 멍하니, 텅 비어 있는 눈앞을 바라보고 있을 뿐이었다. 그녀는 마치 군구신이 대답이라도 해 줄 것처럼 지금까지도 고집스럽게 중얼거리고 있었다.

"돌아와, 돌아오라고…… 돌아오란 말이야……"

그러나 대답은 들려오지 않았다. 아무리 고집스럽게 외친다고 해도, 그녀는 영원히 대답을 얻을 수 없을 것이다.

군구신은, 사라졌다!

이 세상에 영 오라버니는 이제 존재하지 않는다. 고남신도, 그녀의 정왕 전하도…… 그리고 그녀의 망할 얼음도…… 그녀의 부군도!

"돌아오지 않는 거야…… 돌아오지 않을 거냐고……"

갑자기 그녀는 울먹이며 외치기 시작했다.

"영 오라버니, 어디 간 거야? 돌아오지 않을 거야? 어서 돌아오란 말이야! 어째서 돌아오지 않는 거야!"

마침내 그녀는 비명을 지르며 땅에 주저앉아 통곡하기 시작했다.

"고남신, 당신이 미워……. 미워! 고남신, 어째서야? 고남신, 어째서 그랬던 거야! 무엇 때문에!"

이 생애, 마음에 그대를 품었거늘……. 그대 내 끝없는 눈물마저 저버리고…….

비연이 통곡하는 사이, 멀리 계강란이 비틀거리며 몸을 일으켰다.

그녀는 이해할 수 없다는 눈빛으로 눈앞의 모든 것을 바라보았다. 계강란은 군구신이 뜨거운 불길에 휘말리던 그 순간 자신을 부르는 것을 분명히 들었다. 그러나 너무 놀란 나머지 땅에 엎드린 채 움쩍달싹도 하지 못했던 것이다.

그녀는 이제야 군구신이 자신에게 당부했던 것들을 떠올리고 있었다. 그가 방금 그녀를 불렀던 것도 설마……. 그가 인검합일을 이루는데, 그녀가 혈제를 제대로 치르지 못했기 때문이었을까?

계강란은 생각을 거듭할수록 점차 공포에 질렸다. 당황스러운 나머지 온몸에서 힘이 풀릴 정도였다. 그녀가 끌어안고 있던 건명보검이 소리가 나도록 땅에 떨어졌다.

계강란은 경악하여 비연을 바라보았다. 그녀는 비연이 여전히 울고 있는 것을 보고, 건명보검을 주울 생각조차 하지 못하고 다급하게 도망치기 시작했다.

순간 꼬맹이가 달려오더니 그녀 앞을 막아섰다. 상처로 인해 온몸이 피로 홍건했지만 꼬맹이의 살기등등한 기세는 전혀 꺾이지 않았다.

계강란은 깜짝 놀라 뒷걸음질 치다가 몸을 돌려 다른 방향으로 도망치려 했다. 그러나 이번에는 대설이 막아섰다.

대설은 꼬맹이보다 더 심하게 부상당한 상태였지만, 이 순간 그의 거만한 표정은 꼬맹이보다 더 무서워 보였다.

계강란은 마침내 도망칠 곳이 없어 그대로 바닥에 주저앉아 비명을 질렀다.

"나도 협박당한 거야! 나를 놓아줘!"

대설이 비연을 바라보았으나 비연은 미동도 하지 않았다.

그때 꼬맹이가 빙해를 바라보더니 고개를 들고 울부짖기 시작했다. 그리고 갑자기 빙해를 향해 달려갔다.

헌원예 일행이 잇달아 산에서 내려왔다. 그들은 막 비연이 군구신을 죽이는 것을 목격했고, 지살의 힘이 분출되었다가 곧 사라지는 것을 목격했으며, 독으로 검게 물들어 있던 빙해가 원래의 모습을 회복해 새하얗게 변하는 것을 보았다.

그들로서는 대체 무슨 일이 벌어진 건지 알 수 없었지만, 어쩐지 알 것도 같은 느낌이었다.

고칠소는 헌원예보다 심하게 다친 상태였으나, 헌원예보다 더 빠르게 달리고 있었다. 그는 비연을 흘깃 보더니, 한마디 건넬 여유도 없이 빙해를 향해 달리기 시작했다……

무엇 때문에 너를 불렀는지

고칠소는 마치 목숨도 아깝지 않은 듯 빙해 한가운데를 향해 미친 듯이 달려갔다.

방금 산허리에서 본 그 모든 것 때문에 그는 냉정함을 유지하지 못하고 있었다. 자신의 추측이 옳다고 십분 확신할 수 없었지만, 실낱같은 희망이라도 있다면 그는 목숨을 내놓고서라도 확인해야만 했다.

이곳에서 빙해까지의 거리는 그리 멀지 않았다.

방금 비연이 10품 봉황력을 폭발시킴으로써 빙해의 지살을 불러냄과 동시에, 10여 년 전과 마찬가지로 거대한 용오름을 일으켰다.

과거에는 빙핵이 완전히 깨어져 지살의 힘이 완전히 폭발하기 전에 한운석이 독으로 빙핵을 감염시키고, 독 저장 공간으로 들여보내 재난을 막았다.

그러나 방금 비연의 봉황력은 10년 전보다 훨씬 더 강했고, 지살은 분명 독 저장 공간을 부수고 폭발했다.

지살을 억제하지 못한 상태에서 불러내면 재난이 일어날 수밖에 없었다! 그들은 산허리에서 고함을 지르며 비연을 막으려했지만, 결국은 막지 못했다.

하지만 모두의 예상과는 달리 지살의 힘은 나타나자마자 바로 사라졌고, 빙해는 원래의 모습을 회복했다. 심지어 독에 감염되어 있던 얼음조차 원래의 흰빛으로 되돌아갔다.

이것은 빙핵이 이 이상 독 저장 공간에 있는 것이 아니라는 의미였다! 이제 지살은 독 저장 공간에 갇혀 있지 않았다!

한운석이 빙핵을 받아들여 지살의 힘을 억누르는 것 외에, 이 가공할 힘의 지살을 억제할 수 있는 또 다른 방법이 그녀에게 있었을까?

인검합일에 이른 건명력 외에는 지살을 억누를 수 있는 힘은 없었다! 그러므로 지금 지살의 힘은 억제당한 것이 아니라, 건명력에 의해 아예 사라져 버린 것이었다!

바꿔 말하자면, 방금 군구신은 승급에 성공한 것이다!

그러나 도저히 이해가 가지 않는 것이 있었다. 군구신이 승급에 성공했다면 어떻게 봉황력에 의해 죽은 걸까?

어쨌든 고칠소는 지금 그렇게 많이 생각할 여유가 없었다. 지금 그의 머릿속을 채우고 있는 생각은 단 하나! 빙핵이 한운석의 독 저장 공간에 감춰져 있는 것이 아니라면, 한운석과 용비야는 곧 얼음을 깨고 나오리라는 것이었다!

10여 년을 기다려 마침내 오늘이 왔다!

그는 몹시도 빠르게 달리고 있었다. 끝없이 하얗게 펼쳐진 빙해의 얼음 위를 달려가는 새빨간 그의 모습은 그렇게나 눈에 띄었다.

그는 온 힘을 다해 시간의 흐름을 거슬러 올라가고 있었다. 계속 시간의 흐름 속에 멈추어 있던 사람들을 만나기 위해.

산에서 두 번째로 내려온 사람은 헌원예였다. 그는 주저앉아 울고 있는 비연 곁을 스쳐 가려다가 곧 발걸음을 멈추었다. 비연이 누군가를 가장 필요로 하는 이 순간, 친 오라비인 그가 그녀를 내버려 둘 수는 없었다.

그녀 앞에 앉아 그녀의 처량한 울음소리에 귀를 기울였다. 그는 마음이 아픈 나머지 고개를 돌려 다른 곳을 바라보다가, 그녀를 품에 안고 조용히 말했다.

"연아, 울고 싶으면 울어도 좋다. 오라비가 여기 있으니."

비연에게 군구신이 어떻게 죽은 것인지 묻고 싶었다. 부황과 모후가 얼음을 깨고 나올 가능성이 있다고도 말하고 싶었고, 비연을 이끌고 빙해의 중앙을 향해 달려가고 싶었다.

그러나 그는 아무 말도 하지 않았다. 그저 그녀가 아무 생각 없이 한바탕 울도록 내버려 둘 참이었다. 어쨌든 눈물로 고통을 씻어 낼 수 있다면 그건 그래도 다행스러운 일이니까. 가장 두려운 것은 눈물조차 나오지 않는 상황이었다. 슬프다 못해 마음이 죽어 버린 상황.

다른 사람들도 잇달아 다가왔다. 당리, 영정, 목령아와 소 부인 일행은 그들을 흘깃 보더니 바로 빙해를 향해 달려갔다. 반면에 상관 부인, 당정, 전다다 일행은 비연을 둘러쌌다. 그녀들은 비연을 달래고 싶었지만, 어떻게 해야 할지 도무지 알 수 없었다.

그들은 군구신이 배반했다는 사실에 분노하고 있었고, 당장이라도 그를 도륙내고 싶었다. 그러나 군구신이 정말로 떠난 지금, 그들은 군구신을 그대로 놓아 버리는 것 역시 괴롭다는 걸 깨닫고 있었다.

그의 배신도 견딜 수 없었지만 이대로 사라져 버리는 것은 더욱 견딜 수 없었다. 그들이 이런데 연아는 오죽할까!

게다가 연아는 직접 그를 죽였다! 얼마나 고통스러울까?

비연의 울음소리는 너무나 처량하고 무력하게 들렸다. 상관 부인이 견디지 못하고 남몰래 눈물을 찍어 냈고, 전다다도 소리 내어 울기 시작했다. 당정은 전다다마저 우는 것을 보자 그대로 정역비의 품에 머리를 묻고 흐느꼈다.

영승은 감동한 듯한 표정으로 빙해를 바라보며 빠르게 걸음을 옮기다가 잠시 머뭇거리더니, 비연 쪽으로 되돌아오던 중에 계강란을 발견하고 그녀에게 다가갔다.

계강란은 대설 때문에 놀라 바닥에 몸을 웅크린 채 미동도 하지 못하고 있었을 뿐 아니라, 숨마저 조심스럽게 내쉬고 있던 참이었다. 영승을 발견한 그녀는 뜻밖에도 비명을 지르며 구원을 요청했다.

"승 회장, 살려 줘요! 제발! 나도 억지로 한 거라고요! 당신들과 적이 될 생각이 아니었어! 강요당한 거야! 어서 저 늑대를 치워 줘요! 어서! 구해 줘요! 날 어떻게 해도 좋으니까, 저…… 저 늑대 좀!"

대설은 계강란이 무슨 말을 하는지 이해하지 못했다. 그러나 그녀가 계속 뭐라 이야기하니 자신도 한번 울부짖어 보았다. 계강란이 깜짝 놀라 귀를 틀어막고 몸을 웅크렸다.

영승은 그녀를 지나 옆에 떨어져 있는 건명보검 쪽으로 다가 갔다. 그는 조심스럽게 건명보검을 잡아 보고, 별다른 위험이 없다는 것을 확인한 후에야 갈무리해 넣었다.

군구신이 죽은 지금, 건명력은 어디로 갔을까? 이 검 속에 숨은 걸까? 아니면 저 빙해 속에 있을까?

군구신은 왜 계강란을 불렀던 걸까?

군구신이 승급에 성공했다면, 봉황력이 어떻게 그를 죽일 수 있었을까? 군구신은 분명 비연에게 바로 반격할 수 있었을 것 이다!

영승은 생각하면 생각할수록 이상하다는 생각이 들었다. 아 니, 심지어 불안한 기분마저 들었다. 이 일을 제대로 파헤쳐 보 아야 할 것 같았다.

그는 계강란이 울건 말건 그녀를 비연 앞으로 끌고 갔다. 그 제야 헌원예를 포함한 모두가 계강란을 바라보았다.

비연은 여전히 슬픔에 잠겨 주변에서 무슨 일이 벌어지는지 전혀 눈치채지 못하고 있었다.

영승이 차가운 목소리로 물었다.

"군구신이 무엇 때문에 널 불렀던 것이냐?"

'군구신'이라는 이름을 듣는 순간, 비연의 울음소리가 갑자기 멈췄다. 심지어 그녀의 몸마저 그대로 굳어 버린 것 같았다. 그 녀는 다급하게 헌원예의 품에서 고개를 들어 계강란과 주변 사 람들을 바라보았다.

그녀의 눈동자가 점차 텅 비어 가더니 다시 눈물로 가득 찼다. 그녀는 누군가가…… 군구신을 불렀다고, 군구신이 아직 살아 있다고 착각한 것이다.

일단 눈물을 흘리기 시작하니 도저히 멈출 수가 없었다. 그와 마찬가지로, 한번 멈추니 눈물이 다시 나오지 않았다. 비연은 한마디 말도 없이 멍하니 계강란을 바라보았다.

계강란은 비연의 텅 빈 눈동자를 보며 오히려 공포를 느끼고 있었다. 그녀가 저도 모르게 뒷걸음질을 치자 영승이 미간을 찌푸리며 다시 물었다.

"군구신이 무엇 때문에 너를 불렀는지, 말하란 말이다!"

계강란이 다급하게 외쳤다.

"나도 억지로, 억지로 그런 거예요! 군구신이 시켰다고요!"

이 말을 들은 모두 경악했다. 물론 가장 많이 놀란 사람은 비연이었다.

"뭐……라고?"

계강란이 이어 말했다.

"군구신이 나를 몰래 납치하면서, 은혜를 베푸는 동시에 위협도 가했다고! 나는 구려족 사람이고……. 군구신이 만약 건명력의 인검합일 경지에 도달하면, 내 피를 내어 건명보검에 혈제를 치러야 한다고 했어, 아니, 했어요. 그래야 군구신이 주화입마에 빠져 죽지 않을 거라고요. 그리고 내가 그를 도와주면…… 나에게 잘해 주겠다고, 절대 소홀하게 대하지 않고…… 아내로 맞아 주겠다고 했다고요!"

계강란은 자신이 군구신에게 속아 연극을 마무리하고 있다는 사실을 알지 못했다. 그녀는 비연 일행이 자신의 말을 믿지 않을까 두려워 다시 덧붙였다.

"군자택은 남자애니까요! 양기가 겹치면 안 된다고……. 나, 나만 군구신을 도울 수 있다고 했어요! 려금은 인검합일에 이르면 죽는다고 알고 있었지만, 누군가가 혈제를 지내 주기만 하면 순조롭게 그 겁을 피할 수 있는 거였어서……. 그, 그래서 내가……."

영승의 눈에 실망스러운 빛이 스쳤다.

"그래서! 군구신이 방금 인검합일의 경지에 이르렀는데, 바로 네가 망쳐 놓은 거로군!"

이 말을 듣자 계강란은 그 이상 말을 잇지 못하고 그대로 무너져 내려 울기 시작했다.

"내가 죽인 거야……. 나야! 내가……!"

비연은 그제야 깨달을 수 있었다. 군구신이 무엇 때문에 주화입마에 들었는지, 죽기 직전 어째서 계강란의 이름을 불렀는지.

그는…… 그렇게 최후의 패를 숨기고 있었던 것이다.

그녀가 그를 죽였을 때, 그는 막 승급에 성공한 참이었다. 계강란이 혈제를 제대로 치렀다면 죽는 것은 그녀였을 것이다…….

여전한 당신들

　비연으로서는 군구신이 계강란을 아내로 맞겠다고 약속했던 것이 과연 진심인지, 아니면 그저 협상을 위해 꺼낸 말인지도 알 수 없었다. 그러나 이 순간, 더 이상 아무것도 중요하지 않았다.

　그녀는 눈물이 채 마르지 않은 얼굴로 웃기 시작했다. 고개를 흔들면서, 큰 소리로, 자조를 섞어!

　"원래 내가 이긴 게 아니었어! 하하! 나는 그를 이길 수 없던 거야! 그는 내게 진 게 아니야……. 그는…… 계강란 때문에 진 거야!"

　비연은 계강란을 가리키며 절망스러운 얼굴로 계속 웃어댔다.

　"다행이야, 얼마나 다행인지!"

　모두 그런 비연의 모습을 보며 처량한 감정을 느끼고 있었다.

　비연의 말이 옳았다. 그들이 군구신을 이긴 것이 아니었다. 군구신은 계강란 때문에 패배한 것이지, 그들에게 패배한 것이 아니었다.

　영승은 고개를 돌려 다른 방향을 바라보고 있었다. 그는 원래 실망하고 있었을 뿐이었지만, 지금의 감정은 절망에 가까웠다.

　계강란에게 질문할 때만 해도 그는 이 일에 숨겨진 뭔가가 있으리라 희망을 품고 있었다. 그러나 결국 실망만 커지고 있었다.

그들의 추측이 옳았던 것이다! 봉황력이 다시 지살의 힘을 불러내자, 그 순간 군구신이 승급에 성공해 건명력으로 지살을 멸해 빙해의 재난을 막았다.

비연은 지금도 제 등 뒤의 빙해에서 무슨 일이 벌어졌는지 깨닫지 못하고 있었다. 그녀가 다행이라고 말한 것은, 계강란의 실수를 의미했다. 그러나 영승이 다행이라 생각하는 것은 바로 빙해의 얼음이 깨어진 것이었다.

영승이 가볍게 탄식하며 빙해 쪽으로 몸을 돌렸다. 그리고 모두의 뒤, 멀지 않은 곳에 서 있는 그 두 사람을 본 순간…… 그대로 굳어 버렸다!

영승은 무슨 말이건 하고 싶었지만, 입을 벌려도 아무 말도 나오지 않고 그저 눈물만 흐르고 있었다.

주변이 소리 없이 고요해진 후에도 비연은 여전히 우는 모습보다 백배는 딱한 모습으로 웃고 있었다.

"그는 죽어야 했어, 정말 죽어 마땅했다고! 내가 직접 그를 죽였어야 했던 거야, 그렇지?"

당정 일행은 무어라 대답해야 할지 알 수 없어 비연을 바라보며 그저 울먹일 뿐이었다.

비연의 표정이 갑자기 사나워졌다. 정신은 이미 붕괴 상태인 듯, 곧 미치기 일보 직전인 것처럼 보였다. 그녀가 갑자기 모두에게 분노한 목소리로 외쳤다.

"내 말이 맞냐고? 내가 직접 그를 죽였어야 했던 거, 맞냐고!"

모두 깜짝 놀랐다. 지금 비연은 어딘가 이상해 보였다.

헌원예가 그녀를 달래려 했을 때, 모두의 등 뒤에서 나지막하면서도 웅혼한 기상이 넘치는, 그리고 아주 자애로운 목소리가 들려왔다.

"연아!"

그 찰나의 순간, 비연은 바로 평정을 되찾을 수 있었다. 완전히 무너지려는 순간, 그 목소리 덕에 구원받은 것이다!

비연은 그대로 굳어 버렸고, 헌원예는 놀란 표정이었다.

헌원예의 눈에 가득하던 의심의 빛이 곧 놀라움으로 바뀌고, 다시 기쁨으로 변했다. 어린 시절부터 언제나 자제심이 강했던 그로서는 지난 10여 년 동안 이런 식으로 제 기분을 드러낸 적이 없었다.

'연아'라고 부르는 그 목소리는 나지막했지만 충분한 힘이 실려 있었다. 그 목소리의 주인을 보지 않은 상태에서도 비연과 헌원예는 모든 경계심을 내려놓았다. 두 사람은 그 목소리를 듣는 것만으로도 무어라 표현할 수 없이 안온한 감정을 느낄 수 있었다.

그것은…… 부황의 목소리였으니까!

비연과 헌원예가 동시에 몸을 돌렸다. 그들에게서 멀지 않은 곳에 부황과 모후가 그들을 바라보고 있었다.

다른 이들도 천천히 몸을 돌렸다가 그대로 멍한 표정을 지었다. 헤어진 후 10여 년이 흘렀건만, 용비야와 한운석은 전혀 변하지 않았다.

용비야는 검은 옷을 입은 채 언제나처럼 편한 자세로 서 있었지만 마치 하늘을 떠받치고 있는 것처럼 위엄 넘치고 패기 있어 보였다. 아무리 강하고 우수한 사람이라도 그 앞에서는 그 빛을 잃을 수밖에 없을 정도였다.

용비야 곁의 한운석도 10여 년 전과 마찬가지로 용비야와 어울리는 한 쌍이었다! 경국지색의 미모에 고귀하고도 우아한 태도, 동시에 남자도 따를 수 없을 정도로 패기 넘치는 모습…….
아무리 어렵고 힘든 일이라도 별일 아닌 것처럼 금방 해결할 듯한, 바로 과거의 그 느낌 그대로였다.

10여 년의 세월은 그들에게 어떤 흔적도 남기지 않았다. 그들은 10년 전과 마찬가지로 눈부신 모습이었다.

모두 그들을 바라보며 혹시 지난 10여 년의 모든 일이 그저 꿈이었던 것은 아니었을까 생각하고 있었다. 이제 모두 꿈에서 깨어 원래의 그때로 되돌아온 것 같은 기분이었다.

비연은 입을 틀어막은 채 겨우 이곳이 빙해의 북안이고, 자신이 봉황력을 이용하여 얼음을 깨트렸음을 인지해 냈다!

그녀는 한 걸음 한 걸음 다가오는 부황과 모후를 바라보며 저도 모르게 덜덜 떨었다. 당장이라도 부모에게 다가가고 싶었지만, 또한 감히 다가갈 수가 없었다. 아니, 그녀는 오히려 뒤로 살짝 물러나며 헌원예에게 울먹임 섞인 목소리로 물었다.

"오라버니, 봤어? 부황과 모후……. 응? 오라버니도 보고 있는 거야?"

이 모든 것이 꿈은 아닐까……. 비연은 너무나 두려웠다!

10여 년 동안 그녀는 셀 수도 없이 여러 번 이런 꿈을 꾸었다. 힘들고 괴로울 때, 스스로가 무력하게 느껴질 때면 꿈에서 부모를 만났지만……. 그러나 그녀가 그들의 품 안으로 뛰어들 때면 언제나 꿈에서 깨어나곤 했다.

이게 꿈이 아닐 수는 없는 거야?

깨어나지 않을 방법은 없을까?

과거로…… 돌아갈 수는 없을까?

빙해에서 전투가 벌어지기 전으로, 죽은 다음 다시 태어나기 전으로…….

10여 년 동안 그녀를 키우는 동시에 그녀를 속였던 백의 사부를 만나기 전으로…….

그녀를 찾고 사랑했던, 그리고 그녀를 아내로 맞이하고 배반했던 군구신이 없는 세계로!

수많은 음모와 계책, 고통과 슬픔이 없었던 그때로……!

사부도 남편도 죽이기 전으로……!

태평성세를 이루는 대진국으로, 부모는 자애롭고 모든 이들이 그녀를 떠나지 않던 그때로…….

그래……. 고남신도…… 영원히, 그도 그저 고남신이었던 그때로……!

비연은 여전히 물러나고 있었지만, 헌원예는 빠르게 앞으로 걸어 나갔다. 그는 이 순간이 꿈이 아니라는 사실을 알고 있었다!

그는 한참 전부터 빙해로 달려가고 싶었으나, 오라비로서의 책임을 다하기 위해 동생이 가장 힘들어하는 순간 그 곁을 떠나지 않고 있었다.

헌원예는 부황 앞에서 발걸음을 멈췄다. 어떻게든 참아 내고 싶었다. 어린 시절 그때처럼, 부황 앞에서는 그저 용감한 모습만을 보이고 싶었던 것이다.

그러나 부황이 그의 어깨에 손을 얹는 순간, 헌원예의 눈에 눈물이 고이기 시작했다.

"부…… 부황!"

그는 갑자기 무릎을 꿇더니 두 손 모아 읍하며 외쳤다.

"부황, 예아가 불효하였습니다. 부황께서 너무 오래 고생하게 해 드렸습니다!"

바다처럼 깊은 용비야의 눈은 이미 젖어 있었다.

"참 오랜 세월이었다. 네가 얼마나 힘들었는지 알고 있다."

이 단순한 치하를 듣는 순간, 헌원예의 눈이 더욱 젖어 들기 시작했다!

부황은 여전히 과거의 모습 그대로였다. 그가 아무 말 하지 않아도 부황은 모든 것을 이해해 주었다!

10여 년 동안, 헌원예는 태부의 도움을 받아 아무리 어려운 일이라도 헤쳐 나왔고, 그 무엇도 힘들게 여기지 않았다. 그동안 그가 유일하게 견딜 수 없었던 것은, 그가 혹시 제위를 찬탈한 것 아닌가 하는 주변의 의심이었다!

용비야가 헌원예를 부축해 일으킨 다음 머리를 쓰다듬어 주고, 다시 어깨를 두드려 주었다. 이것은 헌원예가 사리를 분별

하기 시작한 후로 그들 부자가 서로를 가장 다정하게 대하던 방법이었다. 헌원예는 부황의 이런 동작만으로도 충분히 힘을 얻었다.

헌원예가 막 입을 열려고 했을 때, 곁에 있던 한운석이 말했다.

"예아."

헌원예가 돌아보는 순간, 한운석이 바로 그의 손을 잡아끌더니 품에 꽉 끌어안았다. 한운석은 울먹이느라 제대로 말을 하지도 못하고, 그저 아들을 강하게 끌어안을 뿐이었다!

이것은 그들 모자에게 있어 가장 친밀한 동작이었다. 예전에도 그러했고, 지금 역시도.

다만 달라진 것은, 이제 한운석은 아들을 품에 꼭 끌어안을 수 없었다. 그녀의 아들은 한 손만으로도 그녀를 품에 안을 수 있을 만큼 자라 있었으니까……. 함께하지 못했던 10여 년의 세월 동안, 그녀의 어린 예아는 자라서 이제 제 부황과 같은 남자가 되어 있었던 것이다!

그리웠어

헌원예는 부황 앞에서는 눈물을 흘리지 않았지만, 모후의 품에 안기는 순간 결국 눈물을 쏟기 시작했다. 아이는 아무리 자란다 해도, 또 아무리 강해진다 해도 어머니 앞에서는 영원히 아이인 법, 언제건 울고 싶으면 울 수 있는 것이다.

비연은 이미 발걸음을 멈춘 채 눈앞에 펼쳐지는 장면을 보고 있었다. 이제야 이 모든 것이 꿈이 아니라는 사실을 깨달은 것이다.

그녀는 입술을 꽉 깨문 채 눈물을 참고 있었다. 그녀 역시 오라버니와 마찬가지로 굳세게 버티고 싶었다! 이미 어른이 된 이상, 어린 시절처럼 그렇게 아무것도 모르는 것처럼 굴 수는 없었다. 특히…… 더 이상은 군구신의 일로 마음 아파 하며 부황과 모후를 걱정시켜서는 안 될 말이었다!

부황은 언제나 그녀의 웃는 모습을 좋아했고, 모후는 언제나 그런 두 사람을 질투하곤 했었다. 10여 년 동안 헤어져 있었건만 부황은 여전히 늙지 않았고, 그녀 역시 여전히 그때의 천진난만하고 웃음이 많은 꼬마 연아였다.

비연은 굳세게 참아 가며 억지로 미소를 지었다. 자, 이제 이야기하는 거다. 연아는 부황이 보고 싶었어요라고.

그러나 용비야가 다가와 그녀에게 두 팔을 벌렸을 때, 비연은 결국 참지 못하고 말았다.

"부황…… 흑!"

그녀는 부황의 품으로 달려가 큰 소리로 울기 시작했다. 슬 퍼서라기보다는 억울하다는 듯이……. 마치 지난 수개월 동안 군구신에게 당한 억울한 일을 전부 다 눈물로 씻어 버리려는 것 같았다!

아이란 아버지 앞에 서면 아무리 사소한 일이라도 이 세상에 서 가장 억울한 일을 당한 것처럼 울어 버리기 마련인 것이다!

용비야가 딸을 끌어안았다. 가슴이 칼에 베인 듯 미어져 왔 다. 그는 비연을 달래거나 하지 않고 다정하게 말했다.

"울어라, 괜찮으니까. 부황이 여기 있잖니."

예아의 품만으로는 부족했다면, 이제 용비야가 있었다!

사실 용비야와 한운석은 그들 뒤에 한참 동안 서 있었고, 계 강란의 말을 전부 들은 상태였다.

그와 한운석이 얼음 속에서 봉황력을 느꼈을 때, 연아가 《운 현수경》을 찾아 빙해의 모든 비밀을 알아냈으리라, 또한 군구 신이 이미 인검합일의 경지에 이르렀으리라 생각했다.

그들은 두 힘이 대치하는 사이에 도망쳐 나왔고, 바로 북안 을 향해 달리기 시작했다. 그리고 당리 일행을 만난 후에야 군 구신이 배반했다는 사실을 알게 되었다.

그들과 당리 일행은 모두, 군구신이 인검합일의 경지에 이르 렀는데 어째서 연아의 검에 죽었는지 의아해하고 있었다. 그리 고 이제 계강란의 말을 통해 답을 얻었다.

용비야는 말없이 잘생긴 미간을 찌푸린 채 딸이 울도록 내버려 두었다. 이 순간, 예아는 이미 울음을 멈추고 오히려 모후의 눈물을 닦아 주고 있었다.

한운석은 출생과 동시에 용비야를 차지하고, 언제나 자신과 질투하며 다투던 어린 딸을 잊지 않고 있었다. 그녀는 딸을 위로하고 싶어 재빨리 달려갔다. 그러나 겨우 평온해졌던 한운석의 마음은 억울한 듯 울고 있는 딸을 보니 다시 괴로워지고 말았다.

한운석도 울먹이며 가볍게 딸의 등을 쓸어 주었다. 이 다정하고도 익숙한 움직임에 비연이 바로 고개를 돌리더니, 한참이나 울먹이다 겨우 중얼거렸다.

"모후……."

한운석의 눈에도 눈물이 가득 고여 있었다. 그러나 그녀는 간신히 참아 내며, 일부러 놀리듯 말했다.

"보긴 뭘 보니. 오늘은 모후가 너와 다투지 않고 부황을 네게 양보해 주마. 울고 싶으면 울려무나."

예전이었다면 비연은 분명 부황의 목을 끌어안고, 모후가 자신에게 거짓말을 한 것은 아닌지 눈치를 보았을 것이다. 그러나 이 순간 비연은 울음을 터뜨리며 한운석의 품으로 뛰어들었다.

"모후……. 흑……. 연아가 얼마나 보고 싶었다고요!"

한운석은 비연을 꼭 끌어안았다. 이 사랑스러운 딸을 당장이라도 품에 넣고 싶어 안타까울 지경이었다. 질투는 무슨, 그런 것은 그저 장난에 지나지 않았다. 연아를 떼어 놓을 때면 그녀는 용비야보다 더 애석해하곤 했었다.

게다가 그녀는 비연과 군구신이 어린 시절 서로에게 어떤 감정이었는지 너무도 잘 알고 있었기에, 그녀의 어린 연아가 군구신을 직접 죽일 때 얼마나 고통스러웠을지 짐작할 수 있었다. 너무나 잘 알기에…… 그녀는 딸을 위로하기 위해 화려한 미사여구를 늘어놓는 대신 그저 이렇게만 말했다.

"다 안다. 괜찮아, 우리가 돌아왔으니……."

비연은 울고 또 울다가 갑자기 현기증을 느끼며 혼절하고 말았다.

"연아!"

한운석이 당황하여 재빨리 비연을 부축했다. 용비야가 다급하게 비연을 안아 들었고, 한운석이 재빨리 맥을 짚었다.

다행히도 큰 문제는 없었다. 그저 피로한 데다 슬픔이 너무 과한 나머지 기력을 상해 정신을 잃은 것뿐이었다. 비연은 약왕정을 승급시킨 후에 군구신과 전투를 했으니, 지금까지 버틴 것만으로도 이미 용한 일이었다.

상관 부인이 재빨리 말했다.

"이 언덕을 넘어가면 차장이 하나 있어요. 일단 그곳에서 쉬어 가지요."

용비야가 그녀를 바라보며 물었다.

"상관 부인인가?"

상관 부인은 잠시 멈칫했으나, 곧 용비야와 한운석은 그녀를 본 적이 없다는 사실을 떠올렸다. 그녀가 자신을 소개하려 했을 때 영승이 먼저 나섰다.

"예, 제 부인인 상관정아라고 합니다."

가족끼리 상봉할 시간을 주느라 그들은 아직 회포를 풀지 못한 상황이었다.

용비야가 영승을 보고 무슨 말인가 하려는 듯하더니, 별다른 말은 하지 않고 다시 상관 부인에게 고개를 끄덕여 보인 후 모두에게 진지하게 치하했다.

"이 수년 동안, 모두 고생했다……."

그는 잠시 말을 멈추더니, 여전히 진지한 목소리로 말했다.

"나와 운석은 진심으로 감사하고 있다."

한운석도 별말 없이 그저 진지하게 고개를 끄덕였다.

그때 당 가주가 화가 난 듯 외쳤다.

"형, 그게 무슨 말이야! 우리는……."

그의 말이 끝나기도 전에 영 부인이 그의 말을 자르더니 용비야에게 말했다.

"폐하께 감사 인사를 들을 수 있다니, 이번 생은 아주 가치 있는 삶이었다는 생각이 드네요!"

그리고 당리를 바라보며 이어 말했다.

"그만, 그만. 모두 서로의 마음을 아는데…… 길게 이야기할 필요 없으니까요! 일단 가서 좀 쉬어야죠. 연아가 상태가 안 좋아 보이는데!"

확실히 길게 이야기할 필요는 없었다. 마음속에 정과 의를 품지 않은 사람이라면 10여 년을 버티지 못했을 테니까.

당 가주는 그대로 입을 다물었다.

이때, 한운석과 용비야가 동시에 외쳤다.

"소칠은?"

"고북월은?"

그들은 조금 불안해하고 있었다. 이렇게 큰일이 벌어졌는데, 그들 두 사람이 이 자리에 없다니.

당 가주가 재빨리 설명했다.

"태부는 어린 아들이 아파서 진민과 함께 영주에서 한 발짝도 움직이지 못하고 있는 신세야. 군구신에 대해서는…… 이미 허락한 바 있어. 처리해야 하는 방식 그대로 처리하라고."

한운석이 다시 물었다.

"명신이…… 옛 그 병이 다시 재발한 건가요?"

당 가주가 안타까운 듯 고개를 끄덕였다.

용비야의 눈가에 복잡한 빛이 스쳐 갔다. 그가 한마디 더 물으려 했을 때, 헌원예가 끼어들었다.

"의부께서는 빙해로 부황과 모후를 찾으러 가셨는데, 만나지 못하셨습니까?"

용비야와 한운석은 빙해의 중심을 떠나 한참을 움직인 후에야 겨우 당 가주 일행을 만났을 뿐, 고칠소는 그림자조차 보지 못한 상태였다.

목령아가 중얼거렸다.

"칠 오라버니가 계속 두 사람을 찾고 있는 건 아닌지 모르겠

네. 무슨 일이라도 생긴 건 아니겠죠? 제가 가서 찾아보겠어요."

한운석이 말했다.

"빙해는 이미 회복되었으니 큰일은 없을 거야. 안심하고 먼저 돌아가 봐요. 내가 가서 찾아볼 테니."

그런 뒤 곁에 엎드려 있는 꼬맹이에게 물었다.

"괜찮겠어?"

꼬맹이가 바로 일어나더니 고개를 들고 가슴을 폈다.

한운석은 재빨리 독 저장 공간에서 단약을 한 알 꺼내어 꼬맹이에게 먹였다.

단약을 단숨에 먹어 치운 꼬맹이가 힘이 나는 듯 길게 울었다. 그는 이미 너무나 오랫동안 운석 엄마가 만들어 주는 단약을 먹지 못한 상태로, 그것을 무척이나 그리워하고 있었던 것이다.

한운석이 꼬맹이를 쓰다듬은 후 용비야를 바라보았다. 용비야가 고개를 끄덕이자 그녀는 꼬맹이 등에 올라타고 빙해로 향했다.

아득하게 넓은 빙해니, 서로 길이 어긋난다면 사람을 찾는 것은 결코 쉬운 일이 아닐 터였다. 그러나 꼬맹이의 후각에 의지한다면 고칠소를 찾는 일은 꽤 쉬워질 것이다.

한운석이 떠난 후 용비야는 비연을 헌원예에게 부탁하며 말했다.

"너희 먼저 돌아가서 연아를 돌봐 주거라. 나는 군구신의 남은 도당을 잡아야겠으니까!"

놓아줘

한운석과 꼬맹이는 빙해로 달려갔다.

꼬맹이는 얼마 지나지 않아 곧 고칠소의 냄새를 찾아냈다. 과연, 저 멀리에 한 점 익숙한 붉은빛이 보였다. 아득하니 새하얀 얼음 위, 너무나도 선명하고 아름다운 붉은빛이.

고칠소는 계속 앞으로 달리며 외치고 있었다.

"독누이! 용비야! 어디 있어? 독누이……."

독누이! 독누이!

그의 목소리는 거대한 빙해 저편에서 들려오는 듯 멀게만 들렸지만, 한운석은 분명하게 들을 수 있었다.

그녀는 자신도 모르게 아연한 표정으로 웃기 시작했다. 그녀의 눈가가 젖어 들고 있었다. 이리도 오랜 세월이 지났는데, 그는 여전히 독누이라 부르고 있었다.

한운석은 저도 모르게 그를 향해 외치기 시작했다.

"소칠, 고소칠!"

그러나 맞바람이 불고 있어 고칠소는 한운석의 목소리를 듣지 못한 채 점점 더 멀리 달려갔다. 한운석은 재빨리 꼬맹이에게 그를 뒤쫓게 했다.

고칠소 가까이 달려갔을 때, 한운석은 고칠소의 목소리만이 아니라 달려가는 뒷모습조차 초조해 보인다는 것을 깨달았다.

고칠소는 계속 그들을 찾지 못해 걱정하고 있는 것이 분명했다.

한운석은 꼬맹이에게 속도를 높이라 명령하고 큰 소리로 외쳤다.

"고소칠, 고소칠……!"

마침내 고칠소가 등 뒤의 인기척을 알아챘다. 그는 잠시 멈칫하더니 맹렬한 기세로 돌아보았다. 한운석이 꼬맹이의 등에 올라탄 채 차가운 바람을 맞으며 자신에게 달려오고 있었다.

그는 다시 그대로 멈췄다. 어느새 눈에서 뜨거운 눈물이 흘러내리기 시작했다.

한운석이 꼬맹이 등 위에서 뛰어내리더니 빠른 걸음으로 다가왔다. 그녀 역시 기쁨과 감동으로 인해 눈에 눈물이 고여 있었다. 그러나 고칠소가 눈물을 머금고 있는 것을 보자, 그녀의 웃는 얼굴이 그대로 굳어 버렸다. 마음이 너무 아팠던 것이다.

두 사람은 그렇게 눈물을 머금은 채 서로를 바라보았다. 그들 사이의 거리는 단 세 발짝도 되지 않았지만, 이 세 발짝 사이에는 10여 년이라는 세월이 담겨 있었다!

한운석이 먼저 정신을 차리고 다시 웃으며 말했다.

"소칠, 오랜만이야. 당신……."

그녀의 말이 끝나기도 전에 고칠소가 다가오더니 한운석을 품 안에 끌어안았다. 당장이라도 그녀를 제 몸 안으로 녹여 넣고 싶다는 듯, 아주 강렬하게.

"독누이, 내가…… 내가, 너무나…… 너무나 보고 싶었어."

그의 목소리에도 울먹임이 섞여 들었다. 그의 눈에 고여 있던 눈물은 어느새 얼굴 전체를 적시고 있었다.

한운석은 고칠소에게 끌어안긴 채 고개를 들었다. 그녀 역시 눈물에 제 슬픔을 담아 흘리는 중이었다.

이렇게 오랜 세월을 보내고 나니 그들은 이제 단순한 친우가 아니라 핏줄을 넘어선 가족이나 마찬가지였다!

한운석은 눈물을 흘리면서도 담담하게 미소 지으며 고칠소의 등을 두드려 주었다.

"이렇게 다 큰 어른이, 울긴? 울지 말아야지, 응?"

고칠소는 말없이 한운석을 더더욱 강하게 끌어안았다.

바로 이때였다. 앞에서 얼음처럼 차가운 목소리가 들려왔다.

"그녀를 놔줘!"

돌아보지 않아도 한운석은 알 수 있었다. 용비야가 쫓아온 것이다.

고칠소가 고개를 들었다. 그의 가늘고 긴 눈은 토끼처럼 붉어져 있었다. 고칠소는 용비야를 바라보기만 할 뿐 아무 대답도 하지 않았다.

용비야가 다시 외쳤다.

"놔주라고!"

고칠소는 여전히 아무 말도 하지 않았다.

용비야가 빠른 걸음으로 다가왔다. 그가 가까이 오자 고칠소는 뜻밖에도 한운석을 놔주더니 용비야를 얼싸안았다.

고칠소는 입술을 깨문 채 아무 말도 하지 않았다. 입을 열면 소리 내어 울어 버릴까 두렵다는 듯이.

용비야가 차갑게 외쳤다.

"이것 놔!"

고칠소는 놓아주지 않았다.

용비야가 다시 소리쳤지만, 고칠소를 밀어내지는 않았다. 그저 한운석을 바라보며 미간을 살짝 찌푸릴 뿐이었다. 그런 그의 깊은 검은 눈동자에 어쩔 수 없다는 빛이 스쳐 갔다.

한운석은 그런 그들을 바라보며 역시 어쩔 수 없다는 듯, 울지도 웃지도 못하고 있었다.

용비야는 결국 가볍게 한숨을 쉬더니 고칠소의 등을 톡톡 두드려 주었다.

"이제 됐어, 됐다고. 대체 지금 몇 살인데 이러는 거야?"

고칠소는 그제야 정신이 돌아온 듯 용비야를 놔주고, 다급하게 눈물을 닦았다.

용비야는 미간을 찌푸리며 그를 바라보았다. 고칠소는 분명 난처한 듯 용비야의 시선을 피하고 있었다.

용비야가 한마디 하려 했을 때, 고칠소가 먼저 입을 열었다.

"독누이가 얼음에 갇힌 거야 어쩔 수 없는 일이었다지만, 너는 쫓아가서 뭘 하다 온 거야? 대진국같이 무거운 짐을 내 양아들에게 떠맡기고, 마음이 불편하지도 않았나? 세상에 아비가 되어 가지고선……. 그리고 나는……."

용비야가 귀를 문지르며 고칠소의 말을 잘랐다.

"고소칠, 내 귀에 대고 10년이 넘게 염불을 외우더니만. 이제 좀 편안히 있으면 안 되겠어?"

고칠소가 바로 반박했다.

"나, 나는 독누이랑 이야기했던 거지. 그쪽이 아니라고! 오해하지 말라고!"

고칠소는 자신이 지난 10여 년 동안 언제나 용비야 곁에 웅크리고 앉아 이야기를 늘어놓다가 잠들었다는 사실을 잊어버린 것만 같았다!

그러나 용비야는 아주 분명하게 기억하고 있었다!

그러나 그는 아무 말도 하지 않고 그저 고칠소를 한번 흘긴 뒤 몸을 돌렸다.

한운석은 그만 피식 웃고 말았다. 10여 년 동안, 이 두 남자는 정말로 전혀 변하지 않았다. 두 사람은 여전히 어린아이들처럼 하나하나 경쟁하고 있었다.

고칠소는 과묵한 용비야를 화내게 만들 수 있었고, 용비야는 언제나 제멋대로 구는 고칠소를 난처하게 만들 수 있었다. 말없이 몸을 돌리는 용비야의 습관 역시 과거와 전혀 변함이 없었다!

한운석이 웃고 있노라니 용비야가 그녀를 돌아보며 습관처럼 물었다.

"안 갈 거야?"

이 말을 듣는 순간, 한운석은 살짝 멈칫하고 말았다. 용비야도 그제야 자신이 무슨 말을 했는지 깨달은 듯했다.

두 사람은 얼음을 깨고 나와 당리 일행을 만난 후 사정을 묻고, 자식들을 만나고, 다시 고칠소를 찾아다니느라 지금까지 서로의 얼굴을 제대로 바라보지도 못했던 것이다.

그렇다. 그들도 지금 다시 만났다.

빙해 아래 얼음 속에 갇힌 채 서로의 손을 잡고 10여 년을 지냈다지만 그들에게도 재회의 기쁨을 나눌 시간이 필요했다.

한운석이 아리따운 눈빛으로 용비야를 바라보았다. 용비야의 차가운 눈빛이 순식간에 다정해졌다. 그가 손을 내밀자 한운석이 바로 그의 손을 잡았다. 두 사람은 다시 한번 손을 단단히 맞잡았다. 이제야 모든 것이 현실처럼 느껴졌다.

고칠소는 그런 그들을 보며 웃었다. 그리고 소리 없이 꼬맹이에게로 몸을 날렸다. 그는 꼬맹이의 등에 올라탄 후 머리를 두드렸다. 그러자 그가 명령하기도 전에 꼬맹이는 고칠소를 태운 채 달리기 시작했다. 분명 고칠소가 제 주인들을 방해하지 못하게 하려는 게 분명했다.

고칠소는 미간을 찌푸렸지만, 곧 소리 내어 웃기 시작했다.

"꼬맹이 이 녀석, 나와 10년을 넘게 보내고도 여전히 그런단 말이지!"

한운석과 용비야는 이미 서로를 끌어안고 있었다. 한운석은 용비야의 가슴에 기댄 채 그의 힘찬 심장 소리를 듣고 있었다. 이 모든 것이 꿈이 아니라 사실이라니!

한운석은 보기에는 담담해 보였지만 사실 무척 두려워하고 있었다. 꼭 꿈을 꾸는 것 같아, 금방이라도 깨어날 것 같았던 것이다. 얼음 속에 갇혀 있던 10여 년 동안, 그녀는 늘 꿈을 꾸었다.

한운석이 말했다.

"전하, 꿈에서 당신을 보았어요. 꿈에서 나는 내 고향으로 돌아갔는데, 거기서 또 당신을 만난 거예요. 전하는 해독을 하려고 나를 찾아왔고, 심지어 새치기도 했지 뭐예요."

여기까지 말한 그녀는 꿈속의 풍경을 떠올리며 그만 웃고 말았다.

용비야는 잠시 멈칫하더니, 곧 웃으며 말했다.

"그래, 내가 새치기를 했지. 하지만 결국 당신에게 골탕을 먹었잖아."

한운석은 깜짝 놀랐다. 분명 그녀가 꾸었던 꿈과 같은 내용이었다. 설마, 두 사람이 같은 꿈을 꾸고 있었던 걸까?

시간의 비밀

꿈속의 장면 장면이 머릿속에 나타났다. 10여 년 전 그들이 얼음 속에 갇히기 직전의 일들도 뇌리에 떠오르고 있었다.

10여 년 전, 그들 두 사람은 용오름의 거대한 힘에 휘말렸고, 얼음 구덩이 속 연못에 내팽개쳐졌다. 그 연못 아래는 마치 꿈속의 세계와 같아 용비야로서는 한 번도 본 적이 없던 세상이었는데, 바로 그의 꿈에 나타난 그녀의 고향이었다.

용비야가 빙해 중앙을 바라보며 물었다.

"운석, 당신의 고향이…… 꿈이 아니었어. 그렇지?"

한운석도 빙해의 중심을 바라보며 담담하게 말했다.

"당신이 본 꿈속의 내 고향은…… 3천 년 후의 세계예요. 내 추측이 틀리지 않았다면 빙해의 지살이 지닌 가장 큰 비밀은 아마도 시간과 관련된 비밀일 거예요. 이 힘은 시간의 통로를 열 수도 있고, 우리를 과거나 미래로 보내 줄 수도 있을 거예요. 이 통로에 들어선 사람은 심지어 영혼을 바꿔 다시 태어날 수도 있고요."

용비야는 진지하게 그녀를 살펴보았고, 한운석 역시 열심히 그를 살펴보았다. 그리고 그가 그녀의 얼굴을 쓰다듬는 순간, 그녀도 그의 얼굴을 끌어안았다.

"다행이야."

그가 나지막하게 속삭이며 그녀를 품 안에 끌어안았다. 그의 목소리는 아주 작았지만, 한운석은 그의 말이 얼마나 무거운지 알고 있었다.

그렇다! 다행이었다!

그때 그녀는 다행히도 용비야의 말을 듣지 않고 그의 손을 놓지 않았다. 그리고 다행히도 지살의 힘이 다시 방출되는 순간 사라졌다. 그렇지 않았다면 타임슬립 해 온 그녀는 아마 이 세계를 떠나 원래 그녀가 속해 있던 세계로 되돌아갔을 것이다.

그들이 꿈을 공유할 수 있다 해도, 꿈은 그저 꿈일 뿐이다!

잠시 후 용비야가 나지막하게 속삭였다.

"기억해 둬. 나는 당신이 현공대륙 북강에 단 한 걸음도 내딛지 못하게 하겠어!"

이 목소리는 조금 차갑게 들리기도 했고, 경고하는 것처럼 들리기도 했다. 북해의 천살 역시 시간의 통로를 열 수 있을지는 지금으로서는 아무도 알지 못하는 상황이었고, 그는 결코 그런 위험을 무릅쓰고까지 모험을 할 생각이 없었다.

한운석이 진지하게 고개를 끄덕였다. 이미 10여 년의 세월을 잃었다. 그녀도 이제 어떤 모험도 하고 싶지 않았다. 그저 모든 것을 아끼고만 싶었다.

한운석의 진지한 표정을 본 용비야는 참지 못하고, 사랑스럽다는 듯 그녀의 앞머리를 쓸어 올렸다. 그는 다시 그녀를 잠시 안은 후, 아쉽다는 듯 놓아주었다. 그들에게는 당장 처리해야 하는 중요한 일들이 남아 있었다.

용비야가 말했다.

"가자. 고북월이 오지 않은 걸 보면 뭔가 문제가 있는 것이 분명해. 무슨 일인지 알아봐야지."

한운석이 잠시 고민하더니 고개를 끄덕였다.

"확실히 평소의 그와는 좀 다른 느낌이에요. 하지만 다른 사람에게 묻느니 그에게 직접 물어보는 게 좋겠죠. 고북월이 나를 속일 수는 있어도 당신을 속일 수는 없을 테니까. 나는 그보다는 연아가 걱정돼요. 그 바보 같은 아이가…… 어찌나 고집스러운지."

두 사람의 표정이 무거워졌다.

그때 시위인 초서풍과 서동림이 달려왔다. 얼음이 깨졌을 때 그들 두 사람과 시위들은 여전히 동굴 앞을 지키고 있었고, 단목요와 기세명 역시 그곳에 있었다.

한운석과 용비야는 그들과 시위들을 구했으나 단목요 일행에게까지 신경 쓸 여유는 없었다. 때문에 상황이 평온해진 후, 초서풍과 서동림은 사람들을 이끌고 단목요와 기세명을 찾아나섰던 것이다.

단목요와 기씨, 소씨, 혁씨 가문은 10년 전 그 음모를 시작한 이들이었으니 천 번 만 번을 베어도 과하지 않은 인물들이었다.

기연결은 이미 빙해에서 목숨을 잃었고, 소씨와 혁씨, 두 가문의 가주들은 한운석의 부친인 한진과 함께 죽음의 결계에 갇힌 채 이미 10여 년이 흐른 상태였다. 이제 와서 다시 원한을 이야기하는 것은 무의미한 일이었다.

게다가 단목요와 기세명은 연아에게 핍박당해, 그들 앞에서 계속 머리를 조아리며 잘못을 인정했었다.

초서풍이 보고했다.

"주인님, 시신만을 찾을 수 있었습니다만…… 시신도 이미 제 모습이 아니었습니다."

용비야는 그저 고개만 끄덕였고, 한운석도 더 이상 아무 말도 하지 않았다. 그녀가 정말 알고 싶은 것은 기씨 가문의 외아들이라는 기욱과, 그 기욱과 결탁했다는 혁소해의 결말이었다.

복수하려는 것이 아니었다. 그녀는 그저 그렇게 악독한 이들을 세상에 남겨 두는 것을 허락하고 싶지 않았다.

한운석과 용비야가 빙해 북안을 향해 걷기 시작했다. 초서풍과 서동림 역시 그들을 따랐다.

곧 초서풍과 서동림은 몸이 이상하다는 것을 깨닫고 동시에 멈춰 서서 서로를 바라보았다. 한운석과 용비야도 그들이 이상하다는 것을 알아채고 발걸음을 멈췄다.

초서풍과 서동림은 그 자리에 미동도 없이 서 있었다. 그런데 본래 그다지 좋아 보이지 않던 안색에 붉은 기운이 퍼져 나가고 있었다. 마치 사람 자체가 환골탈태하고 있는 것 같았다.

한운석은 곧 어찌 된 일인지 깨닫고 물었다.

"진기가 돌아온 건가?"

그녀의 말이 끝나는 순간, 초서풍의 몸에서 상당한 양의 진기가 폭발했다. 다행히도 용비야가 재빨리 한운석을 잡아끌었다.

곧 서동림 역시 진기를 폭발시켰다.

그렇게 진기를 폭발시킨 두 사람은 몸이며 사지가 모두 가볍게 변한 데다, 단전에 진기가 모여 있어 사람 자체가 아예 달라진 것 같았다.

초서풍이 대답할 필요도 없이, 한운석과 용비야는 상황을 파악할 수 있었다. 빙해의 이변으로 인해 사라진 진기가 회복된 것이다.

10여 년 전 진기가 사라진 후 현공대륙 각 방면의 세력이 뒤섞이고 말았다. 그런데 지금 진기가 회복되었으니 현공대륙의 국면에도 분명 변화가 있을 것이다.

그러나 한운석과 용비야는 그다지 걱정하지 않았다. 그들 두 사람과 자식들 모두 진기를 수련하지 않았지만, 그들에게는 이미 어떤 품의 진기도 이길 수 있는 충분한 힘이 있었다.

그리고 현공대륙에서 가장 강한 힘을 상징하는 건명보검이 그들에게 있는 이상, 그들은 전혀 걱정할 이유가 없었다. 이 대륙에 다시 무력을 숭상하는 풍조가 생긴다 해도, 현공대륙을 통제하는 것 정도는 사실 그들에게 식은 죽 먹기나 마찬가지인 것이다.

초서풍과 서동림이 기뻐하는 모습을 보며 한운석도 함께 기뻐했다. 그러나 곧 그녀는 잊고 있던 한 가지 일을 떠올렸다.

"큰일이야! 예아가 위험해요!"

진기가 회복되었다면, 이미 대완만의 경지에 이른 려금 역시 진기를 회복했을 것이다. 군구신이 그녀를 가둬 두었다 해도 아마 쓸모없을 것이다. 예아의 서정력은 아직 10품에 도달하지 못했으니, 려금의 적수가 될 수 없었다!

한운석과 용비야는 서로를 바라본 후 재빨리 북안을 향해 달리기 시작했다.

이때, 헌원예도 이미 진기가 회복되었다는 사실을 알고 있었다. 그의 수하들 역시 진기를 회복한 것이다.

이 순간, 그는 다평산의 지하 감옥에서 려금을 바라보고 있었다. 그녀는 고문으로 인해 모습이 완전히 달라진 것은 물론, 늙은 모습으로 눈을 크게 뜬 채 죽어 있었다.

헌원예는 려금을 진지하게 살펴보았으나, 그녀가 고통으로 인해 죽은 것인지 아니면 부상이 너무 심해 죽은 것인지 판단할 수 없었다. 어쨌든 그녀는 고통 속에서 발버둥을 치다 죽은 것이 분명했다.

시위가 보고했다.

"주인님께서 떠나신 후 우리 쪽 시위들이 차장을 포위했고, 포로를 몇 명 잡았습니다. 이곳을 찾아냈을 때 려금은 이미 죽어 있었습니다. 차장 전체를 세 번 뒤졌지만, 《운현수경》을 찾지는 못했습니다."

헌원예는 아무 말 없이 지하 감옥을 나왔다. 그는 포로들을 살펴본 후 다시 물었다.

"군구신 곁에 늘 붙어 있던 그 시위는? 죽었나?"

시위가 재빨리 대답했다.

"시신을 찾지 못했습니다."

헌원예가 명령했다.

"당장 진양성 쪽에 전령을 보내라. 정왕부 사람들을 모두 억류하도록!"

시위는 바로 명을 이행하러 자리를 떠났다. 헌원예는 려금을 포함한 모든 시신을 처리한 후 차장을 봉쇄하도록 명하고, 포로를 데리고 차장을 떠났다.

망중은 도망치는 중이었다. 그는 잠시도 멈추지 않고 계속 북쪽을 향해 달리다가, 갑자기 고삐를 잡았다. 어찌나 다급하게 움직였는지, 하마터면 그대로 말에서 떨어질 뻔했다.

그는 한 손으로 단전을 누른 채 멍한 표정을 짓다가, 곧 울먹이기 시작했다.

"전하! 전하……."

진기가 회복되었으니, 지살이 사라진 것이 틀림없었다. 그렇다면 전하는…… 전하는…….

얘야, 왜 그러니

망중은 성인 남자였지만, 말 위에 앉은 채 애간장이 끊어지도록 울었다.

감히 뒤를 돌아볼 수 없었다. 돌아보는 순간 참지 못하고 전하의 흔적을 찾아 빙해안으로 달려갈 것만 같았던 것이다.

그러나 그는 알고 있었다. 전하는 사라졌고…… 아무것도 찾을 수 없을 것이다. 전하는 봉황화에 타오르며 시신조차 남기지 못한 것으로 보였지만, 사실 전하의 몸은 건명보검에 순장되어 인검합일이 되어 버렸다.

그는 계속 눈물을 닦으며 발길을 재촉했다. 가능한 한 빨리 황상을 찾아야만 했다.

망중은 당장이라도 전하를 따라가고 싶었지만, 전하에게서 부탁받은 일이 있었다. 그는 황상을 찾아 몽하 선배를 만나게 한 다음, 운공대륙 영주로 가서 고 태부를 찾아야 했다. 전하는 고 태부라면 그들을 받아들이고 앞날을 안배해 줄 거라고 했다.

그는 계속 전하가 연 공주를 속이는 것을 이해할 수 없었다. 그러나 지금 슬픔에 목이 메는 상황이 되자 겨우 이해할 수 있었다.

떠난 사람은 영원히 떠나 버린 것이니, 진상을 모른다면 그저 원망하고 미워할 뿐이지만 진상을 아는 사람은 평생 마음 아파할 수밖에 없는 것이다. 망중은 자신도 진상을 알지 못했더라면 더 좋았을 거라 생각했다. 원망하는 고통과 잃어버리는 고통은 결코 같은 층위에 두고 논할 수 없는 것이다.

망중은 계속 기분을 가라앉히려고 노력하면서, 결국은 남쪽으로 고개 한번 돌리지 못했다. 그는 그저 두 손 모아 읍하면서 중얼거렸다.

"전하, 안심하십시오. 전하께서 부탁하신 일들은 꼭 완수하겠습니다."

말을 마친 그는 북쪽을 향해 나는 듯이 말을 몰기 시작했다.

택 역시 북강으로 가던 길이었다. 그는 단 한순간도 멈추지 않고 달리고 있었으나, 진기가 회복된 것을 느낀 순간 바로 말을 멈췄다. 그리고 말 위에서 떨어지다시피 뛰어내린 다음 오던 방향으로 되돌아 달리기 시작했다. 큰 소리로 통곡하면서.

"형! 형……."

그는 기진맥진할 때까지 뛰다가 그예 넘어지고 말았다. 그러나 슬픔과 절망에 사로잡힌 그는 일어나지 않고 바닥에 엎드린 채 가만히 있었다.

앞으로 얼마나 더 달려야 빙해에 닿을 수 있을까? 하지만 지금 당장 돌아가 봐야 이미 늦었을 것이다. 이제는 형을 만날 수 없는 것이다…….

그는 몸을 웅크린 채 울기 시작했다. 마치 집으로 돌아갈 길을 영원히 잃어버린 아이처럼.

날이 어두워졌다. 길을 가던 소달구지 한 대가 택을 보고 멈춰 섰다.

"애야, 왜 그러니? 어느 집 아이지? 부모님은?"

늙은 농부가 어찌 눈앞에 있는 가면을 쓴 아이가 천염국의 황제라 생각이나 할 수 있겠는가. 그는 택이 울고 있는 것을 보고 길을 잃은 아이라 생각하며 물었다.

"울지 마라, 응? 집이 어디냐? 할아비가 데려다주마."

택은 그제야 고개를 들고 울면서 말했다.

"나는 집이 없어요."

늙은 농부는 무슨 뜻인지 이해할 수 없어 다시 물었다.

"무슨 일이 있었느냐? 네 부모님은?"

택은 더욱 큰 소리로 울면서 말했다.

"어머니는 어릴 때 돌아가셨고, 아버지는 나를 사랑하지 않았어요. 나에겐 형밖에…… 형뿐이에요!"

농부는 택이 우는 것을 보고 재빨리 위로하듯 말했다.

"울지 말고, 응? 그럼 내가 네 형을 찾아 주마. 형은 어디에 있지?"

이 말을 들은 택의 울음소리가 더욱 커졌다.

"형은 내가 필요 없대요! 우리 형수도 필요 없대요! 우리가 필요 없는 거야! 흑흑……. 우리를 버렸어! 우리는 영원히…… 형을 찾을 수 없을 거예요. 영원히……."

늙은 농부는 당황스럽기도 하고 택의 말이 진짜인지 분간할 수 없었다. 그가 다시 몇 마디 물어보았으나 택은 대답 없이 울기만 했다.

농부는 도무지 참을 수 없어 택을 안아 들었다. 다행히 택은 거절하지 않았다. 그는 택을 달구지에 태워 일단 집으로 돌아갔다.

헌원예가 다평산을 떠나고 얼마 되지 않았을 때였다. 고칠소가 다가오는 것이 보였다. 헌원예는 재빨리 그에게 다가가 물었다.

"의부, 부황과 모후는 만나셨습니까?"

헌원예가 별다른 말은 하지 않았지만, 고칠소는 가장 먼저 빙해로 달려가고도 한운석을 제일 늦게 만난지라 조금 난감한 기분이 들었다. 그래서 입술을 비죽이다가 말을 돌렸다.

"차장 안의 상황은 어떻지?"

헌원예가 가볍게 탄식한 후 담담하게 말했다.

"모두 처리했습니다. 그리고 그는…… 그대로 두었습니다."

그리고 잠시 멈췄다가 다시 한마디 덧붙였다.

"너무 슬퍼하지 마십시오."

헌원예가 이야기하는 '그'는 물론 고칠소의 제자인 백리명천이었다.

백리명천은 혈루의 힘을 폭발시킨 후 바닥에 쓰러진 채 다시는 일어나지 못했다. 고칠소는 이미 마음속으로 짐작하고 있는 바가 있었지만, 헌원예에게서 '너무 슬퍼하지 말라'는 말을 들으니 심장이 사납게 쥐어뜯기듯 아파 왔다.

고칠소는 그 이상 아무 말도 하지 않고 그저 고개만 끄덕인 후 차장으로 향했다.

그곳은 이미 거의 정리된 상태였고, 시위들이 마지막으로 봉쇄 작업을 하고 있었다. 고칠소는 원래 발걸음을 빠르게 옮길 생각이었지만, 그들이 싸웠던 정원에 도착하자 발길이 느려지고 말았다.

그는 자신에게 인사를 건네는 시위들은 쳐다보지도 않고 천천히 정원 안쪽으로 걸어갔다. 마침내 백리명천의 시신이 보였다. 그는 다실 안 대나무 침상 위에 놓여 있었다. 밖에서 보면 그저 잠든 것처럼만 보였다.

고칠소는 주먹을 쥔 채로 문가에 한참 서 있다가 겨우 안으로 들어갔다. 지금의 그는 꽤 냉정해 보였다. 얼굴에는 별다른 표정이 떠올라 있지 않았고, 눈빛은…… 어쩐지 무거워 보였다. 아마 헌원예나 당정 일행의 세대는 그가 이렇게 가라앉아 있는 모습을 본 적이 거의 없을 것이다.

그는 백리명천 앞으로 다가갔다. 그러나 시선은 백리명천이 아닌 바닥 쪽에 떨어뜨리고 있었다. 그는 침상 가장자리에 앉은 다음 한참 후에야 가볍게 한숨을 내쉬었다.

고칠소가 담담하게 물었다.

"네가 원했던 것이 무엇이었을까? 너는 다투는 것을 좋아하지 않는 아이였는데……. 연아, 군구신과 대체 무엇을 다투려 했던 걸까? 이 천하가 어찌 되건 너와 무슨 상관이 있다고……. 나를 미워해서 그랬던 거라면, 모두 내 잘못이구나."

그는 한참 동안 말을 멈추었다가 다시 입을 뗐다.

"원래 너를 속이려 했던 게 아니었다. 널 이용하려던 것도 아니었어. 그저…… 인연이었지! 하하, 은거하고 있던 백리씨가 현공대륙을 삼분하고 있으리라고는 생각지도 못했으니까. 그래서……."

고칠소가 말을 끝내기도 전에 갑자기 등 뒤에서 진기가 떠오르는 느낌이 전해져 왔다.

고칠소가 다급하게 돌아보았지만 백리명천은 여전히 조용히 누워 있었다. 종이처럼 창백한 안색에 마치 잠든 듯한 모습 그대로.

그러나 백리명천의 주변을 감싸고 있는 것은 분명 웅혼한 기상이 어린 진기였다!

이게 어찌 된 일일까? 사람이 죽으면 기도, 힘도 사라지는 법 아닌가!

고칠소는 재빨리 백리명천이 숨을 쉬는지 확인해 보려 했으나, 손이 진기에 막혀 버리고 말았다.

예아가 너무 슬퍼하지 말라고 했던 것은 분명 백리명천의 목숨이 끊어진 것을 확인했기 때문일 것이다. 그러나 이 순간 백리명천의 몸을 진기가 감싸고 있으니……. 고칠소는 희망을 보고 있었다.

설마 진기가 회복되면서 백리명천을 이 재난에서 피하게 해준 걸까?

곧 더더욱 놀라운 일이 발생했다. 백리명천을 감싸고 있던 진기가 천천히 그의 몸 안으로 스며들더니, 몸에 얇은 얼음 층이 생겨났다.

얼마 지나지 않아 백리명천은 얼음에 감싸인 듯한 모습이 되었다.

고칠소는 대체 어찌 된 일인지 알 수 없어 감히 경거망동하지 못하고, 일단 기다려 보았다.

백리명천의 몸에 그 이상 변화가 없는 것을 확인한 고칠소는 마침내 얼음을 깨려고 해 보았다. 그러나 안타깝게도 얼음은 전혀 깨지지 않았고, 그는 백리명천이 죽은 것인지 산 것인지 전혀 알 수 없었다.

어쨌든 고칠소는 희망을 품고 백리명천에게 외쳤다.

"어떻게든 버텨라! 내 아직 널 혼쭐을 내지 못했으니까!"

그날 밤, 고칠소는 백리명천을 데리고 다평산 차장을 떠났다.

한운석과 용비야는 길에서 헌원예를 만나 상황을 들은 후 모두에게 합류했다. 그들은 빙해에서 가장 가까운 현공상회 소유 차장에서 머물기로 했는데, 그곳에는 술이 가득 쌓여 있었다. 의심할 바 없이 이 차장은 상관 부인이 직접 관리하는 곳이었고, 술은 영승의 것이었다.

비연은 여전히 정신을 잃고 있었다. 의원을 불러와 보았지만 한운석과 같은 진단을 내렸다.

밤이 깊어지자 당정과 전다다가 비연 곁을 지키겠다고 했다.

한운석과 용비야가 방으로 돌아와 보니, 방문 앞에는 당리 일행이 기다리고 있었다. 분명 옛일을 이야기하며 회포를 풀기 위해 온 듯했다.

마침내 직접 전해 주게 되었구나

한운석과 용비야가 다가오자 당리가 영정을, 목령아가 아금을 끌고 그들을 둘러쌌다.

당리가 용비야를 안으려 했지만, 용비야는 이미 고칠소에게 당한 바가 있어 재빨리 피하며 당리의 어깨를 잡아 적절한 거리를 유지했다. 그리고 몇 번 기침을 하고는 말했다.

"시간이 많이 늦었으니 일단 가서 쉬고, 할 말이 있으면 내일 이야기하도록 하지."

이 10여 년 동안 고칠소가 항상 얼음 동굴로 와서 수다를 떨었지만, 진정한 수다쟁이는 바로 당리였다! 당리에게 기회를 준다면, 아마 오늘 밤 아무도 잠들 수 없을 것이다.

"형, 우리……."

당리가 말을 시작하려 했을 때 영정이 재빨리 나섰다.

"그래요, 맞아. 모두 피곤하잖아요. 좋은 말은 내일 나눠도 늦지 않을 테니 우리 일단 돌아가죠."

한옆에서는 목령아가 한운석을 끌어안고 울고 있었다. 지금 목령아의 모습은 딸인 전다다보다도 더 어린 소녀 같아 보여, 곁에 있는 아금은 어쩔 줄 몰라 하고 있었다.

한운석이 그들 모두를 방에 들였다. 그러자 당리가 무척 기뻐하며 제일 먼저 방 안으로 들어가 차를 우리기 시작했다. 그는 이미 상관 부인에게서, 이 차장에서 제일 좋은 차를 받아 들고 용비야를 기다리던 참이었다.

한편 소소옥은 모두 방 안으로 들어간 뒤에도 그저 눈이 빠지도록 바라보기만 할 뿐 감히 앞으로 나서지 못했다.

그녀는 한가보의 가주였고, 세상에 소 부인으로 알려져 있었다. 그녀는 그 누구 앞에서도 당당했고, 입을 열 때면 항상 냉혹한 것으로 소문이 나 있었다. 그러나 한운석과 용비야 앞에서는 일개 시녀에 불과했다. 그녀는 제 여주인인 한운석에게는 감사의 마음을, 그리고 남주인인 용비야에게는 경외심을 품고 있었다.

한운석이 뒤를 돌아보고는 소소옥이 들어오지 못하고 머뭇거리는 것을 바로 눈치챘다. 그녀는 목령아를 방에 들어가게 한 후 홀로 소소옥에게 걸어왔다.

소소옥은 눈이 새빨갛게 젖어 있었다. 그러나 그녀는 한운석이 '오랜만'이라는 말 한마디를 하기 전에 일단 공손하게 절을 하며 말했다.

"주인님."

한운석이 재빨리 그녀를 일으켰다. 소소옥을 바라보고 있노라니 감개가 무량했다.

소소옥이 한운석의 부친인 한진을 따라 현공대륙으로 무공을 익히러 떠났을 때는 겨우 10대 소녀였다. 그러나 지금은 이미 부인이라 불리는 나이가 되었고, 새까맣던 머리카락도 전부 하얗게 세어 버렸다.

한운석은 살며시 손을 뻗어 소소옥의 머리카락을 어루만졌다. 어쩐지 마음속에 슬픔이 차올랐다. 그리운 이와 다시 만나는 것은 기쁜 일이지만, 어떤 사람은 영원히 돌아올 수 없는 법이다.

한운석이 담담하게 말했다.

"내 부친이 하셨던 말을 전해 들었느냐?"

소소옥은 바로 고개를 숙였다.

한운석이 다시 말했다.

"그때 부친께서 나에게 말씀하셨다. 꼭 너에게 전해 달라고. 오늘에야 직접 전해 줄 수 있게 되었구나. 부친께서는…… 너에게 더 기다릴 필요 없다고 하셨다."

소소옥은 고개를 더욱 숙일 뿐이었다.

한운석이 그녀의 어깨를 안고 천천히 품으로 끌어당긴 다음 속삭였다.

"네 마음, 나도 알고 있다. 굳이 기다리고 싶다면 계속 기다려도 좋아. 부친을 대신해 랑종을 계속 이어 나가면서."

소소옥은 원래 굳세게 참으려 했지만, 이 말을 듣는 순간 눈물이 흐르기 시작했다.

모든 이들이 그녀에게 기다리지 말라고 했었다. 그러나 주인만은 그녀에게 기다려도 좋다고 허락해 주었다.

기다리지 않는다면 그녀의 이 생에 어떤 희망이 있을까? 오지 않을 것을 알면서도 그녀는 기다릴 수밖에 없었다. 그녀가 기다리는 한, 그는 영원히 그녀에게는 살아 있는 것이다. 그녀가 기다리지 않으면 그는 진정으로 그녀를 떠나게 되는 것이다.

재빨리 눈물을 닦아 낸 소소옥이 뒤로 한 걸음 물러서서 공손하게 몸을 굽혔다.

"감사합니다, 주인님."

한운석은 더 이상 깊은 이야기는 하지 않았다.

"어서 가서 쉬도록 하렴."

한운석이 소소옥을 눈으로 배웅한 후 다시 방 안으로 들어가려 했을 때, 당리가 미간을 찌푸린 채 방에서 나왔다. 그리고 영정과 목령아 일행도 함께 따라 나왔다.

당리와 목령아가 무슨 생각에라도 잠긴 듯 미간을 찌푸리고 있는 것을 보고 한운석이 영정에게 속삭였다.

"무슨 일이지?"

영정이 웃으며 대답했다.

"별일 아니어요. 두 분 편히 쉬시고, 우리는 따로 시간을 내어 회포를 풀도록 해요."

한운석이 방으로 들어가 보니 용비야가 침착하게 차를 마시고 있었다. 그 사소한 동작 하나하나에도 하늘이 내린 듯한 패기가 어려 있어, 그 누구도 감히 그를 소홀하게 대할 수 없을 듯 보였다.

한운석이 물었다.

"당리와 목령아가 왜 저러는 거죠?"

용비야가 한운석에게 차를 건네며 말했다.

"저들에게 할 일을 정해 주지 않으면 분명 밤새도록 여기서 떠나지 않으려 했을걸. 그렇게 되면 당신과 나도 쉬지 못할 거고. 영정과 아금도 좀 쉬어야지."

한운석은 울 수도 웃을 수도 없었다. 용비야는 당리와 목령 아에게 꽤 어려운 일을 맡긴 것이 분명했다. 그렇지 않다면 그들 두 사람이 그렇게 미간을 찌푸린 채, 한운석에게 인사도 하는 둥 마는 둥 떠났을 리 만무했으니까.

용비야가 또다시 찻잔을 들자 한운석이 재빨리 말렸다.

"두 잔 마셨으면 됐어요. 10년이 넘도록 폐관하고 있었으니, 일단 배부터 채우는 것이 좋겠어요. 차는 일단 그만 마시고요."

그녀의 말이 끝나자마자 누군가가 문을 두드렸다. 바로 상관 부인이 그들 시중을 들도록 보낸 시녀들이었다. 그녀들은 죽과 새 옷을 가져왔다.

용비야와 한운석은 배를 채운 후 방 뒤편에 있는 온천에서 피로를 씻어 냈다. 그들이 방으로 돌아와 누웠을 때는 이미 한밤중이었다.

그들 두 사람은 휴식을 길게 취하지 않았다. 용비야는 직접 서신을 쓴 뒤 그것을 초서풍에게 들려 운공대륙 영주로 보냈다. 한운석은 일단 비연의 방으로 향했다.

비연은 여전히 정신을 차리지 못했고, 당정과 전다다가 침상 가장자리에 엎드려 잠들어 있었다. 소소옥이 그 곁에 앉아 있었고, 진묵 역시 방 안에 있었다.

한운석이 온 것을 본 소소옥이 당정과 전다다를 깨우려 했다. 한운석은 그런 소소옥을 말리고 침상 가장자리에 앉아 딸을 바라보았다.

얼마 지나지 않아 용비야와 헌원예도 왔다. 당정과 전다다는 그제야 깨어났다.

그들 두 사람은 어린 시절부터 용비야를 무서워했고, 다 자란 지금도 그 사실은 변하지 않았다. 당정과 전다다는 한운석에게 눈짓하고는 핑계를 댄 뒤 자리를 떠났다.

헌원예가 물었다.

"모후, 연아가 언제나 깨어날까요?"

"오늘 아니면 내일이면 깨어나겠지."

한운석이 가볍게 탄식하며 말했다.

"며칠 더 정신을 잃고 있다 해도 나쁘지 않아. 깨어나면……아주 견디기 힘들 테니까."

헌원예는 증오심 때문인지 아니면 마음이 아파서인지, 주먹을 쥔 채 아무 말도 하지 않았다.

용비야도 딸 곁에 앉아, 슬픈 눈빛으로 딸의 얼굴을 쓸어내렸다.

"예아, 대체 어떻게 된 일인지 자세하게 이야기해 주면 좋겠구나."

당리와 목령아가 이미 대강의 사정을 이야기하긴 했지만, 자세한 내용은 아직 듣지 못한 상태였다. 용비야는 고북월로부터 회신을 받기 전에 일단 상황을 이해하고 싶었다.

헌원예는 이 일을 다시는 떠올리기 싫었지만, 한숨을 내쉰 다음 찬찬히 설명하기 시작했다.

이때 고칠소도 백리명천을 데리고 돌아와 있었다. 당정 일행은 아직도 진기가 백리명천을 보호하고 있는 것을 보고 깜짝 놀랐다.

모두 백리명천을 좋아하지는 않았지만, 그래도 다행이라고 여기는 눈치였다. 일단 백리명천은 고칠소의 제자였고, 또한 비연과 거래를 했다고는 하지만 마지막에 그들을 도와주었기 때문이다. 그의 도움이 없었다면 비연은 아마 승급에 성공하지 못했을 것이다.

모두 호기심 어린 눈으로 백리명천을 바라보며 고칠소를 따라 방으로 들어갔다. 그러나 목연은 그들을 따라 들어가지 않고 다평산에서 온 시위에게 물었다.

"축운궁주의 시신은 어떻게 되었지?"

"다른 시신들과 함께 합장했습니다."

시위의 대답에 목연은 고개를 끄덕였다. 그는 시위가 떠난 후에야 겨우 한숨을 내쉬었다. 수년 동안 그의 심장을 억누르고 있던 거대한 바위가 마침내 사라진 것만 같았다.

이 아이는 분명 살아 있는 거야

젊은 세대가 고칠소의 방 안에서 시끌벅적 떠드는 동안, 어른들은 바쁘게 자기 일을 보고 있었다.

영승과 상관 부인은 헌원예가 다평산 차장에서 잡아 온 포로들을 심문하고 있었다. 그러나 안타깝게도 포로들에게서 알아낼 게 별로 없었다.

그들이 아는 거라고는 군구신이 혁소해와 기욱을 죽였는데 아무래도 《운현수경》 때문인 것 같다는 점, 그리고 려금이 진상을 자백했으나 결국 군구신의 고문으로 인해 죽었다는 것 정도였다. 《운현수경》이 어디에 있는지 아는 사람도 물론 없었다. 망중과 군자택의 행방 역시 아무도 알지 못했다.

당리와 목령아는 이미 빙해에 도착해 있었다. 전날 밤 용비야가 그들에게 맡긴 임무는 바로 빙해를 주시하라는 것이었다.

갑자기 진기가 회복되었으니 분명 수많은 이들이 무슨 일인지 알아보러 빙해로 몰려올 것이다. 물론 당리와 목령아가 그런 이들을 막을 수도 없었고 막을 필요도 없었지만, 지켜보면서 변고에 대비하기는 해야 했다.

빙해는 더 이상 독에 감염된 상태가 아니니, 진기로 몸을 보호할 수 있는 사람이라면 빙해를 건너 운공대륙으로 갈 수도 있었다.

물론 당리와 목령아 두 사람만으로는 안심하고 일을 맡길 수 없었기에, 영정과 아금 역시 어쩔 수 없이 함께하고 있었다.

고칠소는 백리명천을 침상에 눕힌 다음 진기를 주입하려 해 보았다. 그러나 안타깝게도 그의 진기는 백리명천의 몸을 감싼 얇은 얼음을 뚫고 들어가지 못했다.

전다다가 물었다.

"칠 숙부, 숙부의 진기가 부족한 건 아닐까요? 우리 모두 함께 해 보면 어때요?"

모두 함께 시도해 보았으나 결과는 같았다.

고칠소가 턱을 쓰다듬으며 고민하기 시작했다.

"설마 이 아이가 목숨을 잃을 적에 진기가 구해 준 걸까? 내가 아는 한 이 아이는 천재였어. 어릴 때부터 진기가 아주 대단했지."

"진기가 그저 시신만을 지켜 주고 있는 건 아닐까요?"

당정의 말에 전다다가 열심히 고개를 끄덕였다.

"우리들의 진기를 다 모아도 구할 수 없는 걸 보면, 스스로가 스스로를 구할 수도 없을 거예요. 아마 그저 진기로 몸을 보호할 뿐이겠죠. 어디선가, 진기가 웅혼한 사람은 죽은 후에도 진기가 한참 동안 흩어지지 않는다는 이야기를 들은 적 있어요."

고칠소는 아예 그녀들의 말에는 귀를 기울이지 않고 있었다. 대신 갑자기 놀란 표정을 짓더니 재빨리 헌원예 시위에게 물었다.

"이 아이 곁에서 교주를 발견하지 못했느냐?"

인어는 죽기 전 눈물을 흘리고, 그 눈물은 교주가 되는 법이었다!

시위가 말했다.

"유심히 살펴보지 않았습니다. 하지만 황상께서 숨을 확인하셨을 때, 이미 숨이 끊어진 상태였습니다."

고칠소는 바로 결단을 내렸다.

"목연, 나 대신 이 아이를 잠시 지켜라. 나는 다평산에 한번 다녀와야겠다."

목연이 고개를 끄덕였고, 당정과 전다다는 재빨리 고칠소를 따라나섰다.

고칠소 일행은 다평산에 도착한 다음 그곳을 지키던 시위에게도 물어보고, 정원을 샅샅이 뒤져 보았지만 어디에서도 교주를 찾을 수 없었다.

고칠소는 기뻐하며 돌아왔다. 그는 백리명천을 보는 순간 참지 못하고 큰 소리로 웃기 시작했다.

"이 아이는 분명 살아 있는 거야! 살아 있다고!"

그 누구라도 고칠소가 기뻐하고 있다는 것을 알아챌 수 있었다. 모두 사연을 묻기도 전에 고칠소가 중얼거렸다.

"이유가 무엇인지는 모르겠지만, 교주를 찾지 못한 이상 너는 분명 살아날 것이다! 나는 절대로 너를 포기하지 않겠다!"

사실 백리명천은 주변의 모든 소리를 들을 수 있는 상태였다. 이 순간 그는 당장이라도 눈을 뜨고 고 영감을 바라볼 수 없어 안타까워 죽을 지경이었다.

그는 확실히 살아 있었다!

그는 온 힘을 다해 혈루의 힘을 방출한 후 그대로 튕겨 나갔다. 그러나 죽지는 않고 간신히 마지막 숨을 몰아쉬고 있었다.

그 짧은 순간 그의 손이 굳어 버렸고, 그는 완벽하게 살아 있는 시체가 되어 버렸다. 그는 온몸이 점차 얼음으로 뒤덮이는 것을 느낄 수 있었고, 이미 스스로를 포기한 상태였다.

그러나 그가 의식을 잃으려는 순간 진기가 점차 회복되더니, 심지어 혈루의 부작용에 대항하기 시작했다.

그의 몸 안에서 두 힘이 격렬하게 다투는 동안 그는 의식을 잃었고, 스스로가 죽었다고 생각했다. 그러나 정신을 차려 보니 진기가 그의 몸을 지키고 있었고, 혈루의 부작용 역시 계속되는 중이었다.

백리명천은 자신이 방 안에 누워 있고, 고 영감이 곁에서 이야기하고 있다는 것도 알 수 있었다.

백리명천은 무척이나 눈을 뜨고 싶었다. 고 영감이 지금 어떤 모습인지 너무나 보고 싶었다.

그날 정역비가 그를 방 안에서 정원으로 데리고 나왔을 때, 그는 정역비에게 저들 중 누가 고 영감이냐고 물었다. 정역비는 붉은 옷을 입은 사람이라고 대답해 주었지만, 안타깝게도 그때 상황이 너무 급해 그를 제대로 볼 여유가 없었다.

백리명천은…… 지금까지 고 영감의 진정한 모습을 단 한 번도 본 적 없었던 것이다.

그러나 고 영감이 중얼거리는 소리를 들은 순간, 백리명천은 갑자기 눈을 뜨기보다는 이렇게 고 영감의 말을 좀 더 듣는 것도 좋겠다고 생각했다. 그는 고 영감이 이렇게 엄숙하고 진지하게 말하는 것을 들은 적이 없었다. 고 영감의 진심을 들어 본 적이 없었던 것이다.

원래, 모든 것은 그의 오해였다.

다행이었다. 그는 고 영감을 오해했지만 결국은 고 영감을 배반하지는 않았으니까.

고칠소는 잠시 생각하더니 말했다.

"너희들이 이 아이를 지켜보고 있거라. 가서 용비야 일행을 불러와야겠다!"

그러나 고칠소가 막 자리를 떠나려 했을 때 시종이 오더니, 비연이 깨어났다고 전했다. 고칠소는 무척 기뻐하며 시종에게 백리명천을 지켜보라고 명한 후, 재빨리 당정 일행과 함께 비연에게로 갔다.

백리명천은 군구신이 이미 죽었다는 사실을 알지 못했다. 그저 진기가 회복된 것을 보니 군구신이 분명 인검합일의 경지에 이르렀겠구나 추측할 뿐이었다. 그랬기에 그는 지금 의심에 가득 차 있었다.

어쨌든 사람들이 가 버린 후 방 안은 다시 조용해졌고, 그는 아무것도 할 수 없으니 그저 기다릴 수밖에 없었다.

비연이 정신을 차렸다. 그녀는 침상에 누운 채 미동도 하지 않고 주변 사람들을 바라보았다. 그녀의 눈동자는 어딘가 아련해 보였다. 그 모습을 본 다른 이들은 말할 것도 없고, 용비야와 한운석마저 긴장하고 말았다.

용비야가 비연의 손을 잡고 다정하게 말했다.

"연아, 괜찮니?"

비연은 그제야 완전히 정신을 차렸다. 그녀는 마치 백일몽에서 막 깨어난 것처럼, 대체 무엇이 꿈이고 무엇이 현실인지 알 수 없었다. 그저 무력하기만 했다.

그녀는 부황을 바라보고 다시 주변 사람들을 바라보았다. 점차 저간의 모든 일이 떠올랐다. 그녀는 담담하게 미소 지으며 입을 열었다.

"부황, 저는 괜찮아요."

그러나 그녀의 얼굴이 모두에게 말해 주고 있었다. 절대 괜찮지 않다고!

용비야가 다시 말을 걸려고 했을 때, 한운석이 먼저 말했다.

"연아가 괜찮다니, 모두 나가 보거라."

모두 마음에 짚이는 것이 있어 잇달아 밖으로 나갔고, 용비야, 한운석, 헌원예, 고칠소만이 자리에 남았다.

비연이 다시 몸을 일으키며 한마디 덧붙였다.

"모후, 저는 정말 괜찮아요."

한운석이 고개를 끄덕였다.

"그래, 모후도 안다."

그녀는 자리에 앉아 비연의 손을 잡고 잠시 침묵한 다음, 용비야를 포함해 사람들에게 말했다.

"우리 모녀 두 사람만 나눌 이야기가 있으니, 모두 가서 자기 일을 보도록 해요."

용비야는 한운석의 뜻을 알겠다는 듯 어깨를 두드려 준 후 말없이 나갔다. 고칠소는 방에서 나가고 싶지 않았지만 결국은 헌원예에게 끌려 나갔다.

방문이 닫히자, 방금까지만 해도 사람으로 가득 차 있던 방이 유난히도 적막해졌다.

비연이 다급하게 침상 아래로 내려오며 말했다.

"모후, 제 머리를 빗겨 주시겠어요? 아주 오랫동안…… 제 머리를 빗겨 주시지 못했잖아요."

한운석이 고개를 끄덕였다.

"그럼, 물론이지. 예쁘게 빗겨 주마. 그리고 상관 부인에게 옷을 가져다 달라고 하자꾸나. 오늘부터 모든 것을 새로 시작하는 거다."

비연은 살짝 멈칫했으나 곧 화장대 앞에 앉아 거울 속의 자신을 보며 웃어 보였다.

"좋아요. 모든 것을 새로 시작해요."

한운석이 빗을 들어 다정하게 머리를 빗겨 주기 시작했다.

"아직 예를 하나 끝내지 않았다니, 정말로 잘된 일이구나. 그렇게 배은망덕한 녀석은, 네가 직접 처리해 버려야 마땅했지."

비연의 몸이 굳었다. 한운석은 그 사실을 눈치챘지만 말을 멈추지 않았다.

"네가 직접 해치우지 않았다면, 아마 평생 한이 되었을걸?"

비연은 저도 모르게 입술을 깨물었다가, 한참 후에야 겨우 웃음을 짜내며 대답했다.

"물론이지요."

한운석의 눈에 안타까운 빛이 스쳐 갔다. 그녀는 딸의 머리를 예쁘게 빗긴 다음에야 말했다.

"맞아, 네 오라비가 건명보검과 계강란을 데려왔더구나. 건명보검과 계강란 모두 그의 것인데, 어떻게 처리할 생각이냐?"

잘 생각해 보려무나

건명보검과 계강란이 모두 그의 것이라고?

이 말을 들은 순간, 비연은 도저히 감정을 억누를 수 없어 분노한 목소리로 외쳤다.

"처리해야 하는 방식 그대로 처리할 거예요!"

한운석이 다시 물었다.

"그래, 어떻게 처리해야 하는데?"

이 말을 들은 순간, 문밖에서 몰래 엿듣고 있던 이들은 그저 서로의 얼굴만을 흘깃거렸다.

고칠소는 문밖 오른쪽에서 귀를 벽에 붙이고 서 있었다. 그리고 그의 등 뒤로 당정, 정역비, 전다다, 목연, 진묵이 줄줄이 같은 동작을 취하고 있었다.

문밖 왼쪽으로는 용비야와 헌원예가 서 있었다. 두 부자는 문을 등진 채 서 있었지만, 무거운 표정으로 귀를 세우고 있으니 몹시도 차가워 보였다.

그들 관계를 알지 못하는 사람이 본다 해도 그들이 서 있는 자세며 표정을 보면 단박에 그들이 부자 사이라는 것을 알아챌 수 있을 정도로 닮았다.

영승과 상관 부인, 소소옥도 곁에 있었는데, 엿듣지는 않고 있었지만 표정은 역시 무거워 보였다.

고칠소가 초조해하며 용비야에게 속삭였다.

"독누이는 대체 뭘 하려는 거야? 왜 연아가 듣기 싫어할 말만 골라 하는 거지? 연아가 좀 쉬도록 그냥 내버려 두면 안 되나?"

용비야는 그를 흘깃 보기만 할 뿐 아무 대답도 하지 않았다.

그때 방 안에서 분노에 찬 비연의 목소리가 들려왔다.

"사람은 죽여 버리고, 검은 없애 버릴 거예요!"

한운석이 듣기 싫어할 말만 골라 한 것은 분명 비연을 자극하기 위한 것이었다. 그녀는 딸이 좋지 않은 감정을 마음에 감추고 있다가 끝내 병이 되는 결과를 바라지 않았던 것이다.

한운석이 다시 물었다.

"그래도 되겠어?"

비연은 더욱 분노하여 외쳤다.

"당연히 되죠! 남겨 둔들 뭐에 쓴다고요?"

한운석이 고개를 끄덕였다.

"네 말도 맞다. 구려족 사람만이 건명보검과 계약을 맺을 수 있으니, 이 검을 남겨 두었다가 만약 구려족 사람 손에 들어가기라도 하면 후환이 생길 수 있지. 지살이 사라진 이상 봉황력은 이제 꺼릴 것이 없어. 천살은……. 서정력의 내공 비급을 없애기만 하면 후세 사람들은 더 이상 서정력을 지니지도 못할 테고, 천살도 다시 세상에 나올 수 없을 거야."

비연이 갑자기 조용해졌다.

한운석이 바로 문을 열더니, 문밖의 사람들을 흘깃 보고는 헌원예에게 독약이 든 병을 하나 건넸다.

"계강란에게 이 약을 먹이거라. 시신은 온전히 남겨 두고. 그리고 건명보검은 이리로 가져오너라. 본궁이 직접 없애 버릴 테니까!"

비연은 거울 속의 자신을 바라보며, 작은 얼굴을 굳힌 채 아무 말도 하지 않았다.

한운석은 문가에 서서 기다렸다. 방 안은 계속 조용했다.

잠시 후, 헌원예가 건명보검을 들고 왔다. 그는 모후가 일부러 비연을 자극해 비연의 진정한 감정을 끌어내려 한다는 걸 알고 있었다. 그러나 모후가 어느 정도까지 냉정해질 수 있는지는 알 수 없었다.

그가 머뭇거리며 한참 동안 건명보검을 건네지 못하고 있자, 뒤에 서 있던 용비야가 건명보검을 빼앗아 한운석에게 건넸다.

한운석은 바로 방 안으로 들어갔다. 그리고 건명보검을 탁자 위에 내던지더니, 독약을 꺼냈다.

그녀는 독에 있어 천하제일의 고수였다! 그녀에게는 세상 모든 것을 녹일 수 있는 독약이 아주 많았다.

한운석이 말했다.

"본궁이 한번 두고 봐야겠어. 용 뼈로 만들었다는 이 보검이 대단한지, 아니면 본궁의 독이 더 대단한지!"

말을 마친 그녀는 천천히 독약 병을 열었다.

이 모든 게 거울 안에 비치고 있었고, 비연 역시 모두 지켜보면서도 전혀 움직이지 않고 있었다.

한운석이 약병을 열더니, 전혀 망설이는 빛 없이 검 위에 독약을 부었다. 마치 비연에게 후회할 시간을 전혀 주지 않으려는 것처럼.

이 순간, 비연은 더는 생각을 이어 나가지 못하고 재빨리 몸을 돌리며 외쳤다.

"모후, 안 돼요!"

한운석이 담담하게 말했다.

"이미 늦었다."

비연이 빠르게 다가가더니, 그것이 무슨 독인지 묻지도 않고 눈물을 흘리며 제 손으로 검날을 닦기 시작했다.

한운석은 슬픈 눈으로 딸의 이 황망한 모습을 바라보았다. 그러나 그녀는 딸을 위로하지 않고, 계속 상처에 소금을 뿌렸다.

"이건 독이 아니라 물이다. 냄새로 판단하지 못하겠니?"

비연이 멍하니 멈춰 섰다.

한운석이 가볍게 탄식하더니 말했다.

"닷새의 시간을 주마. 닷새 후에 모후에게 명확한 답을 들려주려무나. 이 검을 남겨 둘 것인지, 아니면 없애 버릴 것인지."

말을 마친 그녀가 몸을 돌려 방에서 걸어 나왔다.

문밖에서는 모두가 그런 한운석을 보고 있었는데, 특히 당정 일행이 의아한 표정을 지었다. 상처에 소금을 뿌리고, 이렇게 핍박하고……. 어머니가 딸에게 이리할 수 있다니!

하지만 비연이 억지로 강한 척 어른스러운 척하고, 웃음을 짜내며 다른 이들을 대하게 하는 것보다는, 어떻게든 속마음을 다 털어놓게 만드는 게 낫다는 것에는 모두 동의하고 있었다.

사람들이 계속 멍한 표정인 것을 보고 한운석이 소소옥에게 말했다.

"연아 곁을 지켜 주렴. 앞으로 며칠 동안은 아무도 연아를 달래 주어서는 안 된다. 연아 혼자 생각할 수 있게 내버려 두어야 해."

소소옥이 진지하게 고개를 끄덕였다.

당정과 전다다가 서로의 얼굴을 바라보았다. 그녀들은 당장이라도 비연을 위로하고 싶었지만, 또 감히 방 안으로 들어갈 엄두가 나지 않았다.

당정과 전다다는 고칠소에게 구원을 청하는 눈빛을 보냈지만, 고칠소는 아무 말 없이 용비야만 바라보았다.

용비야가 한운석의 뜻에 반대하지 않는 것을 본 고칠소는 목 끝까지 올라온 말을 그대로 삼켜 버린 뒤 화제를 전환했다.

"다들 가도록 하지. 내 처소에 있는 그 녀석을 보러 가자고!"

한운석과 용비야는 그제야 백리명천이 죽지 않았다는 것을 알게 되었고, 영승 일행도 의아한 표정을 지었다. 그들은 고칠소를 따라가 백리명천을 살펴보기 시작했다.

영승과 상관 부인이 진기로 얼음을 깨려 해 보았지만 모두 실패했다.

용비야가 말했다.

"봉황력이 빙핵을 깰 수 있으니, 이 정도 얼음은 문제가 되지 않을 것 같군. 봉황력으로 깨 보면 어떨까?"

고칠소가 바로 거절했다.

"안 돼! 만약 이 녀석의 목숨이 상하는 일이라도 생기면, 내가 도운 게 다 헛수고가 되어 버리잖아!"

용비야가 미간을 찌푸리며 말했다.

"듣자 하니 이 녀석이 우리 연아를 꽤 괴롭혔다던데? 마지막에도 진심으로 연아를 도운 게 아니라, 연아와 무슨 거래를 한거라며?"

고칠소는 용비야 앞에서 이렇게 난감했던 적이 없었다. 그는 두 눈을 가늘게 뜨고 백리명천을 바라보았다. 분명 즐겁지 않은 표정이었다.

백리명천은 물론 두 사람의 대화를 듣고 있었다. 이 순간, 그는 그야말로 조마조마한 심정이었다.

이때 시종이 들어오더니 도요곡의 인어족 병사들이 돌아왔다고 보고했다.

상관 부인은 재빨리 인어족 병사들을 들어오게 하라고 명령했다.

잠시 후, 인어족 병사들이 총총히 들어오더니 공손하게 작은 보물 상자를 건넸다. 바로 백리명천이 비연에게 보관해 달라고 부탁했던 물건이었다.

상관 부인이 한마디 하기도 전에 고칠소가 한 걸음 먼저 나오더니 보물 상자를 받아 들었다.

상자는 밀봉되어 있었고, 인어족 병사들은 당연히 상자를 열어 보지 않았다. 그리고 고칠소도 상자를 열어 볼 생각은 없었다. 그는 자신의 제자가 연아에게 원한이라도 품어 혹시 나쁜 짓이라도 해 두었을까 걱정스러웠던 것이다.

"이건, 그러니까⋯⋯."

그는 자신도 모르게 우물쭈물하고 있었다. 그때 용비야가 손을 내밀었다.

고칠소는 재빨리 보물 상자를 몸 뒤로 숨기며 말했다.

"이건 내 제자 놈이 연아와 거래한 물건이니, 연아만이 열어 볼 수 있는 거라고. 지금은 연아를 방해하기 좀 그러니까, 일단 내가 보관해 두겠어!"

그러고는 재빨리 그 자리에서 달아나려 했지만 헌원예가 가로막았다.

"의부, 백리명천은 현공대륙에서도 간사하기로 유명한 자입니다. 만약 그 안에 좋지 않은 물건이 있다면, 의부가 보관하시는 것도 별로 좋지 않을 것 같습니다. 모두가 보는 앞에서 열어 보는 편이 낫겠습니다!"

고칠소는 다시 침상 위 백리명천을 바라보며 속으로 중얼거렸다.

'이 녀석아, 이 사부의 체면에 제대로 먹칠을 하려는 모양이구나! 죽기 전까지도 거래를 하면서 감히 사기를 쳤다면, 내 더는 너를 제자로 두지 않겠다!'

그리고 이 순간, 백리명천은 땅에 구멍을 파서라도 도망치고 싶어 미칠 지경이었다. 그러나 안타깝게도 그는 지금 미동도 할 수 없는 상태였다.

헌원예가 고칠소에게서 보물 상자를 받아 들었다. 그리고 그것을 바닥에 내려놓은 다음, 검을 뽑아 검기로 상자를 열었다.

모두 상자 안에 있는 물건을 들여다보기 위해 머리를 들이밀었다⋯⋯.

나의 아들은 대의를 위해

헌원예가 힘을 잘 조절한 덕에, 절반으로 갈라진 보물 상자 안의 물건은 완전무결한 상태로 드러났다.

백리명천이 이전에 모두에게 남긴 인상 때문에, 이 자리에 있는 이들 모두 상자 안에 결코 좋은 물건이 들어 있으리라 생각하지 않았다. 그러나 상자 안의 물건을 본 순간, 모두 눈을 휘둥그렇게 뜨며 깜짝 놀랐다.

상자 안의 물건은 바로 옅은 보랏빛을 띤 반원 형태의 옥패였다!

반원 형태의 옥패는 바로 애정을 표시하는 신물이 아닌가. 남녀가 반쪽씩 나누어 가졌다가 합치면 원형이 되는……. 이것은 세 살 먹은 어린애라도 다 아는 풍속이었다.

백리명천이 제 목숨을 걸고 비연에게 제안한 거래가…… 바로 비연이 이 옥패 반쪽을 평생 보관하는 거였다고? 그가 설마, 설마…….

반응이 가장 빠른 것은 역시 당정과 전다다였다. 그녀들은 약속이나 한 듯 침상 위의 백리명천을 바라보았다.

전다다가 날카로운 눈으로 훑다가 백리명천의 허리에 달린 옥패를 발견했다. 그녀는 앞에 서 있는 목연을 다급하게 밀쳐 내고 백리명천에게 다가가 자세하게 살펴보았다.

비록 얇은 얼음 층에 싸여 있었지만, 전다다는 백리명천의 옥패 역시 옅은 보랏빛 반원 형태라는 것을 알아볼 수 없었다. 분명 저 보물 상자에서 나온 옥패와 한 쌍이었다!

이때 모두 전다다가 무엇을 보고 있는지 보려고 다가왔다. 전다다는 어쩐지 민망한 기분이 들어 재빨리 한옆으로 물러나 속삭였다.

"나머지 반쪽이야. 확실해. 그…… 그러니까 천옥성에서 했던 말이 거짓말이 아니었나 봐. 백리명천은 정말로 연아 언니를 좋아했던 거야! 아니, 그런데 좋아하면서 왜 그렇게 괴롭힌 거래?"

이 말을 들은 순간, 안 그래도 조용하던 모두가 더더욱 조용해졌다. 용비야는 살짝 미간을 찌푸렸고, 한운석의 입가에는 미소가 떠올랐다. 고칠소는 코를 비비며 복잡한 표정을 지었다. 그리고 백리명천이 지금 어떤 심정일지는 하늘만이 알 터였다. 헌원예가 옥패를 들어 자세히 살펴보더니, 갑자기 헉 하고 차가운 숨을 들이마셨다. 이 옥패가 교주로 만든 것이라는 사실을 알아챈 것이다.

그가 말했다.

"교주로 만든 옥이라면, 전설 속 인어족의 규보 아닙니까! 모후께서 지니고 계신, 나라 하나만큼의 가치가 있는 팔찌와도 겨룰 만한 보물이겠는걸요."

용비야가 고칠소를 흘깃 보더니 아무 말 없이 방에서 나갔다. 한운석은 백리명천을 바라보며 웃더니, 곧 용비야를 따라

나갔다.

헌원예는 다시 교주로 만든 옥패를 살펴보더니, 고칠소에게 건네며 말했다.

"의부, 이 물건은 연아에게 주지 않는 게 좋겠습니다……. 의부께서 처리하시지요."

헌원예도 방에서 나갔고, 다른 이들도 모두 따라나섰다. 그러나 당정과 전다다는 나가지 않았다.

전다다가 자못 진지한 목소리로 물었다.

"칠 숙부, 숙부의 이 제자 뭔가 이상한 거 아니에요? 연아 언니를 좋아하면서 어째서 사사건건 언니랑 다퉜담?"

당정이 의심스러운 듯 물었다.

"혹시 죽기 직전에야 연아를 좋아했다는 걸 깨닫게 된 거 아니었을까?"

전다다가 대꾸했다.

"그럼 더 이상한 거지! 내가 보기에도 이 옥패는 연아 언니에게 주지 않는 게 좋을 것 같아!"

"준다 해도 보려 하지 않을걸. 가지려 하지도 않을 거고."

당정은 다시 탄식하듯 말했다.

"연아는 마음에 너무 큰 상처를 입었어. 아마 아주…… 아주 한참 동안은 원래대로 돌아오지 못할 거야."

전다다도 슬픈 목소리로 말했다.

"그러게. 나라면 평생이 걸려도 좋아지지 않을 것 같아."

당정이 재빨리 말했다.

"그거야 꼭 그런 건 아니지! 그런 녀석을 위해 평생 마음 아파할 이유가 뭐 있어? 어쩌면 연아의 진짜 남편감은 아직 나타나지 않은 건지도 몰라. 이 세상에 좋은 남자가 얼마나 많은데. 굳이 그 녀석 하나 때문에 괴로워할 필요는 없잖아?"

전다다는 아주 진지하게 고개를 끄덕였다.

당정이 다시 말했다.

"어떤 사람은 처음부터 옳은 사람을 만나기도 하지만, 어떤 사람은 쓰레기 같은 인간들을 몇 번 만난 다음에야 누가 정말로 옳은 사람인지 알아볼 수 있게 되기도 하지. 내 생각에 누군가를 잊는 건 자기 의지 문제도 아니고 시간문제도 아닌 것 같아. 진짜로 옳은 사람을 다시 만나느냐에 달렸지."

전다다는 다시 한번 진지하게 고개를 끄덕이며, 당장이라도 이 명언을 종이에 적어 둘 수 없는 걸 안타까워했다. 다들 알다시피, 어린 시절부터 지금까지 전다다는 당정 언니에게서 이런 훌륭한 이치들을 배우는 걸 무척이나 좋아했던 것이다.

당정은 계속 말을 이으려다가, 갑자기 고칠소가 자신을 보고 있는 것을 발견했다. 그녀는 잠시 멈칫했다가 곧 난처한 표정으로 말했다.

"칠, 칠 숙부. 이만 나가 보겠어요."

당정이 그 자리를 빠져나갔고, 전다다도 그 뒤를 따라 나갔다.

마침내 방 안에는 고칠소와 백리명천만이 남았다.

고칠소는 백리명천 곁에 앉아 깊은 생각에 잠겼다. 그는 당정이 방금 했던 말을 한참 고민하다가, 한참 후에야 희미하게 미소를 지었다.

"바보 같은 계집애, 사람을 좋아하는 문제에 옳고 옳지 않고 가 그렇게 중요한가? 이 세상에는 분명 옳지 않다는 걸 알면서 도 끝까지 마음을 내려놓지 못하는 사람이 훨씬 많은 것을. 그 리고 옳다는 것을 알면서도 마음을 줄 수 없는 경우도 많고 말 이야……."

고칠소는 옥패를 백리명천 곁에 놓아둔 후, 다시 백리명천의 어깨를 두드려 주었다.

"군구신은 한 수 잘못 두는 바람에 연아의 검에 죽었다. 그러 니까 너는!"

고칠소는 한참 동안 아무 말도 하지 않더니 갑자기 웃기 시 작했다.

"내 스승 된 도리로 어떻게든 네 목숨을 구해 주겠다. 하지만 이 옥패를 대신 전달해 주지는 않을 테다."

고칠소는 문밖으로 나와 방문 앞 계단에 앉아 열심히 혈루에 대한 기억을 더듬기 시작했다.

축운궁주에게서, 북해안에서 백리명천이 혈루의 부작용을 억제하는 것을 도왔고 그로 인해 백리명천을 제어할 수 있었다 는 이야기를 들은 적이 있었다. 하지만 그 이상 자세한 이야기 는 듣지 못했다.

그는 다시 고운원을 떠올렸다. 고운원은 무엇으로 백리명천 과 손을 잡았을까? 생각하면 생각할수록 혈루의 부작용을 억제 할 수 있는 물건이 있는 것이 분명했다.

고칠소가 중얼거렸다.

"고운원과 축운궁주가 모두 지닌 물건이라면…… 분명 구려족과 관계가 있을 텐데. 무엇일까?"

한참을 생각하던 그가 갑자기 기뻐하며 펄쩍 뛰어올랐다.

"적령석! 분명 적령석이다!"

적령석이라면 비연에게 달라고 하면 그만이었다.

그러나 고칠소는 당장 비연을 찾아가지 않았다. 아무리 힘든 상황이라도, 연아가 힘을 차릴 때까지는 방해할 수 없었다.

닷새 동안 고칠소는 계속 백리명천 곁을 지켰다.

용비야와 한운석은 이미 바쁘게 움직이고 있었다. 헌원예 일행에게 여러 가지 임무를 배분하고, 수하들을 파견하여 현공대륙 각지의 변화를 주시했다.

비연은 계속 방 안에만 있어 그 누구도 그녀의 상태를 정확히 알지 못했다. 식사를 들여보내도 비연은 손도 대지 않고 그대로 물렸다.

한운석이 비연에게 닷새의 시간을 준 것에는 나름의 이유가 있었다. 그쯤이면 고북월이 그들에게 회신을 보내올 시간이었던 것이다.

닷새 후, 마침내 고북월의 친필 서신이 도착했다. 서신의 내용은 아주 짧았다.

스스로를 불에 태워 인검합일을 이루었으니, 나의 아들은 대의를 위해 그리한 것입니다. 슬퍼하거나 그리워하지 마시기를.

오직 연아가 기운을 차리고 다시 좋은 사람을 만나기를 바랄 뿐입니다.

　한운석의 손이 떨리기 시작했다. 그녀는 고개를 돌린 채 한참 동안 아무 말도 하지 못했다.

　용비야도 당황한 나머지 말이 없었다. 그들은 계속 이 일에 뭔가 숨겨진 사정이 있으리라 의심하고 있었다. 그러나 진실이 이러한 것이었다니!

　한참 후에야 한운석이 겨우 중얼거렸다.

　"나, 나는 고북월과 남신에게 말 못 할 사정이 있으리라고는 생각했어요. 나는…… 남신이 그저 오래 우리를 떠나 있어야 한다거나 그래서…… 그래서……."

　최근 한운석은 계속 의아해하고 있었다. 이렇게 큰일이 있는데도 고북월과 진민이 얼굴을 드러내지 않다니, 대체 어찌 된 일일까?

　그녀는 비연이 처음에 고집을 부렸던 것처럼 그들에게도 분명 고충이 있으리라 생각했다. 그들에게 어쩌면 한동안 연아를 속여야 할 무슨 사정이 있는 것은 아닐까……. 어쩌면 남신을 돌아오게 할 방법이 있는 것은 아닐까…….

　하지만 고북월이 보내온 서신은 이런 내용이었다!

　오직 연아가 기운을 차리고 다시 좋은 사람을 만나기를 바랄 뿐입니다.

이게 바로 고남신의 유언인 걸까? 그는 연아를 다시 운공대륙으로 돌려보내려 했던 걸까? 현공대륙에서의 모든 일을 잊고…… 그를 잊으라고? 하지만 운공대륙에도 그의 흔적이 가득한 것을!

한운석은 화도 나고 슬프기도 해서 소리쳤다.

"바보 같은 녀석, 어찌 이리 바보 같담! 안 되겠어, 내가 연아에게 말해 주겠어요!"

한운석이 몸을 일으킨 순간, 용비야가 그녀를 막아서며 나지막한 목소리로 물었다.

"한운석, 딸을 죽일 생각인가?"

잘 생각해 보았는지

그제야 한운석은 냉정함을 되찾을 수 있었다.

그녀는 용비야를 바라보며 차마 믿을 수 없다는 눈빛을 보냈다. 그러나 그녀가 지금 믿을 수 없는 것이 용비야의 판단인지, 아니면 딸이 죽음을 택할지도 모른다는 것인지는 자신도 모를 일이었다.

용비야가 그녀의 손을 잡아 곁에 앉혔다. 그는 바닥을 내려다보며 한참 동안 침묵한 후 겨우 입을 열었다.

"운석. 그때 내가 무엇 때문에 대진국도, 그리고 우리의 두 아이도 돌아보지 않고 당신과 함께 빙해에 갇혔다고 생각해?"

고칠소는 용비야에게 예아를 저버렸다고 비난한 적이 있었다. 그 비난은 결코 틀린 말이 아니었다.

한운석은 이 문제에 대해서는 깊이 생각해 본 적이 없었다. 그녀가 아는 것은 그저 상황이 너무나 다급했다는 것, 그녀도 그와 같은 상황이라면 깊이 생각할 여유 없이 그저 마음의 소리를 따랐을 거라는 것뿐이었다.

한운석이 침묵했다.

용비야가 그녀의 손을 더욱 꽉 잡더니 담담하게 말했다.

"우리 아이들을 보살펴 줄 사람들이 많았으니 안심할 수 있었지. 지금 연아 역시 그러한 상황이야. 나는 남신도 분명 이렇게 생각할 것이라 믿어."

이 말을 들은 한운석은 마침내 깨달았다. 모두들 여자가 남자보다 세심하다고 이야기하지만, 남자들이야말로 항상 주도면밀하게 생각하는 법이었다.

지금 운공대륙이건 현공대륙이건 모두 그들 손안에 든 셈이었다. 그들 두 사람은 예아로 인해 기쁨을 얻을 수 있고, 고북월과 진민에게는 명신이 있었다. 나라의 일이건 집안의 일이건 수많은 이들이 함께 짐을 나눌 수 있으니 비연이 아니면 안 될 일은 아무것도 없었다. 그러니 비연이 진실을 알게 된다면, 굳이 구차하게 살고자 하지 않을지도 모른다.

용비야가 마침내 눈을 들었다.

"연아가 미워하게 내버려 두어야 해. 미움이라고 꼭 내려놓을 수 있는 것은 아니지만, 미워하지 않는다면 결국 영원히 내려놓지 못할 거야. 어찌 되었건 이건 남신의 유일한 유언이기도 한 셈이니……. 사람이 떠난 이상, 우리가 그 생각을 거부할 수는 없어."

한운석은 입술을 깨문 채 결국은 고개를 끄덕였다. 그녀는 곧 용비야의 품에 얼굴을 묻고 소리 없이 눈물을 흘리기 시작했다.

이 순간, 멀리 운공대륙 영주에서는 고북월과 진민이 그들의 어린 영자를 그리워하고 있었다. 그들은 고남신이 어린 시절 쓰던 방문 앞에 나란히 앉아 있었다.

진민이 살포시 고북월의 어깨에 머리를 기댔다. 지난번 고남신이 실종되었을 때 고북월은 그녀를 속였다. 그러나 이번에는 아무것도 숨기지 않았다.

그들 뒤편, 열린 방문 안으로 약욕을 하는 명신이 보였다. 그들 앞에는 작은 정원이 있었는데, 그윽하고도 조용한 운치가 있었다.

한참 동안 침묵하던 고북월은 눈을 감았고, 진민은 멍하니 정원을 바라보았다.

한참을 그렇게 앉아 있은 후에야 진민이 겨우 입을 열었다.

"남신이 나에게 이야기해 주라고 한 건가요? 아니면 당신 생각인가요?"

진민은 수개월 만에 처음으로 고북월에게 말을 걸었다.

그들이 영주로 돌아온 그날, 고북월은 그녀에게 인검합일의 깊은 뜻을 알려 주었다.

당시 그와 고남신은 인검합일에 어떤 비밀이 숨겨져 있는지 정확히는 알지 못하는 상태였다. 그러나 그들 모두 인검합일이 검을 든 사람을 희생시키리라는 것을 확신하고 있었다.

진민은 분노하며, 아들을 제지하러 돌아가려 했다. 고북월은 그런 그녀를 말리지 않았지만, 결국은 그녀 스스로 되돌아오고 말았다. 진민은 자신이 가도 아들을 말릴 수 없으리라는 사실을 알고 있었던 것이다.

후에 남신이 그들에게 택을 돌봐 달라는 서신을 보내며 모든 비밀을 이야기했을 때, 진민은 더욱 분노했다. 그녀는 다시 한번 현공대륙으로 돌아가려 했고, 고북월은 이번에도 역시 말리지 않았다. 그리고 진민 또한 결국 되돌아오고 말았다.

그 이유는 다름이 아니라, 그녀가 지난 10년의 세월을 보내며 바랐던 것은 그저 고북월이 살아남는 것이었기 때문이다!

그녀는 자신이 그를 잃을까 두려워하지는 않았다. 그저 순수하게 그가 살아남기만을 바랄 뿐이었다. 살아 있다면 어쨌든 희망이 있고, 결국은 좋아질 수 있을 테니까.

그러나 그녀는 대체 고북월에게 무슨 말을 해야 할지도 알지 못했고, 그와 대화를 나누고 싶지도 않았다.

그녀가 말을 걸지 않자 고북월 역시 대화를 강요하지 않았다. 그는 한마디 말도 없이 그녀와 함께 명신을 돌보고, 세 끼를 같이하고, 그녀와 함께 정원의 화초를 돌봤다.

두 사람 모두 명신이 잠깐씩 정신을 차릴 때 그와 대화하는 것 외에는 하루 내내 아무 말도 하지 않았다. 그렇게 조용한 수개월이 지나가는 동안, 그들이 가장 자주 하는 일은 방문 앞에 멍하니 앉아 있는 일이 되었다.

진민은 간혹 고북월의 어깨에 기대기도 했고, 가끔은 괴로운 나머지 그의 품에 몸 전체를 던지기도 했다. 고북월은 단 한 번도 피하지 않고, 간혹 손을 뻗어 그녀를 안아 주기도 했다. 밤이 되면 그녀는 그를 등진 채 몰래 울었고, 그는 소리 없이 다가와 등 뒤에서 그녀를 안아 주었다.

진민이 잠시 기다렸으나 고북월의 대답은 들려오지 않았다. 그녀가 고개를 들자 고북월은 그제야 눈을 뜨고 대답했다.

"둘 다."

'그렇다면 이번에도, 나에게 또 아이 하나를 돌려줄 생각인 가요?'

이 질문은 계속 진민의 마음속에 숨어 있었다! 이 수개월 동안 그녀는 몇 번이나 이 말을 물어보려 했지만, 결국은 그만두고 말았다. 이 순간도 그녀는 여전히 참고 있었다.

그녀도 자신이 대체 무엇을 무서워하는지 알지 못했다. 어째서 이렇게 오랜 세월이 지난 지금까지도 이 문제를 직접적으로 언급할 수 없는 걸까?

그해 제야의 밤, 남신은 돌아오지 않았고 그는 그녀에게 아이를 하나 주었다. 그녀는 나중에야 남신이 이미 실종되었다는 사실을 알게 되었고, 고북월이 그 사실을 숨긴 것을 비난했다. 그리고 명신이 영족의 사명을 잇는 것을 거부하겠다는 명분으로 명신을 데리고 그를 떠났다. 명신이 열 살이 되기 전까지는 명신이 그에게서 영술을 체계적으로 배우지 못하게 하고, 그저 제 몸을 지킬 정도로만 배우게 할 생각이었다.

그때 고북월은 잘못을 인정하고 그녀가 떠나도록 내버려 두었다. 그녀로서는 자신이 만약 그때 이 질문을 했더라면 모든 것이 바뀌었을지 지금도 확신하지 못하고 있었다.

"둘 다."

진민이 중얼거렸다.

고북월이 말했다.

"진민, 이것은 남신 스스로의 선택이었으니……. 차라리 당분간은 그 애를 찾지 못한 것으로 여기는 게 어떻겠소? 당신은 이미 너무 오랫동안 고통을 겪었으니, 더는 괴로워하지 않았으면 좋겠소."

진민은 그동안 울지 않고 버텼지만 이 순간만은 눈가가 젖어 들었다. 그녀는 고북월을 외면한 채 자리에서 일어나며 말했다.

"난 괜찮으니 함께 있어 줄 필요 없어요. 나 대신 가서서 택아를 데려와 주세요!"

말을 마친 그녀는 방으로 들어가 문을 닫았다.

고북월은 한참 동안 앉아 있다가 겨우 몸을 일으켰다. 그는 직접 택을 찾으러 가지 않고, 서신을 한 통 써서 고칠소에게 보냈다.

한운석은 비연에게 닷새의 시간을 주었다. 엿새째 되는 날, 한운석은 겨우 마음을 추스르고 아무것도 모르는 척하며 용비야와 함께 비연에게로 갔다. 그러나 그들이 문을 두드리기도 전에 비연이 문을 열고 걸어 나왔다.

이 며칠 동안 비연이 얼마나 괴로웠는지, 얼마나 많은 눈물을 흘렸는지 아무도 모를 것이다. 그녀의 눈은 여전히 붉게 부어 있었다. 그러나 그녀는 이미 검은 옷으로 갈아입고, 머리카락도 묶어 올리고 있었다.

비연이 입은 옷은 남자 옷은 아니었지만 그보다 더 단순해 보였고, 비연 자체도 예전보다 훨씬 활기차 보였다. 그리고 지금 그녀의 손에 들려 있는 검은 바로 건명보검이었다.

한운석과 용비야는 깜짝 놀랐다. 그리고 몰래 몸을 숨기고 상황을 지켜보던 다른 이들도 깜짝 놀라며 숨을 죽였다.

한운석은 비연을 살펴본 후 시선을 건명보검으로 떨어뜨렸다. 그녀는 마음이 아픈 것을 참으며 물었다.

"생각을 끝냈니?"

비연이 대답했다.

"모후, 전 아직 생각을 끝내지 못했어요. 일단은 이 검을 남겨 두고, 제가 명확한 답을 얻은 다음에 처리하겠어요."

그렇다면…….

한운석은 용비야를 바라보았다. 용비야의 눈에도 걱정스러운 빛이 가득했다. 그가 막 입을 열려고 하는데 비연이 먼저 말했다.

"하지만 생각을 끝낸 것도 있어요."

그녀는 뒤로 한 걸음 물러서더니 검을 안고 읍하며 진지하게 말했다.

"진기가 회복된 이상, 현공대륙에는 분명 난이 일어날 것입니다. 부황, 모후, 청컨대 제게 기회를 주세요. 저는 장수가 되어 현공대륙을 정복하겠습니다!"

중추절, 만날 때까지 기다려

비연의 활기찬 듯한 모습만으로도 모두 이미 놀란 상태였지만, 그 말에 더욱 놀랄 수밖에 없었다!

용비야는 곧 웃기 시작했다. 슬픔과 감탄이 어린 웃음이었다.

그도 원래 딸에게 중임을 맡겨 바쁘게 만들어야 다른 생각을 하지 않을 거라고 생각하고 있었다. 그런데 딸이 이렇게 빨리 굳센 모습을 보여 주다니! 딸에게 숨겨진 마음을 알면서도, 그래도 딸이 텅 빈 눈으로 괜찮다고 말하는 것보다는 훨씬 낫다는 생각이 들었다.

한운석 역시 감탄하며 비연의 어깨를 두드려 주었다.

"그래, 역시 우리 대진국의 공주답구나! 연아, 모후는……."

그녀의 말이 끝나기도 전에 비연이 유난히도 쉰 듯한 목소리로, 그러나 한 글자 한 글자 또렷하게 말했다.

"부황, 모후, 저는 중추절이 되기 전에 반드시 현공대륙을 장악할 것입니다. 그래서 그 누구도 다시는 함부로 빙해를 건너 운공대륙으로 넘어가지 못하게 하겠어요!"

이 말을 들은 순간, 용비야와 한운석 모두 넋이 나간 표정을 지었다. 비연이 처음 올린 청에 그들이 놀라고 감탄했다면, 지금의 맹세에는 자부심을 느꼈다.

딸의 이 말은 지금 운공대륙과 현공대륙이 최대의 위기에 처해 있음을 시사하고 있었다!

　운공대륙과 현공대륙은 서로 왕래가 없어, 두 개의 서로 다른 세계나 마찬가지였다. 운공대륙은 무를 숭상하지 않았고, 무를 익히는 자들도 진기를 수련하지 않았다. 그러나 현공대륙은 무를 숭상하는 세계였고, 진기 수련 정도에 따라 모든 질서가 결정되었다.

　이 10여 년 동안 빙해에서는 두 번의 이변이 있었다. 덕분에 두 대륙 모든 이들이 빙해를 주목하는 동시에 빙해 건너편의 세계를 살피게 되었다.

　현공대륙에서 무를 익힌 자들이 대규모로 운공대륙으로 유입된다면, 분명 운공대륙의 질서가 흔들릴 것이다. 표면적으로는 수많은 갈등과 충돌이 있을 테고, 남모르는 곳에서도 셀 수 없는 음모와 간계가 펼쳐질 것이다. 그럼 세상의 질서가 어지러워질 수밖에 없었다!

　고남신은 자신의 생명을 대가로 지살의 힘을 멸해 두 대륙을 천재지변에서 구했다. 이제 그들이 전력을 다해, 인간으로 인한 재난을 막아야 할 때였다!

　딸을 바라보던 한운석은 갑자기 목 놓아 울고 싶은 기분이 들었다. 당장이라도 고남신에게 달려가 그의 연아가 얼마나 대단한지 보라고 외치고 싶었다. 너의 연아는 결코 너에게 부족한 배필이 아니었노라고.

　그러나 한운석이 아무리 외친들 그는 영원히 들을 수 없을 것이다.

그녀는 딸의 머리를 쓰다듬으며 울먹임 섞인 목소리로 말했다.

"그래, 잘 생각했구나. 우리 딸이 다 컸구나……. 다 컸어!"

용비야가 말했다.

"연아, 네가 그리 생각한다면 부황도 안심이다. 다만, 중추절이라니……. 그리 급하게 굴 필요 없다. 천천히 하거라. 부황과 모후가 있는 한 운공대륙에 큰일은 벌어지지 않을 거다!"

비연이 단호하게 말했다.

"부황, 중추절은 가족들이 모이는 날이에요. 그래서 저는 중추절로 정한 거예요. 저를 믿어 주세요."

용비야는 딸의 고집스러운 모습을 보고 고개를 끄덕였다.

그때 헌원예가 나서더니 진지하게 말했다.

"연아, 오라버니가 함께해 주마!"

비연이 바로 거절했다.

"아니야! 오라버니는 운공대륙으로 돌아가요."

헌원예는 조금 당혹스러운 듯 말했다.

"설마 오라버니의 서정력이 너만 못하다 해서 그러는 건 아니겠지? 내가 10품에는 이르지 못했지만, 너에게 지지는 않을 거다. 기를 수련한 자라면 절대로 내 눈에서 도망칠 수 없지."

헌원예를 어린 시절부터 칠채천동七彩天瞳을 지니고 있어 기를 수련한 자의 상태를 꿰뚫어 볼 수 있었다. 그 어떤 고수를 만나더라도, 그가 이기지는 못한다 해도 쉽게 질 리도 없었다.

비연이 담담하게 웃으며 놀리듯 말했다.

"오라버니, 좀 효성스러워질 수는 없는 거야? 설마 부황과 모후가 태부의 도움을 받으며 대진국의 국무를 보시게 할 생각인 건 아니지? 그리고 오라버니는 운공대륙 북강을 잘 지켜 주어야 해요. 앞으로 허가 없이는 그 누구도 빙해를 건너지 못하게 할 테니까."

비연의 눈은 여전히 붉게 부어 있었지만, 담담하게 웃기 시작하니 몹시도 보기 좋았다. 그러나 헌원예는 그녀의 웃는 얼굴을 보자 어쩐지 심장이 꽉 막히는 기분이었다. 하지만 동생이 안타까워서인지, 아니면 감탄해서인지는 그 자신도 구분할 수 없었다.

이 아이는 어째서 저렇게 붉은 눈을 하고 웃는 걸까? 어째서 이리도 큰일을 저렇게 농담이라도 하듯 말하는 걸까?

헌원예가 아무 말도 하지 않자 비연이 그를 장난스럽게 밀면서 말했다.

"내 말 알아들은 거야?"

헌원예는 여전히 마음을 놓지 못하고 있었다. 그러나 이때 당정과 전다다가 거의 동시에 외쳤다.

"연아 언니, 나도 있어요! 우리 흑삼림은 언제라도 언니의 명을 들을 거야."

"연아, 나도 너와 함께할 거야. 맞아, 정역비도 함께!"

목연과 정역비는 아무 말도 하지 않았지만 각자 전다다와 당정의 등 뒤로 와서 섰다. 그 모습을 보면 그들의 의견은 더 물어 볼 필요도 없었다.

상관 부인도 재빨리 일어났다.

"연아, 정 이모도 앞으로는 너와 함께할 거야. 상관보는 원래 속세의 일에 참여하지 않지만, 현공대륙의 남경은 현공상회와 한가보가 대신 지킬 것이다. 최소한 중추절 전에는 빙해 북안을 전부 얻을 수 있을 거야!"

영승도 웃으며 아무 말도 하지 않았다. 소소옥 역시 말없이 비연에게 몸을 굽혔다.

그때, 사람들 무리 밖에서 누군가가 말했다.

"주인님, 나도 있어."

모두 돌아보니 진묵이 그곳에 서 있었다. 그리고 그 옆에는 하소만이 고개를 숙인 채 서 있었다.

곧 하소만이 고개를 들더니 말했다.

"연 공주님, 공주님께서 제 목숨을 구해 주셨습니다. 앞으로 목숨을 다해 충성하겠습니다!"

그는 구조를 받은 후 며칠 내내 누워 있다가 이제야 겨우 침상 아래로 내려올 수 있게 되었다. 그리고 움직일 수 있게 되자마자 비연이 어떻게 지내고 있는지 보러 온 참이었다.

하소만은 그녀의 이런 굳센 모습을 보게 되리라고는 상상조차 하지 못했던 참이었다. 그리고 비연의 지금 같은 모습을 보면서도 여전히 마음 아파 하고 있었다.

비연은 더더욱 해맑게 웃으며 헌원예에게 말했다.

"오라버니, 안심해도 좋아요!"

헌원예가 결국은 고개를 끄덕였다.

고칠소는 계속 비연을 지켜보고 있었다. 그도 무슨 말인가 하고 싶은 듯했으나 결국은 그만두고 그저 웃기만 했다.

비연은 남몰래 숨을 들이마시고 말했다.

"부황, 모후, 이제 그만 돌아가세요. 저도 오늘 바로 출발할 테니까요. 중추절에 빙해 북안에서 제가 개선하기를 기다려 주세요!"

예전이었다면 한운석이 결정을 내리고 용비야는 딸을 떼어놓지 않으려 했을 것이다. 그러나 이번에는 한운석이 아쉬워하고, 오히려 용비야가 과감하게 말했다.

"좋다! 역시 너는 내 딸이로구나! 중추절, 빙해안에서 좋은 소식을 기다리마. 네가 올 때까지 우리는 계속 기다릴 것이다."

비연이 입술을 비죽이며 웃더니, 건명보검을 왼손으로 바꿔 들고 어린 시절처럼 오른손을 내밀었다.

"부황, 손가락 걸어요. 약속은 꼭 지키셔야 해요."

용비야는 잠시 얼이 빠진 듯했지만, 곧 손을 내밀어 비연과 손가락을 걸었다.

비록 용비야와 한운석이 이미 남경에 대한 안배를 끝낸 다음이었지만 비연에게는 자신만의 계획이 있었다.

그녀는 현공상회와 한가보로 하여금 빙해 남안을 지키게 해 현공대륙 사람들이 빙해를 건너지 못하게 할 생각이었다. 그리고 남경의 다른 가문이나 세력이 한가보와 현공상회를 벗어나려 한다면 방임할 예정이기도 했다.

중추절까지는 이제 넉 달도 남아 있지 않았다. 남경에서부터 북강까지 하나하나 치고 올라갈 여유가 없었다. 게다가 그런 방법을 썼다가는 잠복하고 있는 세력을 놓칠 가능성이 있었다.

그렇기에 비연은 자신이 장악 가능한 범위 내에서 현공대륙에 난을 일으킬 생각이었다. 모습을 드러낼 사람들이 모두 모습을 드러내면, 한꺼번에 그들을 수습하기 위해.

용비야와 한운석은 그녀의 계획을 듣고 적극 찬성했고, 덕분에 비연은 더욱 대담하게 일을 처리할 수 있었다.

비연이 남경의 모든 일을 안배한 후 진양성으로 출발하려 했을 때였다. 계속 아무 말도 없던 고칠소가 마침내 백리명천의 이야기를 꺼냈다.

백리명천에 대해서라면 모두 마음에 두고 있는 생각이 있었지만, 감히 입 밖에 내지 않고 스승인 고칠소가 말하기만을 기다리고 있었다.

고칠소가 비연에게 자리에 앉기를 권한 후 입을 열려고 했을 때였다. 비연이 먼저 생각난 듯 외쳤다.

"맞아, 내가 백리명천에게 약속한 일이 있었지! 칠 숙부, 도요곡에 가서 그 물건을 찾아보셨어요? 목숨을 걸고 나와 거래하려 했던 물건인데, 나는 그 물건이 뭔지도 몰라요. 혹시 무슨 사기거나 한 건 아니겠죠?"

그는 억울하다

비연은 백리명천에게 좋은 인상을 품은 적이 없었다. 모두 그가 자초한 일이었다. 죽기 직전까지도 솔직하게 제 마음을 이야기하지 않고 굳이 거래 운운했으니.

비연의 질문에, 진실을 아는 모두는 그저 서로의 얼굴만 바라보았다. 고칠소도 대체 어떻게 대답해야 할지 몰라 당황하고 있었다. 그때, 시종 하나가 총총히 들어와 상관 부인에게 말했다.

"부인, 한우아와 수희를 찾았습니다. 그리고 백리명천과 혁소해의 부하들도 몇 명 잡았습니다."

한우아와 수희라고? 모두 별로 중요하지 않은 이 두 사람을 거의 잊고 있었다.

한우아와 수희가 밖에 끌려와 있었는데, 한우아는 계속 소부인을 만나게 해 달라고 하고, 수희는 계속 백리명천의 상황을 물었다.

상관 부인이 한운석과 용비야를 바라보며 그들의 뜻을 물었다. 그들이 대답하지 않자 상관 부인이 말했다.

"소소옥, 한우아는 당신 양녀니 당신 뜻대로 해! 그리고 수희는⋯⋯."

상관 부인이 고칠소를 바라보며 물어보려고 했을 때였다. 수희가 외치는 소리가 들려왔다.

"고 사부님! 고 사부님, 삼전하는 억울합니다! 억울해요! 제가 설사 삼전하의 생사는 알 수 없더라도, 그래도 그분이 억울하신 채로 계시게 할 수는 없어요!"

억울하다고?

백리명천은 비연을 좋아한다. 그러나 좋아하는 것은 좋아하는 것이고, 백리명천은 분명 나쁜 일을 꽤 많이 했었다. 그가 좋은 일을 한 가지 했다 해서 억울할 게 뭐 있단 말인가? 설마 또 숨겨진 사정이라도 있는 걸까?

고칠소가 재빨리 외쳤다.

"모두 안으로 들여라!"

시위들이 재빨리 수희와 한우아 일행을 데리고 들어왔다. 두 사람은 방 안에 그렇게 많은 사람이 있는 줄 몰랐던 듯, 비연을 바라본 다음 다시 주변의 사람들을 바라보았다.

그들은 일이 어떻게 돌아가는지 제대로 알지 못하는 상태였다. 하지만 비연이 운공대륙 대진국의 공주라는 사실과 한가보와 현공상회가 모두 대진국의 세력이라는 것은 알고 있었다.

한우아가 곧 소 부인을 발견하고, 큰 소리로 울면서 무릎을 꿇었다.

"어머니, 구해 주세요! 살려 주세요!"

소소옥이 차가운 눈길로 그녀를 바라보며 외쳤다.

"그 입 다물어라!"

한우아는 멍한 표정으로 더 이상 말을 이을 엄두를 내지 못했다.

고칠소가 수희에게 물어보려 했을 때, 비연이 먼저 입을 열었다. 그녀는 약간 화가 나 있기도 했지만, 그보다는 조소하고 싶은 마음이 더 강했다.

"백리명천이 대체 뭐가 억울하다는 거지?"

비연이 보기에, 군구신이 배반하지 않았다면 백리명천은 분명 마지막 다평산 전투에서 려금과 혁소해 쪽에 섰을 터였다. 그들과 다평산에서 만나기로 한 사람이 바로 백리명천이 아니었느냐 말이다.

수희는 비연의 분노에 기가 눌린 듯 저도 모르게 몸을 뒤로 뺐다. 그녀는 목소리마저 낮추고 있었지만, 그래도 여전히 진지했다.

"먼저 말해 줘. 삼전하께서는 아직 살아 계신지."

비연이 이해할 수 없다는 듯 물었다.

"그의 억울함을 풀어 주겠다면서, 먼저 조건부터 내거는 건 뭐지?"

수희가 원한에 찬 목소리로 외쳤다.

"만약 네가 삼전하를 죽였다면, 넌 좋은 사람을 죽였을 뿐 아니라 은혜를 원수로 갚은 거야! 너는 평생 후회하게 될 거다!"

비연이 냉랭하게 말했다.

"평생 후회할 거라고? 원한에는 원한으로 갚는 법이고, 은혜에는 은혜로 갚는 법이지. 이 세상에 되돌려 줄 수 없는 거라고는 없어! 목숨이라 해도. 목숨에는 목숨으로 갚을 수 있는 거지. 후회할 게 뭐 있겠어?"

사람들 뒤에서 이 말을 들은 한운석과 용비야의 표정이 살짝 변했다.

비연이 이어 말했다.

"본 공주는 원래 아무 흥미도 느끼지 못하고 있었는데, 네 말을 들어 보니 백리명천이 대체 뭐가 그리 억울한지 궁금해지는 걸? 어디 들어나 봐야겠다."

수희는 비연이 변했다는 생각이 들었다. 어딘지 모르지만 예전과는 몹시 달라 보였던 것이다. 그러나 수희는 그에 대해 깊이 생각하지 않고 계속 분노하며 외쳤다.

"삼전하께서는 려금과 결탁하신 적이 없다! 물론 기욱, 혁소해와도 결탁하신 적이 없지! 군자택을 학대하신 적도 없어! 그분께서 너희와 다평산에서 만나기로 하셨지만, 그분께서는 다평산에 가기 전에 군자택과 려금을 교월차장으로 보내려고 하셨어. 그분이 뭘 하시려 했는지 모르겠지? 그분은 직접 혁소해와 기욱을 잡아 너희에게 넘겨주려 하셨단 말이다! 내가 우둔하게 혁소해의 계책에 넘어가지 않았다면, 모두 지금과는 완전히 달라져 있을 텐데!"

비연은 놀란 듯 미간을 찌푸리기 시작했다.

수희가 계속 외쳤다.

"믿지 못하겠다면 저들에게 물어봐!"

수희는 등 뒤의, 시위들이 잡아 온 남자들을 가리켰다. 그들 중에는 혁소해의 수하도 있었고 백리명천의 수하도 있었다.

수희는 원래 많은 것을 알지 못했지만, 후에 백리명천이 그녀를 구하러 사람을 보냈을 때 모든 진실을 알게 되었다.

수희가 쓰게 웃기 시작했다.

"내가 그리도 바보 같은데! 삼전하께서 나보다 더 바보 같으실 줄이야!"

비연이 남자들을 바라보았다. 그들은 잇달아 고개를 숙일 뿐 수희의 말을 반박하지 않았다. 비연은 더욱 미간을 찌푸린 채 고칠소에게 묻는 듯한 시선을 보냈다.

며칠 전 전다다가 백리명천이 뭔가 이상하다고 욕할 때, 고칠소 역시 제 제자가 뭔가 이상하다고 생각하기는 했었다. 연아를 좋아하면서도 굳이 원수를 진 것으로도 모자라 다평산으로 끌어들이다니. 이제야 모든 게 들어맞았다.

수희는 고칠소가 고 영감이라는 것을 알지 못했기에, 모든 이들 사이에서 그를 찾으며 말했다.

"고 사부님은? 고 사부님 어디 계시지? 고 사부님, 나와 봐요, 삼전하께서 사부님께 드리라고 한 물건이 있으니까!"

고칠소가 수희 앞으로 걸어가 몸을 굽혔다.

"무슨 물건이지?"

눈앞에 요사스럽게 아름다우면서도 성적인 매력이 넘치는 얼굴이 나타나자 수희는 그만 멍한 표정을 지으며 대답할 말을 잊고 말았다. 고칠소는 다급한 나머지 갑자기 화를 내며 외쳤다.

"말해!"

수희가 뒤로 물러나며 중얼거렸다.

"당신, 당신이…… 설마……."

고칠소가 인내심을 잃고 말했다.

"말하지 않을 건가?"

수희가 깜짝 놀라 다급하게 말했다.

"고 사부님! 삼전하께서는 계속 사부님께서 주신 호두를 지니고 다니셨어요. 후에 한 알을 잃어버리셨지만……. 전하께서 다평산으로 가시기 전, 남은 한 알을 군자택에게 건넸어요. 그리고 그분께서 하신 모든 일은 사부님의 은혜에 보답하기 위한 거라고 말씀하셨어요. 고 사부님, 삼전하께서는 계속 사부님을 생각하고 계셨어요. 그러니 그분을 저버리시지 마세요. 삼전하께서는 지금 대체 어떠신가요?"

이 말을 들은 모두는 의심스러운 표정을 지었다. 백리명천이 입장을 바꾼 게 연아를 좋아했기 때문일까, 아니면 사부의 은혜에 보답하고 싶어서였을까?

어쨌든 이 자리에 있는 이들은 모두 영리한 사람들이었기 때문에, 잠시 생각하고는 이해했다. 상황을 알지 못하는 비연만이 백리명천이 그저 사부의 은혜에 보답하려 했다고 생각할 뿐.

수희는 아무도 대답해 주지 않자 울기 시작했다. 인생에서 가장 비극적인 일이라면 스스로의 얼굴을 치는 것. 즉 자신이 과거에 견지하던 뭔가를 부인하는 것만 한 일이 또 있을까? 수희의 지금 태도야말로 그녀가 과거 고 영감에게 품었던 적의를 부정하고 있는 것이 아닌가?

"고 사부님, 제가 잘못했어요! 전부 다 제 잘못이에요. 그때 제가…… 사부님께서 전하께 보내신 서신을 숨기지 말았어야 했

는데. 제가 그렇게 삼전하께서 사부님과 반목하도록 이간질해서
는 안 되었는데…… 고 사부님, 저를 탓하고 저를 욕하세요. 저
는 그래도 괜찮아요. 그러니 제발…… 지금 삼전하가 어떠신지
좀 말씀해 주세요! 삼전하께서 지금 살아 계신지, 아니면 돌아가
셨는지……."

고칠소는 잠시 멈칫했으나 곧 큰 소리로 웃기 시작했다.

"너는 내 제자를 뭘로 보는 게냐? 내 제자가 네 유혹에 그리
쉽게 넘어갔을 것 같으냐? 하하! 그 애는 그저 나에게 조금 화를
냈을 뿐이다. 내가 사부가 되어서, 그 애 성질을 못 받아 줄 리
있겠느냐?"

그러더니 몸을 돌려 비연의 손을 잡고 백리명천의 방을 향해
걷기 시작했다.

"연아, 가자. 오늘 의부의 얼굴을 보아서라도 저 녀석을 구
해 다오!"

비연이 깜짝 놀라며 물었다.

"백리명천이 죽지 않았다고요?"

마침내 알게 된 그의 마음

비연은 얼음에 싸인 채 침상에 누워 있는 백리명천을 보고 더욱 놀랐다.

고칠소가 지금까지의 상황을 자세히 설명한 후 비연에게 말했다.

"연아, 적령석으로 이 아이를 구할 수 있을 것 같다. 백리명천도 속죄를 한 셈이니, 의부의 체면을 봐서라도 과거의 일은 잊어다오."

비연이 웃으며 말했다.

"의부, 계속 그렇게 예의를 갖추신다면 저 정말 화낼 거예요."

고칠소가 큰 소리로 웃기 시작했다.

"좋다, 연아! 어서 구해 주려무나! 네가 구해 주지 않으면 의부가 화를 내려고 했다."

비연은 눈썹을 치켜세우면서도 웃었다. 오랜만에 진심으로 웃는 거였다. 그러나 그 웃음도 결국은 순간일 뿐이었다.

비연이 말했다.

"약왕정에 있던 적령석은 약왕정을 승급시킬 때 모두 타 버리고 말았어요. 대신 봉황화로 시도해 보면 어떨까요?"

고칠소가 고개를 끄덕이며 한옆으로 물러났다.

비연이 곧 봉황화를 소환했다. 봉황화가 백리명천 곁을 맴돌더니 천천히 불빛이 되어 백리명천을 감쌌다.

고칠소의 추측이 옳았다. 봉황화는 혈루의 부작용에 저항할 수 있었다. 이것은 아마도 고운원이 백리명천에게 주는 최후의 시련인 동시에 최후의 인자함일 터였다.

백리명천이 원한에만 매몰되어 있었다면 죽을 수밖에 없었을 것이다. 그러나 백리명천은 자신의 내면을 직시하고 사제 간의 정을 그리워했기에 구원을 얻었다. 하지만 고운원이 가 버린 이상, 진실을 아는 사람은 아무도 없었다.

곧 백리명천의 몸을 감싼 얇은 얼음에 균열이 일어나더니, 점차 산산조각이 나기 시작했다. 얼마 지나지 않아 깨진 얼음 조각들과 불길이 함께 사라졌고, 남은 것은 그의 몸을 감싼 진기뿐이었다.

백리명천은 계속 깨어 있었고, 굳어 있던 자신의 몸이 점차 편안해지는 것을 느낄 수 있었다. 그러나 몸에 감각과 힘이 돌아오는 것을 느끼면서도 그는 계속 눈을 뜨지 않았다.

고칠소가 재빨리 다가오더니 백리명천의 숨을 확인해 보고는 기뻐하며 외쳤다.

"살았구나!"

그제야 모든 이들이 안도의 한숨을 내쉬었다. 오해가 풀린 이상, 백리명천이 살아 있다는 것은 다행한 일이었다.

모두 고칠소의 웃는 얼굴을 보며 기뻐하기 시작했다. 고칠소는 평생 다른 이의 아이들을 사랑해 주었다. 그런 그가 겨우 얻은 제자가, 그의 아이나 마찬가지인 제자가 세상을 떠나기라도 했다면 그가 얼마나 슬퍼했겠는가?

고칠소는 재빨리 백리명천의 맥을 짚어 보았다. 큰 문제는 없어 보였지만 고칠소는 여전히 안심하지 못하고 한운석을 바라보았다.

한운석도 어쩔 수 없다는 듯 웃으며 다가와 백리명천의 맥을 짚은 후 놀리듯 말했다.

"안심해요. 당신 후계자는 멀쩡하니까."

고칠소는 무척 기뻐했다. 백리명천이 배반했을 때도 그는 그를 비난한 적이 없었다. 하물며 백리명천이 배반하지 않은 것을 알게 된 지금은 더 말할 것도 없었다.

고칠소가 계속 소리 내어 웃으며 말했다.

"돌아가면 이 녀석에게 아내를 열이고 스물이고 맞으라 하고, 아이들을 잔뜩 낳게 해야겠어! 그럼 내 후계자도 많아지겠지!"

고칠소는 기쁜 나머지 곧 미칠 것 같은 모습이었다. 그러나 다른 사람들은 백리명천의 옥패를 아주 똑똑히 기억하고 있었기에 아무 대답도 하지 않았다.

비연이 백리명천 가까이 다가와 노려보며 의심스럽다는 듯 물었다.

"어째서 나에게 진실을 말하지 않았지? 어째서 나와 거래를 하려고 한 거야?"

백리명천은 비연이 곁에 있다는 것은 알고 있었지만, 그렇게나 가까운 곳에 있다고는 생각지 못하던 참이었다. 그는 눈을 감고 있었지만 비연이 노려보고 있다는 것을 느낄 수 있었다.

가까스로 편안해졌던 그의 몸이 순식간에 다시 굳어 버리고 말았다.

그때 고칠소의 웃는 얼굴도 조금씩 굳어 가기 시작했다.

비연이 최초의 문제로 되돌아갔다.

"의부, 의부가 이 녀석을 제일 잘 아시잖아요. 대체 나에게 무슨 물건을 보관하게 하려 했던 거래요?"

고칠소는 머뭇거리며 대답하지 않았다.

비연이 이번에는 헌원예에게 물었다.

"오라버니, 그 물건을 가지고 오라고 사람을 보냈어요?"

헌원예가 대답하기 전, 그가 솔직하게 털어놓기라도 할까 무서운 듯 고칠소가 재빨리 작은 보물 상자를 꺼내며 말했다.

"연아, 이 물건은……. 이 녀석이 살아났으니 그냥 이 녀석더러 보관하게 하는 편이 좋겠다. 너희 둘 사이에 있던 일들은…… 어쨌든 이제 다 끝난 셈이니까. 그렇지?"

그는 말할 것도 없고, 그 자리에 있는 모두 이 중요한 시기에 비연에게 백리명천의 감정에 대해 알려 주는 것은 적당하지 않다고 생각하고 있었다.

고칠소는 말을 끝내자마자 보물 상자를 백리명천의 손 아래 놓아두었다.

그러나 이게 웬일일까, 비연이 거부했다.

"진상은 진상이고, 거래는 거래인걸요. 백리명천이 이걸 되돌려 받고 싶다면 나와 다시 이야기해야 하는 거죠."

비연이 갑자기 보물 상자 쪽으로 손을 뻗었다. 순간, 백리명천이 마침내 참지 못하고 힘을 주어 보물 상자를 꽉 눌렀다.

비연이 그의 손 아래에서 상자를 빼려 해도 도무지 움직이지 않자, 바로 백리명천이 깨어 있다는 사실을 알아채고 외쳤다.

"정신을 잃은 척하다니!"

정신을 잃은 척하고 있다고?

고칠소가 가장 먼저 어찌 된 일인지 깨달았다. 그는 기분이 무척 복잡했지만 결국은 쓰게 웃고 말았다. 몇 번 가볍게 기침한 그는 아무 말도 하지 않고 문밖으로 나갔다.

다른 이들도 상황을 깨닫고 잇달아 자리를 떠났다. 한운석과 용비야가 가장 마지막으로 나갔다. 사실 한운석은 계속 방 안에 남으려 했지만 용비야가 잡아끌었다.

"우리 딸은 다 컸으니, 아무 일 없을 거야."

모두 나간 후 방 안에는 비연과 백리명천만이 남았다. 비연은 이미 손을 내려놓은 상태였지만, 백리명천은 여전히 두 눈을 감은 채 미동도 하지 않고 있었다.

비연은 평소보다 훨씬 냉랭한 목소리로, 확신에 가득 차 외쳤다.

"모두 나에게 뭔가 숨기고 있어!"

백리명천은 아무 반응도 보이지 않았다.

비연이 갑자기 눈을 가늘게 뜨더니 노한 목소리로 외쳤다.

"늙은 여우, 계속해서 그렇게 굴면 본 공주가 불에 구워 버리겠어!"

그녀의 목소리는 매섭고, 매섭고, 또 매서웠다.

백리명천은 결국 눈을 떴다. 그는 일어나 앉으며 보물 상자를 몸 뒤로 숨긴 다음에야 고개를 들어 비연을 바라보았다. 그리고 심장이 쿵 소리를 내며 떨어짐을 느꼈다. 그제야 비연이 완전히 변해 버렸다는 걸 깨달은 것이다.

그는 비연의 이런 차림을 본 적 없었다. 검은 옷에 묶어 올린 머리…… 그녀는 평소보다 훨씬 기운 있어 보였으나, 영리하고 예민한 느낌은 사라져 있었다. 대신 어딘가 무거워 보였다. 얼음처럼 차가운 눈에는 뭐라 표현하기 어려운 위압감이 어려 있어, 한참 보고 있노라면 숨이 막혀 올 것 같은 기분이 들었다.

백리명천은 원래 웃으며 비연의 화를 돋울 만한 말을 몇 마디 건넬 생각이었지만, 그녀의 이런 모습을 보자 저도 모르게 다정한 목소리로 묻고 말았다.

"우리 연아, 괜찮은 거지?"

비연은 그의 말은 무시한 채 손을 내밀며 냉랭하게 말했다.

"상자를 내놔!"

비연은 그 보물 상자 안의 물건에 분명 문제가 있다고 확신하고 있었다.

백리명천이 보물 상자에서 옥패를 꺼낼 시간을 끌려고 일부러 오만한 척 말했다.

"내가 죽지 않았으니, 너는 이제 이 물건에 신경 쓸 필요 없어! 우리 사부께서 말씀하셨잖아. 우리 둘은 이제 계산을 끝낸 셈이라고. 이만 나가 봐. 나는 좀 쉬어야겠으니까."

그러나 비연은 말없이 앞으로 다가갔다. 백리명천은 아직 상자를 열지도 못한 상태였다. 그는 재빨리 상자를 감추려 했지만, 안타깝게도 제대로 숨기지 못했다.

비연이 봉황력을 소환해 그를 침상에 넘어뜨렸다. 보물 상자가 바닥으로 떨어졌다.

재빨리 상자를 들어 그 안을 본 비연은 잠시 얼이 빠졌으나 곧 어찌 된 상황인지 알아차렸다. 그녀는 교주로 만든 옥패를 노려보며 미동도 하지 않았고, 백리명천은 말없이 그런 그녀를 바라보았다…….

예전에 없어져 버린걸

옥패를 나누어 애정을 표시하는 것은 아주 오래된 풍속이
었다.

비연은 한참 동안 옥패를 들여다보며 아무 말도 하지 않았
다. 백리명천은 몇 번이나 무슨 말인가 하려다가 그만두고, 가
부좌를 틀고 앉은 뒤 비연의 반응을 기다렸다.

지금 백리명천은 겉으로는 담담해 보였지만 실제로는 긴장
하고 있었다. 무릎을 꽉 쥐고 있는 그의 손이 그의 기분을 드러
내고 있었다.

비연은 겨우 정신이 든 것처럼 옥패를 상자에서 꺼내 손 안
에서 한 바퀴 굴려 보았다. 그리고 그다음에야 백리명천을 바
라보며 물었다.

"나머지 반쪽은?"

그녀의 말투는 여전히 차가웠다. 놀라지도 기쁘지도 않은 듯
보였지만, 또한 옥씨 가문에서처럼 난처해하거나 분노하지도
않았다. 비연은 마치 이 일이 자신과 아무 관계도 없다는 듯 행
동했다. 그러나 그녀는 백리명천의 이 옥패가 농담이 아니라는
사실을 명백하게 눈치채고 있었다.

백리명천은 무의식적으로 무릎을 쥔 손에 힘을 더했다. 그는
더욱 긴장한 눈길로 비연을 바라보면서도, 사악해 보일 정도로

매력적인 미소를 지었다.

"물론 내가 지니고 있지."

비연이 갑자기 미소를 짓더니 옥패를 백리명천에게 내밀었다.

"목숨이 꽤 긴 모양이니, 이런 물건은 스스로 보관하는 것이 좋겠어."

말을 마친 그녀가 몸을 돌리자 백리명천이 다급하게 불러세웠다.

"잠깐만!"

그가 이렇게나 긴장하고 있는데, 겨우 저런 말만 남기고 사라지겠다고? 백리명천은 마음을 숨길 수 없게 된 바에야 아예 분명하게 털어놓을 생각이었다.

그가 침상에서 내려와 비연에게로 다가갔다. 그리고 마침내 몇 달이나 숨기고 있던 말을 꺼내려던 그 순간, 비연의 차갑고 숙연한 눈빛에 하려던 말을 삼키고 말았다. 대신 다시 한번 다정하게 물었다.

"괜찮은 거지?"

방금도 같은 말을 물었던 것 같은데…….

비연은 그가 이리 물을 줄은 생각지 못하던 참이었다. 그녀는 백리명천의 시선을 피하며 되물었다.

"내가 괜찮지 않을 이유는 또 뭔데?"

백리명천은 대답 대신 담담하게 말했다.

"너무 많이 슬퍼하지 말도록 해."

비연은 바로 웃어 버리고 말았다.

"축하해야 하는 일 아니었어?"

백리명천은 미간을 찌푸렸지만, 곧 큰 소리로 웃기 시작했다.

"맞아, 그렇지. 축하해야 할 일이지. 직접 그를 죽였으니, 모든 것이 해결된 셈이잖아! 이제 새로 시작하는 거야⋯⋯."

비연이 그의 말을 자르며 물었다.

"그 외에 다른 할 말 있어?"

백리명천은 교주로 만든 옥패를 꽉 쥔 채 고개를 저었다.

비연이 차가운 목소리로 말했다.

"그럼 왜 길을 막고 있는 거야?"

백리명천은 분명 그러고 싶지 않았지만, 어쨌든 한 걸음 물러섰다.

그러나 비연은 바로 나가지 않고 문밖을 바라보며 담담하게 말했다.

"그 옥패는 정말 좋은 물건이니까, 다른 사람에게 맡기지 마. 물건을 알아볼 줄 아는 사람을 찾으면 그때 내주는 게 좋을 것 같아."

백리명천이 바로 대꾸했다.

"나는 좋은 물건은 절대로 다른 사람에게 내주지 않아."

"그럼 다른 사람을 찾아 보관해 달라고 해."

말을 마친 비연이 떠나려 하자, 백리명천이 다시 그녀 앞을 가로막더니 웃는 얼굴로 물었다.

"정말로 그렇게 생각해?"

비연은 그와 쓸데없는 말이나 주고받고 싶은 마음이 없었다.

그녀는 그를 피해 방을 나가려 했지만, 백리명천이 그녀의 손을 잡더니 진지하게 물었다.

"헌원연, 정말로 그렇게 생각하는 거야?"

비연이 미간을 찌푸리며 사납게 그의 손을 떨쳐 내고 반문했다.

"내가 너랑 장난이라도 치고 있는 것 같아? 이미 충분히 이야기한 것 같은데!"

그러나 백리명천이 다시 물었다.

"그러니까, 네가 보기에도 누군가를 좋아한다 해서 그게 꼭 평생 가는 것은 아니라는 거지?"

이 말을 들은 순간, 비연은 그대로 굳어 버리고 말았다.

백리명천은 여전히 진지했다.

"그렇다면 너도…… 스스로를 좀 편하게 놓아줘 보는 것은 어때?"

비연은 저도 모르게 주먹을 꽉 쥐고는 그의 시선을 피하며 그 자리를 떠나려 했다. 그러나 백리명천이 다시 그 앞을 막아섰다.

"정말로 그렇게 생각하는 거지?"

비연은 아무 말도 하지 않고 그를 밀쳤다. 백리명천이 다시 한번 그녀를 막아섰다.

"헌원연, 정말로 그렇게 생각하는 거 맞지?"

주먹을 더욱 꽉 쥔 비연이 결국은 참지 못하고 외쳤다.

"그래! 그렇게 생각해! 그렇게 생각한다고! 그래서 뭐가 어떻다는 거야? 누군가를 좋아하면 어째서 평생 그 한 사람만 좋아해야 해? 좋지 못한 사람을 좋아하면 어쩌라고?"

한참 소리치던 비연은 다시 백리명천에게 반문했다.

"네 생각은?"

백리명천이 아주 진지한 표정으로 고개를 끄덕였다.

"네 말이 옳아!"

그러나 비연이 다시 말했다.

"하지만 사람 마음의 크기란…… 줘 버리고 나면 아무것도 남지 않기도 해. 알고 있지?"

백리명천이 바로 반박했다.

"남아 있는 것도 있을 거야!"

"없어!"

비연은 점점 더 화가 나서 눈시울마저 붉어졌다. 그러나 눈물을 흘리지는 않고 한 단어 한 단어 느릿느릿하게 말했다.

"1년이었다면 일부만 줄 수 있었겠지. 하지만 나는 아주 긴 세월 동안 그에게 줘 왔어. 그러니까 예전에 이미 모두 없어져 버렸어!"

백리명천의 눈에 슬픈 빛이 떠올랐다. 그는 결국 참지 못하고 속마음을 드러내고 말았다.

"없어졌다 해도 괜찮아. 내가 나누어 줄 수 있으니까. 내 마음은 아주 단단하고, 그 누구에게도 준 적 없어. 이걸…… 전부 다 너에게 줄게."

비연이 불시에 그를 밀어 버렸다. 백리명천은 예상하지 못한 일이라 비틀거리며 뒤로 몇 걸음 물러났다.

비연은 고통스러운 마음을 억누르며 차가운 눈빛으로, 아니, 심지어 놀라울 정도로 잔인해 보이는 눈빛으로 외쳤다.

"백리명천, 잘 들어! 네 마음 따위 본 공주는 필요 없어! 그리고 내 의부께서 하신 말씀, 우리는 이제 서로에게 아무 빚도 없다는 그 말씀, 꼭 기억하길 바라!"

말을 마친 비연이 성큼성큼 걸어 그 자리를 떠났다.

백리명천은 더는 제지하지 않고 그저 멍하니 바라보다가 입가에 미소를 지었다. 그는 제 허리에 매달려 있던 옥패를 떼어, 두 개 모두 소매 속에 잘 갈무리했다.

비연이 문밖으로 나가니 진묵과 소소옥, 그리고 수희와 한우아만 그녀를 기다리고 있었다.

진묵은 부상에서 아직 회복하지 못한 상태였지만 이미 예전처럼 비연 곁을 계속 지키고 있었다. 그리고 소 부인은 한우아와 수희를 처리할 방법을 묻기 위해 비연을 기다리고 있었다.

비연이 나오자 소소옥이 재빨리 다가와 물었다.

"연 공주님, 저 두 사람은 어떻게 처리할까요?"

비연이 대답하기도 전에 수희가 다급하게 외쳤다.

"연 공주님! 제발, 제발 한 번만 전하를 뵙게 해 주세요! 전하를 뵐 수 있게 해 주시면…… 저를 죽이셔도 저는 괜찮아요!"

비연이 눈을 내리깐 채 소소옥에게 말했다.

"백리명천의 사람이니 백리명천에게 처리하게 해요. 한우아는 알아서 처리하도록 하고요."

이 말을 들은 순간, 한우아가 다급한 나머지 노한 목소리로 외쳤다.

"고비연, 그게 무슨 뜻이야?"

한우아는 소소옥에 의해 백초국 황궁으로 간 이후 납치를 당했기 때문에 외부의 상황을 전혀 알지 못했다. 그녀는 지금도 의모와 비연이 협력 관계라고 생각할 뿐, 두 사람의 진정한 관계를 모르고 있었다. 한우아는 비연이 소소옥에게 자신과 관련해 압력을 넣는다고 생각했고, 그에 다급해지고 말았던 것이다.

비연은 한우아를 제대로 쳐다보지도 않고 계속 앞으로 걸어갔다. 반면에 소소옥은 눈을 가늘게 뜨고 한우아를 바라보았다. 한우아는 더욱 당황했다.

한우아는 원래 하고 싶은 말이 잔뜩 있었지만, 계속 소소옥의 기에 눌려 한마디도 하지 못하고 있던 참이었다. 그러나 이제는 그런 것을 생각할 여유가 없었다.

한우아가 다급하게 말했다.

"의모, 저 여자가 대진의 공주라 한들 그게 또 뭐라고요? 어째서 의모께서 그렇게 굽실거리며 저 여자를 받들어 모셔야 하나요? 랑종 한가보는 현공대륙 남경에서 명성이 가장 높은 가문이에요. 헌원 왕족에게도 꿀릴 것이 전혀 없다고요. 의모께서는 한진 가주님의 유일한 제자이자 현재 한가보의 가주시잖아요. 저들과 교류한다 해도, 자존심을 굽히고 그렇게 하인처럼 행동하실 필요 없단 말이에요. 그리고 저처럼 의모를 수년 동안이나 시중들어 온 양녀를 희생해서 저 여자의 비위를 맞출 필요는 더더욱 없고요. 저 여자가 대체 뭐라고요? 이 이야기가 밖으로 나가면 한가보 사람들은 모두 실망하지 않을까요? 아니, 온 천하 사람들이 다 비웃을 게 분명해요!"

소소옥의 눈에 살의가 어렸다. 그러나 그녀가 입을 열기 전에 비연이 발걸음을 멈추더니, 한우아를 돌아보며 냉랭하게 물었다.

"한우아, 나에게 12만 금을 빚지고 있지 않던가?"

전부 다 그 때문만은 아니야

　한우아는 비연이 언급하기 전까지는 이 12만 금이라는 거액을 잊고 있었다! 그녀는 순간적으로 당황하여 우물쭈물하기 시작했다.

　비연은 원래 한우아를 상대할 마음이 없었다. 그러나 한우아가 소소옥에게 이런 식으로 건방지게 굴도록 내버려 둘 수도 없었다. 비연은 다시 한우아 앞으로 걸어가 그녀를 내려다보며 다시 물었다.

　"12만 금, 기억났어?"

　한우아가 변명하기 시작했다.

　"나, 나는……. 우리 그때 이야기했잖아. 내가……."

　비연이 차갑게 그녀의 말을 끊었다.

　"그래, 약속했었지. 하지만 너는 지금까지도 그 공기봉리가 어디서 온 것인지 알아내지 못했잖아?"

　한우아는 마침내 할 말을 잊고 말았다.

　비연이 이어 말했다.

　"나에게 돈을 빚진 후에 너는 갖은 핑계를 대며 피하기만 하고 갚지 않았으니, 그야말로 믿을 수 없는 사람이지! 그리고 말 끝마다 소 부인이 의모니 뭐니 하면서, 밖에서는 빚을 지고 갚지 않아 소 부인의 체면을 떨어뜨리고, 또 내가 요구한다고 감히 소 부인에 관해 몰래 조사해 주겠다고 약속하지를 않나. 그 야말로 충성심이라고는 찾아볼 수조차 없지! 게다가 누구를 만나도 거짓말만 늘어놓으니 정직하지도 않지. 이렇듯 믿을 수 없고, 충성심도 없는 데다, 정직하지도 않으니, 네 의모가 너를 처리한들 무엇이 문제일까? 그게 왜 내 비위를 맞추기 위한 행동이 되는 거지?"

한우아는 할 말을 잊고 겁먹은 표정으로 소 부인을 힐끗거렸다. 그리고 소 부인이 더욱 음산한 표정을 짓고 있는 것을 보자 두려움에 질려 다급하게 변명하기 시작했다.

"그게 다 네가 그렇게 만든 거잖아! 네가 그렇게 몰아가지 않았으면 나도 의모를 속이지 않았을 거야! 전부 다 네 탓이라고!"

비연이 냉소하기 시작했다.

"나 때문이라고? 한우아, 우리 신농곡에서의 빚을 다시 한번 셈해 볼까?"

한우아가 신농곡 경매장에서 자신을 내세우고 비연을 매장할 생각을 하지 않았다면, 그 12만 금을 빚지는 일도 없었을 것이다!

한우아는 더욱 긴장하여, 황망한 가운데 입에서 나오는 대로 중얼거렸다.

"그건 다 군구신 때문이었어. 전부 다 그 사람 때문이었다고."

이 말을 듣자, 안 그래도 차갑던 비연의 얼굴이 더더욱 무겁게 가라앉았다. 그녀는 두 주먹을 쥔 채 극도의 인내심으로 무언가를 참아 내고 있었다. 그러나 한우아는 그런 모습을 눈치채지 못하고 계속 변명을 늘어놓았다.

"군구신이 아니었다면 너와 다투려는 생각 같은 건 하지 않았을 거야! 손바닥 하나로는 소리가 나지 않는 법이거든. 솔직히 말해 너나 나나 다 군구신 때문에 그랬던 거잖아? 그때 너는 일개 약녀에 지나지 않았고, 아직 그에게 시집을 가기도 전이었잖아. 내가 너와 다툰들 그게 무슨 잘못이라는 거야? 고비연, 내가 신뢰할 수 없고 충성심도 없는 데다 정직하지도 않다고? 그럼 너는? 그 빚을 가지고 일부러 나를 함정에 빠트리려 했잖아? 아니야?"

소 부인이 결국 참지 못하고 분노한 목소리로 외쳤다.

"그 입 닥치지 못해? 어디서 생떼를 쓰고 있지?"

소 부인이 앞으로 나서려 하자 비연이 손을 들어 제지했다. 그러더니 찰싹 소리가 나도록 한우아의 뺨을 사납게 내리쳤다.

한우아가 얼이 나간 표정으로 비연을 바라보았다. 그러자 비연이 차가운 목소리로 물었다.

"손바닥 하나로는 소리가 나지 않는다고 누가 그래?"

한우아는 아직도 정신을 차리지 못하고 있었다. 비연이 다시 한번, 좀 더 강하게 그녀의 따귀를 내리친 다음 물었다.

"어때, 손바닥 하나로도 소리가 나지?"

한우아는 분노와 수치심으로 달아올라 비연에게 덤벼들었다. 비연이 그녀의 손을 잡아 막자 한우아는 바로 진기를 사용했다.

비연 역시 즉시 봉황력으로 그녀의 진기를 제압하고, 그녀를 죽도록 내리눌렀다!

진기를 극한까지 수련한 고수가 덤빈다 해도 비연은 두려울 게 없었다. 하물며 한우아 정도의 평범한 실력이야 말해 무엇 할까?

한우아는 처음으로 봉황력을 맛보고 경악했다.

"너!"

비연이 무표정한 얼굴로 차갑게 말했다.

"잘 들어 둬. 그때 나는 일부러 너를 함정에 빠트렸어! 하지 만 남몰래 너를 함정에 빠트린 게 아니야. 경매장의 수많은 사 람들 앞에서 정정당당하게 빠트렸지. 그러니 탓하려면 본인의 우둔함을 탓하도록 해!"

말을 마친 그녀가 집어 던지다시피 한우아의 손을 놓았다. 한우아는 제대로 균형을 잡지 못하고 비틀거리다가 넘어지고 말았다.

비연은 그 이상 한우아를 보고 싶지 않아 소소옥을 바라보며 말했다.

"옥 언니, 한가보의 일은 알아서 처리해 주세요."

말을 마친 비연이 성큼성큼 걸어 그 자리를 떠났고, 한우아는 수치스러운 와중에도 비연이 소 부인을 부른 호칭을 떠올렸다.

옥 언니?

이런 호칭은…… 설마…….

한우아가 의아해하고 있는 동안, 소 부인은 멀어져 가는 비 연의 뒷모습에 공손히 절을 올렸다. 아니, 심지어 목소리에도 존경심이 묻어나고 있었다.

"명을 받들겠습니다, 주인님!"

이 말을 들은 한우아가 경악하여, 공포에 젖은 표정으로 중얼거렸다.

"그, 그러니까…… 의모와……."

소소옥의 입가에 차가운 미소가 떠올랐다. 그녀는 한 구절 한 구절 또렷하게 말했다.

"우리가 무슨 관계냐고? 후후, 네 말이 옳다. 네가 아주 정확하게 파악했더구나. 나는 하인처럼 굽실거리고 비위를 맞추지. 나는 어린 시절부터 연 공주님 가문의 노비였다. 과거에도, 지금도, 그리고 장래에도 영원히 그럴 것이다! 가능하다면 공주님을 하늘 위로 올려 드리고 싶어 안달하는 중이지. 한우아, 네가 한가보에서 남몰래 저지른 잡스러운 짓들을 내가 모르리라고 생각지 마라. 원래 너를 놔주고 모든 것을 잊으려 했지만, 지금은 생각이 바뀌었다. 내 주인님에게 12만 금을 빚졌다고? 단 한 푼도 빼놓지 않고 모두 돌려받겠다. 오늘부터 매일 10푼씩 이자를 더할 거야. 너에게 1년의 기한을 주겠다. 1년 내로 모두 갚지 못하면, 어찌 될지는 스스로 알겠지."

한우아는 눈을 휘둥그렇게 뜨고 멍하니 소소옥을 바라보았다.

한우아로서는 머리가 깨지도록 생각에 생각을 거듭한다 해도 자신이 평소 자랑으로 여기던 의모가 비연의 가노라는 사실을 알 수는 없었다. 예전에 그녀가 느끼던 모든 우월감은 바로 이 의모가 있었기에 가능했던 것이었다.

한우아로서는 인정하고 싶지 않았지만, 이 순간 그녀 자신도 스스로가 이리 비참한 지경에 떨어진 것이 우스울 지경이었다.

아둔하기는! 정말이지 너무나 아둔했다!

소소옥이 시위에게 명령했다.

"이 아이를 끌어내!"

이 말을 들은 한우아는 겨우 정신을 차리고, 소 부인의 다리를 안은 채 애걸하기 시작했다.

"의모, 제가 잘못했어요! 제가 잘못하였으니, 의모, 제발 놓아주세요!"

그러나 소소옥은 보살의 마음을 지닌 사람이 아니었다. 그녀는 한우아를 발로 걷어차고는 몸을 돌려 그 자리를 떠났다.

한우아는 시위에게 끌려 나가면서 계속 비명을 질렀으나 아무도 그녀를 돌아보지 않았다.

그리고 곁에서 이 모든 장면을 목격한 수희는 긴장한 나머지 심장이 세차게 뜀을 느꼈다. 그리고 한우아의 목소리가 들리지 않게 되어서야 겨우 마음을 편히 먹을 수 있게 되었다.

비연은 수희에게는 그간의 원한을 묻지 않고 백리명천에게 넘기겠다고 했다. 수희는 비연이 백리명천에게 사람을 남겨주려는 깊은 뜻에서 한 행동이라고는 생각지 못하고, 그저 비연이 고 영감의 체면을 생각해 그리했다고 생각하며 마음속으로 고 영감에게 감사의 인사를 올렸다.

그녀는 재빨리 곁에 있는 시위에게 물었다.

"삼전하는? 어서 나를 삼전하게 데려다줘!"

시위가 방문을 연 다음 수희에게 말했다.

"안에 계시다!"

수희는 기뻐하며 재빨리 방 안으로 들어갔다. 백리명천이 침상에 앉아 멍한 표정을 짓고 있다가, 그녀를 보고 멈칫했다. 그러나 곧 웃으며 말했다.

"너도 꽤 명이 길구나!"

수희는 바로 바닥에 무릎을 꿇고 울기 시작했다.

"삼전하, 제가 잘못하였습니다! 제가…….""

백리명천이 손을 내저으며 그녀의 말을 끊었다.

"그만 가 봐도 좋다."

수희가 바로 고개를 저었다.

"아니에요! 저는 소나 말이 되는 한이 있더라도 주인님을 따를 것입니다!"

백리명천은 그제야 눈을 들어 수희를 한참 바라본 후, 입가에 경멸을 담은 미소를 지었다.

"소나 말이 되더라도? 하하! 하지만 나는 소도 말도 필요 없다! 어서 가거라!"

수희는 어찌 대답해야 할지 알 수 없어 그저 서럽게 눈물만 흘릴 뿐이었다.

백리명천이 시위를 부르더니 수희를 데리고 나가라고 명했다. 수희는 한마디 말도 하지 못하고 계속 울기만 했다. 그러나 그 울음소리도 점차 멀어지더니 결국 사라지고 말았다.

백리명천이 정말로 수희를 경멸하는 것인지, 아니면 일부러

상처 입히기 위해 그리 행동한 것인지는 그 자신만이 알 일이
었다.

그는 계속 그 자리에 앉은 채로, 비연이 이야기했던 '필요 없
다'라는 말이 진심으로 그를 미워한다는 의미인지, 아니면 일부
러 그의 마음을 죽이기 위해 한 것인지 고민하기 시작했다.

이때, 비연은 모두와 작별을 끝내고 진양성으로 향하는 마차
에 오르고 있었다…….

작별, 술이 아직 익지 않아서

비연 일행이 떠난 후, 용비야와 한운석 일행도 출발했다.

그들 두 사람은 빙해 북안에 서서 아득한 해면을 바라보았다. 그러나 아무리 쳐다보아도 건너편의 운공대륙은 보이지 않았다.

10년 동안, 그들은 대진국을 그리워하지 않은 적이 없었다. 필경 대진국은 그들이 힘들게 이뤄 낸 나라였으니까.

해변에 서 있는 그들 곁으로 초서풍과 서동림이 썰매를 가져왔다. 썰매를 끄는 동물은 바로 10여 년 동안 모습을 드러내지 않던 금안설오였다.

10여 년 전까지만 해도 빙해를 건너기 위해서는 금안설오가 끄는 썰매를 타고 건너는 게 불문율이었다. 그런데 지금 다시 금안설오가 끄는 썰매를 보니 마치 10여 년 전으로 되돌아간 것만 같았다.

용비야가 썰매에 오르려 할 때, 계속 조용하게 있던 영승이 다가와 차가운 목소리로 말했다.

"그 궁에 묻어 둔 술을 열 때가 된 것 같군. 나중에 날을 잡아 돌아가, 다시 술을 겨뤄 보지요."

용비야도 그 일을 잊지 않고 있었다. 다만 영승이 언급하지 않으니 그도 말하지 않았을 뿐이었다.

용비야가 눈썹을 치켜세우며 영승을 바라보았다.

"술이 아직 익지 않았을 텐데……. 10년은 더 기다려야 할 것 같군."

영승은 약간 놀랐지만, 곧 명쾌하게 대답했다.

"좋지!"

영승은 용비야가 그러고 싶은 마음이 없는 모양이라 여겼지만, 사실 용비야는 이 약속을 무기한 연기하기로 마음먹은 상태였다. 이미 사위가 영승과 술을 겨뤄 호적수를 이루었고, 그는 이 결과를 인정하고 있었다.

썰매가 빙해를 건너기 시작했다. 용비야와 한운석은 운공대륙 방향으로 점점 멀어져 가더니 곧 망망한 빙해 속으로 사라졌다. 헌원예도 모두와 작별한 후 빠르게 출발했다.

영승은 헌원예의 뒷모습이 사라진 후에야 고칠소에게 물었다.

"돌아가지 않을 건가?"

고칠소가 놀리듯 대답했다.

"용비야가 돌아왔으니 이제 운공대륙은 재미없지. 돌아가지 않을 거야!"

영승이 웃으며 고칠소의 어깨를 두드리고는 말없이 몸을 돌렸다. 소소옥은 이미 인사도 없이 한가보로 돌아가는 참이었다.

영승은 상관 부인에게 다가가 담담하게 말했다.

"우리도 돌아가지."

그리고 그가 몇 걸음 떼었는데도 상관 부인은 움직이지 않았다. 영승이 되돌아와 말없이 그녀의 손을 잡았다.

상관 부인은 원래 얼굴을 굳히고 있었지만, 영승에게 손을 잡히니 만족스러운 듯 바로 그의 팔짱을 꼈다. 그리고 탄식하듯 말했다.

"이제 딸을 낳고 싶지 않아졌어."

영승이 물었다.

"무엇 때문에?"

상관 부인이 진지하게 말했다.

"연아를 보는 것만으로도 이렇게 괴로운데……. 만약 우리 딸이 나쁜 놈을 만나기라도 하면…… 나는 분명 그 나쁜 놈을 죽여 버릴 거야! 하지만 내가 그놈을 죽이면 우리 딸 마음이 또 얼마나 아프겠어. 평생 마음 아파 하거나 하면 어떻게 하지?"

영승은 잠시 침묵하더니, 무슨 말인가 하려다가 결국은 그저 '응.'이라고만 대답했다. 상관 부인 역시 그 이상 아무 말도 하지 않았다.

두 사람이 마차에 오른 후, 영승이 갑자기 담담한 목소리로 물었다.

"정아, 연아가 부탁한 일을 끝내고 나면 우리 현공상회를 원아에게 넘기는 게 어떨까?"

상관 부인이 깜짝 놀란 나머지 불안해하며 물었다.

"하고 싶은 일이라도 있어?"

"아니, 그저 지쳤을 뿐이야. 당신과 함께 여기저기 돌아다니면 좋겠어."

그러나 상관 부인은 그의 말을 믿지 못하고 압박하듯 말했다.

"숨기지 말고 솔직하게 말해 줘. 대체 뭘 하고 싶은 거야?"

영승이 미간을 찌푸린 채 그녀를 한참 들여다보더니 결국은 웃어 버리고 말았다. 그는 상관 부인의 이마를 쓰다듬으며 말했다.

"당신과 함께 이곳저곳 다니고 싶을 뿐이라니까."

상관 부인은 여전히 의심스러운 표정이었지만 일부러 장난치듯 말했다.

"좋아. 우리 딸은 낳지 말고, 아들을 많이 낳자!"

영승이 바로 미간을 찌푸렸다. 그 모습을 본 상관 부인이 얼굴을 찡그리더니 그를 밀어냈다. 하지만 영승은 담담한 목소리로 대꾸했다.

"원아만 있으면 충분하지. 앞으로는…… 당신과 시간을 많이 보낼 거야."

상관 부인은 처음에는 별생각 없이 흘려들었지만, 곧 진지한 표정으로 생각에 잠겼다. 그러고는 눈동자를 빛내며 물었다.

"영승, 방금 뭐라고 했어?"

영승은 웃음이 새어 나오는 것을 참을 수가 없었다. 그는 웃는 듯 마는 듯 한 얼굴로 끝까지 대답하지 않고, 대신 가볍게 그녀를 안아 주었다.

상관 부인의 얼굴에도 해맑은 웃음이 피어났다. 그녀는 재빨리 영승을 감싸며 물었다.

"설마, 아이가 많아지면 나와 함께할 시간이 없을까 봐 겁내는 건 아니지?"

영승은 대답하지 않았다.

상관 부인이 다시 다급하게 말했다.

"아니야, 아이는 전부 내가 데리고 다닐 텐데! 혹시 아이가 많아지면 내가 당신과 함께할 시간이 없을까 봐 겁내는 거야?"

영승은 여전히 대답하지 않았다.

상관 부인이 그의 속을 꿰뚫어 보고 싶다는 듯 눈을 응시했다. 영승이 시선을 피했으나 상관 부인이 그의 얼굴을 잡고 억지로 눈을 마주치게 했다.

"내 말이 맞아?"

영승은 억지로 고개를 돌렸다. 상관 부인이 다시 힘을 주어 그의 머리를 돌려놓았지만, 영승이 손을 뿌리치고는 패기 넘치는 동작으로 그녀를 품에 안았다. 상관 부인이 벗어나려 해도 이미 늦은 다음이었다.

"내 말이 맞는 거지? 우리 이제 나이도 먹을 만큼 먹었는데, 설마 부끄러워하는 거 아니지? 이봐요, 나랑 같이 시간을 보내고 싶으면 솔직해져 봐요! 좋아, 기회를 줄게. 인정한다면 앞으로 다시는 아이 낳자는 말은 안 할게. 하지만 인정하지 않으면 내일부터 매일매일 이야기할 거야. 어떻게든 당신에게 애를 열두 명은 낳아 줄 거야."

마차가 멀어져 감에 따라 상관 부인의 목소리도 점차 멀어져 갔다.

10여 일 후, 영원이 상관보에서 현공상회로 돌아와 상회 전체를 물려받았다. 영승과 상관 부인은 비밀리에 현공상회를 떠났다. 영원을 제외하면 그 누구도 그들의 행방을 알지 못했지만, 어쨌든 이것은 훗날의 이야기다.

영승과 상관 부인이 멀어져 간 후에도 고칠소는 여전히 빙해안에 서 있었다. 등 뒤에서 '사부'라는 말이 들려올 때까지.

그렇다. 고칠소는 백리명천을 기다리고 있었던 것이다.

사부와 제자가 서로를 마주 보고 섰다. 한 사람은 요사스러울 정도로 붉은 옷을, 다른 한 사람은 화려한 자색 옷을 입고 있었다. 한 사람은 더없이 아름다웠고, 다른 한 사람은 사악해 보일 정도로 매력적이면서도 극단적인 느낌이 있었다. 그런 두 사람이 빙해안에 함께 서 있는 모습은 마치 사실이 아닌 듯 아름다워 보였다.

백리명천이 말없이 무릎을 꿇자 고칠소가 그를 걷어차 일으켜 세웠다. 사부와 제자 간의 오해는 이미 해결된 거나 마찬가지였고, 두 사람의 성격으로는 이 이상 쓸데없는 이야기를 할 필요가 없었다.

백리명천이 무릎을 꿇은 것도 잘못을 인정하기 위해서가 아니라 감사를 표시하기 위함이었지만, 고칠소는 감사의 인사조차 필요로 하지 않았다.

고칠소가 물었다.

"어디로 갈 생각이냐?"

"모르겠습니다."

백리명천의 대답에 고칠소가 불쾌한 듯 소리쳤다.

"솔직하게 말하거라!"

"정말로 모릅니다!"

그러자 고칠소가 미간을 찌푸렸다. 결국은 고칠소가 다시 묻기 전에 백리명천이 고백했다.

"연아를 찾으러 갑니다!"

고칠소는 그를 한참 바라보다가 결국은 큰 소리로 웃기 시작했다.

"네가 기쁘면 나도 좋구나."

백리명천이 사부를 찾아온 것은 바로 이 말을 듣기 위해서였다. 그는 기뻐하며 외쳤다.

"사부, 감사드립니다!"

그는 사부가 자신을 지지해 줄 거라 희망하지 않았다. 그저 말리지만 않아도 충분히 만족스러웠다.

백리명천이 떠난 후 고칠소도 출발을 준비했다. 바로 이때 하인이 운공대륙 영주에서 밀서를 가져왔다.

서신을 펼쳐 본 고칠소는 그대로 당황하고 말았다. 그는 한참 후에야 바닥에 서신을 패대기치며 고함을 질렀다.

"고북월, 이 나쁜 자식! 나쁜 놈!"

그는 화가 나서 안색마저 창백해진 상태였다. 시종은 그런 그를 보고 감히 말을 걸 엄두도 내지 못하고 서신을 주우려 했다. 그러나 고칠소가 서신을 발로 밟더니 직접 주워 사납게 공중으로 던졌다. 서신은 가루가 되어 흩어졌다.

고칠소가 노한 목소리로 외쳤다.

"말을 준비하도록. 북강으로 가야겠다! 어서!"

고맙습니다

고칠소가 이리도 분노한 것은 바로 고북월이 그에게 진실을 알려 주며, 군자택을 찾아 영주로 데려와 달라고 부탁했기 때문이었다. 고칠소 외에는 누구도 진실을 알게 하지 말라는 부탁도 있었다.

고칠소는 혼자서 최대한 빠른 속도로 북강을 향해 달려 몽족의 유적에 도착했다. 그런데 영생결계 입구에 도착하기 전에 빠르게 도망치는 발걸음 소리를 들었다. 고칠소는 길을 돌아 추격했고, 곧 복면을 쓴 검은 옷의 남자와 마주쳤다.

남자는 고칠소를 보자마자 바로 방향을 틀어 도망쳤다. 하지만 고칠소는 빠르게 추격해 곧 남자를 붙잡았고, 복면을 벗겼다. 망중이었다.

진상을 알고 있는 고칠소는 전혀 놀라지 않았으나 망중은 시선을 피했다. 고칠소는 그런 그를 보자 가까스로 가라앉혔던 분노가 다시 터져 나옴을 느꼈다.

그는 망중의 옷깃을 잡아채 그를 벽에 패대기친 다음, 아무것도 모르는 척 화난 소리로 외쳤다.

"네가 어째서 여기 있는 거지? 군자택은 어디 있느냐?"

망중이 뜻밖에도 눈을 감고 말했다.

"전하께서 패배하신 이상, 저를 죽이건 말건 마음대로 하십시오. 그러나 제가 황상의 행방을 말하리라고는 기대하지 않으시는 게 좋을 겁니다!"

고칠소가 눈을 가늘게 뜨더니 사나운 기세로 주먹을 내질렀다. 그러나 그의 주먹이 망중을 강타하려는 순간 슬쩍 비끼더니 옆의 벽을 내리쳤다.

고칠소가 노한 목소리로 외쳤다.

"거짓말! 계속 거짓말만 늘어놓는군! 거짓말을 한마디라도 더 한다면 내 너를 죽여 버리겠다!"

망중이 경악한 표정으로 눈을 떴다.

고칠소가 그의 목을 조르기 시작했다. 그는 정말 망중의 목을 졸라 당장이라도 죽여 버리고 싶은 심정이었다.

"고북월, 그 강철 심장을 가진 나쁜 놈이야 영자를 안타까워하지 않았다 치고, 너희 중에 마음이 아팠던 자들은 한 명도 없었단 말이냐? 너희는, 너희…… 최소한 나에게 미리 한마디라도 해 줄 수 있었으면서. 이제야 겨우…… 이제야 겨우 말해 주면 무슨 소용이지? 차라리 말을 하지 말지! 나를 바보로 만들어 버리다니. 그건, 그것은……."

고칠소의 손이 천천히 망중의 목에서 내려왔다. 이제 고칠소의 목소리에는 울먹임이 섞여 있었다.

"평생 마음 아파 하게 만들다니……. 하지만……."

그는 고개를 돌리더니 다시 한번 주먹으로 벽을 내리치고 중얼거렸다.

"하지만…… 하지만 내가 그 아이를 평생 미워하게 할 수도 없었겠지!"

진실을 알게 되면 마음이 쓰라릴 수밖에 없고, 진실을 모르면 미워할 수밖에 없었다. 그 어떤 경우에도 고통스러울 수밖에 없었다.

망중은 그제야 고 태부가 고칠소에게 진실을 이야기했다는 사실을 깨달았다. 그는 벽에 기댄 채 붉어진 눈으로 한참 침묵하다가 겨우 입을 열어 말했다.

"최소한 누군가가 진실을 알고 있다면, 전하께서도 그렇게까지 괴로우시지는 않겠지요. 그만큼의 가치가 있습니다!"

고칠소도 벽에 기댄 채 한참 동안 아무 말도 하지 않았다.

망중이 마침내 이성을 되찾고 물었다.

"고 태부께서 예왕 전하께 황상을 찾아 달라고 부탁하셨습니까? 저는 계속 황상을 찾지 못해 그저 이곳에서 기다리고 있었습니다. 지금 예왕 전하께서 오셨으니 정말 잘되었습니다. 예왕 전하께서 이곳에서 기다리고 계시면, 제가 다시 한번 황상을 찾으러 가 보겠습니다."

고칠소도 그제야 정신을 차리고 물었다.

"군자택이 아직 오지 않았다고?"

망중이 대답했다.

"이치대로라면 한참 전에 도착하셨어야 합니다. 그러나 제가 며칠째 이곳에서 기다리고 있는데도 오지 않고 계십니다. 아무래도 무슨 일이 생겨 늦어지시는 것 같습니다……."

최근 망중이 냉정을 유지할 수 있었던 것은 바로 어린 황제를 찾아야 한다는 목적 덕분이었다.

그는 황상 역시 전하의 부탁을 저버리지 않으리라고 믿고 있었다. 아무리 슬프더라도, 또 무슨 일이 생겼더라도 황상은 반드시 올 것이다. 그를 지금까지 지탱해 주는 신념 역시 바로 전하의 부탁을 저버려서는 안 된다는 생각이었다!

고칠소가 다급하게 말했다.

"진기가 회복되어 지금 현공대륙에 난리가 났다! 여기서 기다려라. 내가 가서 찾아볼 테니!"

그 말 그대로였다. 현공상회와 한가보, 상관보가 있는 남경을 제외하면, 다른 지역에서는 그야말로 대란이 일어나고 있었다.

첫째, 각 무학 세가들은 힘을 회복한 이상 더는 천염 황족에게 굴복할 생각이 없었다.

둘째, 군구신이 빙해에서 죽었다는 사실은 아직 알려지지 않았지만, 그와 군자택이 이미 한참 동안 진양성을 비운 상태라 각종 추측과 유언비어가 난무했다. 이에 북강은 물론이고 만진국이며 백초국의 가문들이 홀로, 혹은 연합하여 패주가 되려 하고 있었다.

고칠소는 열흘 동안 직접 찾아보았으나 여전히 군자택의 행방을 알 수 없었다. 고칠소는 그저 황망할 따름이었다.

비연 역시 사람을 보내 도처에서 군자택을 찾고 있었다. 고칠소는 감히 모습을 드러내지 못하고 그저 비연 쪽에서 실마리를 찾기를 기대하고 있었다. 그러나 여전히 아무 실마리도 잡을 수 없었다.

마침내 고칠소가 고북월을 불러와야겠다고 마음먹었을 때였다. 군자택이 몽족의 지하 궁전에 나타났다.

고칠소와 망중은 군자택을 보고 무척이나 기뻐했다. 며칠 동안 우울한 표정이던 그들은 활짝 웃었지만, 이 웃는 얼굴은 우는 얼굴보다도 더 딱해 보였다.

고칠소는 망중에게 거칠게 대했던 것과 달리 군자택을 안타까운 눈빛으로 내려다보았다. 군자택이 고개를 들더니 이상할 정도로 평온한 목소리로 물었다.

"알고 계셨나요?"

고칠소는 말없이 그 앞에 무릎을 꿇고 군자택을 품에 안았다.

"알고 있다. 내가 꼭 알아야만 하는 일이니까!"

군자택은 한참 후에야 대답했다.

"고맙습니다."

이 말을 들은 순간 고칠소는 몸을 굳혔다. 마음이 무척이나 쓰라려 왔다. 그는 군자택에게 왜 그리 낯선 표정으로 고맙다고 말하는지 묻고 싶었지만, 목 끝까지 올라온 그 말이 어쩐지 입 밖으로 나오지 않았다.

갑자기 이 낯선 표정이 그저 소원한 것만은 아니라는 생각이 들었다. 고칠소도 진실을 아는 사람을 만나게 된다면, 분명 같은 방식으로 이야기할 것이다.

고칠소와 망중은 여전히 슬퍼하고 있었고, 군자택이 오히려 그들을 위로하기 시작했다. 군자택은 조그만 손으로 고칠소의 등을 두드리며 말했다.

"칠 숙부, 힘들어하지 마세요. 황형은 멀리 떠난 것이 아니라, 밤하늘의 별이 되어 있으니까요. 날이 어두워지면 돌아올 거예요."

군자택이 이리 말하니 고칠소와 망중은 더욱 견디기 힘든 기분이 들었다.

고칠소는 가만히 그를 놓아준 후 물었다.

"어디로 갈 생각이냐?"

군자택은 그 말에는 대답하지 않고 소매에서 작은 도자기 병 하나를 꺼냈다.

"고운원의 피입니다. 저는 황형의……. 황형에게서 부탁받은 일을 끝내야 합니다."

그 부탁은 이미 유언이나 마찬가지가 되어 버렸지만, 군자택은 고집스럽게 유언이라는 단어를 입 밖에 내지 않았다.

고칠소는 병을 받아 뚜껑을 열고, 그 안의 희미한 피 냄새를 맡아 보았다.

"가자, 이 칠 숙부가 너와 함께 들어가겠다."

그들 세 사람은 함께 밀실로 뛰어내렸다. 병 안에는 피가 꽤 많았지만, 단 한 방울로도 영생결계를 열 수 있었다.

아주 잠시 정신을 잃었던 그들이 깨어나 보니 주위의 모든 것은 완전히 변해 있었다. 이곳은 울창한 대숲이었다. 그윽하고도 고요한 대숲 깊은 곳. 만약 군구신이 미리 설명해 주지 않았다면 그들은 분명 경계심을 품었을 것이다.

고칠소가 주변을 살펴보았으나, 대체 어디로 가야 몽하가 사는 집을 찾을 수 있을지 가늠할 수가 없었다. 그는 차라리 큰 소리로 외치는 편이 낫겠다 생각했다.

"몽하! 몽하! 몽하!"

그가 세 번쯤 부르자 등 뒤에서 살기가 느껴졌다. 고칠소가 재빨리 곁에 있는 군자택을 밀어내고는 검을 휘두르며 막아섰다.

고칠소의 검이 아슬아슬하게 앞에서 다가오는 검날을 막아냈다. 두 검 끝이 부딪치는 순간, 습격해 오던 상대방이 빠르게 위치를 바꿨다. 다시 아슬아슬하게 고칠소가 고개를 비꼈고, 상대의 검날이 그의 얼굴을 스치고 지나갔다.

그와 동시에 상대 역시 고개를 살짝 돌렸고, 고칠소의 검날역시 그의 얼굴을 스치고 지나갔다. 그제야 두 자루의 검 모두멈췄다.

고칠소가 눈을 들어 보니 공격해 온 사람은 눈부시게 아름다운 여자로, 그와 같이 요사스러울 정도로 화려한 붉은 옷을 입고 있었다. 가장 눈길을 끄는 것은 그녀의 입술이었는데, 붉은연지가 그녀의 새하얀 이와 대조되어 뭐라 표현할 수 없이 유혹적이었다.

고칠소가 물었다.

"당신이 몽하인가?"

몽하는 고칠소의 가늘고 긴 눈매를 바라보다가 갑자기 멍한표정을 지었다.

"넌……."

웃으니 더 보기 좋구나

몽하는 계속 소망하고 있었다. 어느 날 새벽 눈을 뜨면 과거의 그 수많은 새벽처럼 그 아름다운, 가늘고 기다란 눈매를 볼수 있지 않을까. 애정 어린 미소를 띤 채 그녀를 바라보는 그눈동자를. 그리고 그가 말해 주겠지.

'이제 일어날 시간이야.'

그러나 군구신으로부터 영생결계에 대한 이야기를 들은 후그녀는 절망에 빠져 더 이상 아무 소망도 품지 않게 되었다. 지금 그녀가 기다리는 것은 오직 몽족이 멸족된 것과 관련한 이야기뿐이었다.

그래서 그녀는 이런 날이 오리라고는 생각지 못했다. 그 익숙한, 가늘고 긴 눈매를 다시 볼 수 있게 되다니.

그러나 눈앞의 이 눈매는 그저 비슷할 뿐이었다. 몽하는 눈앞의 이 남자가 그녀의 몽동이 아니라는 사실을 아주 잘 알고있었다.

분명 아니라는 것을 알면서도 그녀는 계속 넋을 잃고 있었다. 마치 그녀가 계속 기다려 온 사람이 눈앞에 서 있는 것처럼.

만약 몽하에 대해 미리 이야기를 들은 적이 없었다면 고칠소는 분명 이 영문 모를 시선에 안색이 변했을 것이다. 그러나 지금 그는 약간의 의혹을 품을 뿐이었다.

그는 검을 불시에 몽하의 얼굴에 들이대며 일부러 놀리듯이 히죽 웃었다.

"뭘 그리 보고 있지? 나에게 반하기라도 했나?"

몽하가 살짝 멈칫했다. 눈앞의 이 사람은 어째서 성격마저 몽동과 이리도 비슷한 걸까? 그동안 의식하지 않으려 했던 모든 감정이 그녀의 심장으로 몰려드는 것만 같았다.

그녀는 갑자기 고칠소의 검을 피해 앞으로 나서더니, 그의 눈을 가까이에서 바라보며 대답했다.

"정말 아름답구나. 자, 이 마님이 좀 더 보게 해 주려무나."

마님?

고칠소는 다소나마 즐거운 기분이 들었다. 눈앞의 이 여자는 겉보기에는 20대 중반 정도로밖에 보이지 않았다. 외모만 보면 그보다 한참 어려 보이는데 마님이라고 자칭하다니. 하지만 그녀가 천 년을 살아온 것을 생각하면 그렇게 자칭하는 것도 이상한 일이 아니었다.

고칠소가 몽하에게 웃는 얼굴을 들이밀며 물었다.

"얼마나 더 보실 생각인지?"

몽하의 표정은 점점 더 아련해지고 있었다.

"말해 줘. 너는 누구지?"

고칠소가 가느다란 눈을 더더욱 가느다랗게 뜨며 유혹적인 미소를 지었다. 그리고 나지막한 목소리로 속삭였다.

"내가 누구인지 알게 되면 뭘 할 생각이지?"

몽하는 솔직하게 웃으며 외쳤다.

"망할 녀석! 감히 천 살이나 먹은 여인을 희롱하려 하다니. 책임을 지게 될까 두렵지도 않은 모양이지?"

그 말을 들은 고칠소가 재빨리 손을 뻗어 몽하의 눈을 가리더니 의미심장한 목소리로 말했다.

"선배, 어서 영혼을 회수해 가시고 저를 더는 보지 마십시오."

몽하는 조금 서글픈 기분이 들었다. 하지만 곧 정신을 차리고 사납게 고칠소의 손을 떼어 낸 다음 통명스럽게 말했다.

"눈이 즐겁기로는 군구신이 너보다 훨씬 낫지! 이 마나님은 군구신이 보고 싶구나. 군구신은 대체 어디 있지? 그리고 너희는 대체 누구냐? 그리고 이곳에 어떻게 들어온 거지?"

군구신이 지난번에 이 결계에 들어온 것은 우연이었다. 그와 몽하는 이곳이 영생결계라는 것만 확인했을 뿐 결계가 어떻게 열렸는지는 알아내지 못했다.

그녀가 군구신을 놓아준 것은 그가 진실을 찾아오기를 바라서였고, 동시에 이곳에 들어오는 방법을 알아낼 수 있으리라 믿었기 때문이었다.

지금 세 사람이 동시에 이곳에 들어왔을 뿐 아니라 그녀의 이름마저 알고 있으니, 이들은 분명 군구신과 관련 있는 인물들인 게 분명했다.

군구신의 이름을 듣자 고칠소의 얼굴에서 웃음기가 사라졌다. 그는 군자택을 바라보고는, 아무 말 없이 팔짱을 낀 채 대나무에 기대어 기다리기 시작했다.

그 모습을 본 몽하는 자신도 모르게 피식 웃고 말았다.

"아니, 왜 그런담. 비교를 당하니 기분이 그리 좋지 않은 모양이지?"

고칠소는 눈썹을 치켜세운 채 그녀를 흘깃 보고는 여전히 아무 말도 하지 않았다. 이때 군자택이 앞으로 나서더니 예의 바르게 두 손 모아 읍을 하고 자신과 고칠소, 망중을 소개했다.

"제 황형은…… 직접 선배를 뵈러 올 수 없었습니다. 그래서 제가 황형을 대신해 선배께 사과드리러 왔습니다."

군자택의 목소리는 여전히 어린아이의 그것이었지만, 태도는 진지하고 엄숙하여 그 나이대 아이처럼 보이지 않았다. 몽하는 군자택을 한번 가늠해 보더니 그의 가면에 시선을 보내며 물었다.

"그 애의 친동생이니?"

군자택이 고개를 끄덕였다.

"예, 아버지와 어머니가 모두 같은 친동생입니다."

몽하가 다시 물었다.

"군구신은 왜 오지 못하게 된 거지?"

"황형은 건명력의 가장 높은 경지인 인검합일을 수련하여 지살의 힘을 멸하는 동시에, 이미 자연으로 돌아갔습니다……."

군자택은 잠시 말을 멈췄다가 계속 이야기했다.

"그래서 올 수 없었습니다."

몽하가 경악하여 외쳤다.

"뭐라고?"

군자택의 평온한 눈빛이 어두워지고 있었다. 그러나 그는 지금까지 했던 말을 다시 한번 반복했다. 몽하는 도저히 믿지 못하겠다는 듯 다급하게 물었다.

"대체 어떻게 된 거지? 그럼 네 형수는? 네 형수는 어떻게 하고?"

그때 견딜 수 없어진 고칠소가 앞으로 걸어 나오더니 군자택을 제 뒤로 잡아끌며 말했다.

"내가 마저 이야기하마."

그러나 군자택이 고칠소의 손을 뿌리치고 진지하게 말했다.

"아닙니다. 이 일은 황형이 저에게 부탁한 일이니, 제가 끝내야만 합니다."

고칠소는 군자택의 물처럼 평온한 눈빛을 보자 가슴이 막혀왔지만, 그래도 그의 의견을 존중하여 옆으로 물러났다.

군자택은 매우 침착하게 모든 사정을 이야기했다. 그들이 천년 전에 대해 알게 된 것들이며, 얼마 전 빙해에서의 전투까지.

군자택이 이야기를 끝낼 때까지 몽하는 한마디도 끼어들지 않았다. 대신 그 자리에 주저앉아 눈물을 흘리고 있었다. 몽동을 위해, 고운원을 위해, 그리고 군구신을 위해.

그녀는 군자택의 평온한 얼굴을 바라보다가 손을 내밀어 그의 머리를 쓰다듬어 주었다.

"애야, 마음이 아프지 않니?"

군자택이 반문했다.

"몽하 선배, 몽동 선배가 자랑스러우신가요?"

몽하는 잠시 멈칫했으나 곧 힘차게 고개를 끄덕였다.

"물론이지! 그는 몽족의 족장이었으니, 당연히 우리 몽족설역의 평화를 지켜야 했어. 나는 그저…… 내가 너무 무능했던 것이 한스럽구나. 그와 함께 어깨를 나란히 하고 싸울 수 있었더라면 좋았을 텐데. 이렇게 영생결계 안에서 그의 보호를 받으며 아무것도 모르고 있었다니! 그, 그는……. 아, 그는 왜 그리도 바보 같았을까!"

군자택이 중얼거렸다.

"제 황형도 바보였어요."

몽하가 고개를 저었다.

"아니야, 다르다! 네 황형은……."

몽하는 잠시 말을 멈추더니 다른 곳을 바라보며, 우는 듯 마는 듯한 표정으로 미소 지으며 말했다.

"모두 바보로구나! 그들 모두 바보 같아! 그리고 가장 바보 같은 이는 몽동도, 네 황형도 아닌 고운원이구나. 고운원은 마음에 둔 사람조차 지키지 못했지. 다른 이들은 그저 한평생만을 살다 가는데, 그는 천 년 동안이나 약왕정을 제련했어……. 그야말로 정말 바보야!"

몽하가 눈물을 흘리는 것을 본 군자택이 손을 들어 그녀의 눈물을 닦아 주었다.

"몽하 선배, 너무 슬퍼하지 마십시오. 떠난 자는 이미 떠나 버렸고, 산 자는 살아야지요. 몽하 선배께서는 이 결계 밖으로 나가실 수 없으니, 무엇이건 바라시는 것이 있으면 분부를 내려 주십시오. 제가 최선을 다하겠습니다."

몽하가 군자택을 바라보며 속삭였다.

"떠난 자는 떠났으니 산 자는 살아야 한다……. 그래, 알겠다! 네가 이리 굳세니 네 황형도 분명 자랑스러워하고 있을 거다. 얘야, 앞으로 어떻게 할 생각이니? 네 형수를 찾으러 갈 생각이니?"

군자택이 고개를 저었다.

"아닙니다. 형수도 강하게 버텨 내실 테니까요. 칠 숙부께서 저를 운공대륙 영주로 데려가 주시겠다고 했습니다."

몽하가 고개를 끄덕이더니 군자택에게 약병을 달라고 했다.

"나는 아무것도 필요 없다. 대신 이걸 여기에 남겨 두겠니. 너희 모두 이만 가도 좋다."

군자택은 의아한 눈으로 몽하를 바라보았다.

"하지만 이것은……."

몽하가 큰 소리로 웃기 시작했다.

"너희 모두 다시는 이곳에 올 필요 없다. 나는 혼자 지내는 데 익숙하니 괜찮단다."

군자택은 고칠소에게 묻는 듯한 시선을 던졌다. 고칠소는 잠시 망설였으나 더 권하지 않고 고개를 끄덕였다. 군자택은 그제야 약병을 몽하에게 건네며 말했다.

"선배, 건강하십시오."

군자택은 좀 더 남아 있으려 했으나, 몽하가 재빨리 그들을 대숲 밖 개울가로 데려가 주었다.

"앞으로 아주 위험한 환상이 펼쳐질 거다. 군구신도 그때 이

길로 빠져나갔지. 기억하도록. 무슨 일이 있더라도 뒤를 돌아봐서는 안 된다.”

말을 마친 몽하는 고칠소에게 말했다.

“얘야, 이 마님이 보기에 네 실력이 꽤 괜찮구나. 이 아이를 부탁한다. 만약 무슨 일이라도 생기면 이 마나님이 너를 그냥 두지 않을 테다!”

고칠소는 몽하와 다투지 않고 진지하게 읍하며 말했다.

“선배, 건강하십시오.”

몽하는 귀찮다는 듯 손을 내저으며 그들에게 어서 떠나라 재촉했다.

세 사람은 시내를 건너 환상경 앞까지 걸어갔다. 망중이 가장 앞에 있었고 군자택이 중간, 고칠소가 가장 마지막이었다. 고칠소가 환상경에 들어서려는 순간, 몽하가 그를 불러세웠다.

“잠깐만! 기다려!”

고칠소가 돌아보자 몽하가 웃으며 말했다.

“얘야, 너는 눈이 정말 예쁘구나. 한 번만 더 웃어서 이 마님의 눈을 즐겁게 한 다음에 가려무나.”

택, 사미승

고칠소는 몽하를 처음 만났을 때 주고받은 이야기가 농담이었다고 생각했다. 그러나 이 순간 그녀의 말을 들으니 어쩐지 의심스러운 생각이 들었다.

그는 잠시 머뭇거렸으나 결국은 더 묻지 않았다. 그는 알고 있었다. 묻는다고 해도 아무 쓸모가 없다는 것을. 몽하의 성격을 보면, 하고 싶은 말이 있다면 이미 했을 거고, 하고 싶지 않은 말은 영원히 가슴에 묻어 둘 터였다.

고칠소는 가느다란 눈을 더더욱 가늘게 뜨고 몽하를 향해 미소 지었다. 몽하는 아름다운 고칠소의 얼굴을 보며 역시 희미하게 웃기 시작했다.

한참을 웃던 고칠소가 몽하를 향해 오른쪽 눈을 감았다 떴다. 분명한 희롱이었다. 그러나 고칠소는 분명 어색해하고 있고, 또 그런 모습이 무엇보다도 자극적이었다. 몽하처럼 천 년을 살아온 여자도 단 한순간에 영혼을 빼앗길 수밖에 없는 그런 모습이었다.

몽하는 정말로 넋이 나간 채 고칠소를 바라보았다!

고칠소가 놀리듯 물었다.

"눈이 즐거우신지요?"

몽하는 그제야 정신을 차리더니 큰 소리로 웃기 시작했다.

"즐겁다! 즐겁고말고!"

고칠소는 그 이상 아무 말도 하지 않고 손을 흔든 다음 몸을 돌렸다.

몽하는 그들 세 사람의 뒷모습이 모두 사라질 때까지 웃고 있었다. 그녀의 웃음소리는 점차 커졌고, 동시에 점점 더 처량해졌다. 그녀는 그렇게 웃으며 몸을 돌려 대숲 안으로 들어갔다.

고운원은 이미 떠났고, 밖에서 결계를 열 수 있는 피는 그녀의 손에 있었다. 이제 그 누구도 이 영생결계 안으로는 들어올 수 없을 것이다.

그녀는 언제라도 이곳에서 나갈 수 있었지만, 이곳을 벗어나는 순간 그녀는 순식간에 늙어 죽게 될 것이다. 그녀가 살아 있는 의미는 오직 기다림뿐이었다.

"몽동, 당신이 나를 보러 왔던 거로 생각해도 되겠지? 당신이 왔던 거야. 그리고 나는 당신이 올 때까지 기다렸으니 이제 충분하겠지……. 응……. 몽동, 만약 다음 생이 있다면 그땐 내가 당신을 찾아갈게."

웃음소리와 함께 몽하의 모습이 울창한 대숲 사이로 사라졌다. 그리고 그곳에서부터 바람이 일더니 대숲이 점차 사라지기 시작했다.

처음에는 대나무 한 그루 한 그루 사라지더니 나중에는 대숲 자체가 빠른 속도로 사라졌다. 바람은 마치 모든 것을 날려 버리려는 듯 끊임없이 불어왔다.

고칠소는 군자택, 망중을 이끌고 온갖 환상경과 결투를 벌이고 있었다. 그러나 갑자기 모든 환상이 사라지더니 그들은 석실로 돌아와 있었다. 모두 깜짝 놀라는 가운데 망중이 중얼거렸다.

"이것은……."

망중은 말을 끝내기도 전에 무슨 일이 벌어진 건지 알아차렸다. 고칠소와 군자택 역시 마음에 짚이는 것이 있어 서로 시선을 주고받았다. 고칠소는 택의 작은 머리를 쓰다듬더니 갑자기 그를 안아 올렸다.

몽족의 유적을 빠져나오니 차가운 바람이 불어왔다. 세 사람은 그제야 현실감이 느껴졌다. 결계에서의 일은 마치 한바탕 꿈을 꾼 것만 같아, 현실로 돌아오니 아무 일도 일어나지 않았던 것 같은 느낌이 들었다.

고칠소가 아득한 설원을 바라보며 심호흡을 했다.

"가자. 내 모든 준비를 끝냈다. 우리 이제 영주로 돌아가는 거다."

망중이 재빨리 고개를 끄덕였다.

"고 태부와 민 부인께서 조급해하고 계실 겁니다. 어서 돌아가는 것이 좋겠습니다."

군자택은 고개만 끄덕일 뿐 아무 말도 하지 않았다.

그날 밤 그들은 보명고성의 객잔에 여장을 풀고, 다음 날 떠날 준비를 했다. 그러나 밤이 깊어지자 군자택은 망중이 깊이 잠든 틈을 타서 몰래 문을 열고 방을 빠져나왔다. 조심스럽게 문을 닫은 그는 주변을 살펴본 후 남몰래 후문으로 향했다.

지붕에 앉아 달을 감상하던 고칠소는 한참 전부터 그런 택을 지켜보고 있었지만, 미간을 찌푸릴 뿐 아무 말도 하지 않았다. 그러고는 소리 없이 군자택의 뒤를 밟기 시작했다.

객잔 후문으로 빠져나온 택은 거리를 따라 남성문을 향해 걸어갔다. 고칠소는 그가 도망치려 한다고 확신하면서도 여전히 아무 말 없이 몰래 뒤를 따랐다.

이렇게 고칠소는 군자택의 뒤를 밟아 여러 성을 지나고 여러 마을을 지나 마침내 깊은 숲속, 오래된 절에 도착했다.

이 절은 진양성의 대자사와 마찬가지로 약사여래불을 모시는 곳이었지만 대자사처럼 신도가 많은 곳은 아니었다. 그러나 인간 세상의 거친 느낌 대신 그윽한 운치가 있어, 이 절에 들어가는 이라면 누구나 마음이 편안해짐을 느낄 수 있었다.

군자택은 이 절에 익숙한 듯, 직접 불전으로 들어가지 않고 길을 돌아 승방으로 갔다. 고칠소는 더더욱 미간을 찌푸리면서도 여전히 몰래 그의 뒤를 밟았다.

승방으로 들어갔던 군자택이 다시 나왔을 때는 누런 승복을 입고 있었다. 이 모습을 본 고칠소는 마음에 짚이는 바가 있었다.

이때 승려 한 사람이 다가오더니 택에게 공양을 건네며 말했다.

"염진, 주지 스님께서는 너에게 사흘간 생각할 시간을 주겠다고 하셨다. 사흘 후에도 생각에 변함이 없다면 네 머리를 깎아 주마."

택이 고개를 끄덕이더니 방 안으로 돌아가 공양을 시작했다.

택은 늙은 농부의 도움을 받은 후 견딜 수 없는 마음에 단 한 마디도 하지 않았다. 농부는 대체 어찌해야 할지 몰라 택을 이 절로 데려와 매일 등을 밝히게 했다. 덕분에 택은 아주 많은 사정을 이해할 수 있었고, 부처 앞에서 굳세게 다시 일어날 수 있었다. 그렇지 않았다면 그는 아마 황형의 유언을 지키지 못했을 것이다.

승려가 떠난 후 고칠소는 문이 열려 있는 택의 승방 쪽으로 다가갔다. 그리고 팔짱을 낀 채로 문가에 기대어 방 안을 들여다보았다. 택은 공양을 늘어놓고, 두 손을 모은 채 경을 외우려던 참이었다.

고칠소는 화가 나기도 하고 우습기도 해서 말했다.

"택 사부님, 염진 사부의 법명을 도용하셨는데, 염진 사부도 동의하신 일인지요?"

군자택이 재빨리 몸을 돌려 보니 고칠소가 문에 기댄 채 웃고 있었다. 택은 놀라 눈을 휘둥그렇게 떴다.

고칠소는 그제야 방 안으로 들어가 문을 닫았다. 그는 택 앞에 앉아 소박한 공양을 흘깃 보고는 자못 인내심을 발휘해 말했다.

"일단 먹거라. 다 먹은 다음에 우리 이야기를 해 봐야지."

그러나 택이 지금 입맛이 있을 리 만무했다. 그는 가련한 눈초리로 고칠소를 바라보며 입술을 꾹 깨물 뿐이었다.

고칠소가 다정하게 그의 머리를 쓰다듬어 주었다.

"일단 먹으라니까. 출가한 사람은 낭비하면 안 되는 법이다."

군자택이 다시 고개를 들었다. 맑은 두 눈이 금세 젖어 들고 있었다. 고칠소가 고개를 돌리며 말했다.

"그만, 그만. 출가한 사람은 울어서도 안 되니까."

군자택이 눈물을 멈추더니 고칠소 곁으로 달려와 소매를 잡았다.

"칠 숙부, 아무것도 모르는 것으로 해 주세요. 망중에게는 제가 서신을 남겨 두었어요. 망중이 고 태부와…… 우리 어머니에게 설명할 거예요."

고칠소가 군자택을 흘겨보며 말했다.

"이 일은 고북월이 내게 부탁한 것이니, 망중이 그들에게 설명한들 아무 소용 없다. 그러지 말고 나와 함께 영주에 한번 다녀오자꾸나. 가서 스스로 이야기하렴. 그리고 네 얼굴을 원래대로 되돌리고 싶지 않니? 네 형수가 겨우 네 얼굴을 치료할 방법을 찾아냈고, 진민도 온갖 약방을 알아보고 있다는구나. 경고하겠는데, 네가 나와 영주로 가지 않는다면 내가 바로 네 형수를 불러오겠다. 네가 네 형수 앞에서 어떤 표정을 짓는지 구경하는 것도 재미있겠는걸?"

군자택은 고칠소를 한참 바라보다가 갑자기 진지하게 말했다.

"칠 숙부, 우리 황형의 일을 명신은 아직 모르는 거지요? 우리 어머니, 그리고 우리 형수라 해도 명신을 속이는 셈이나 마찬가지고요. 우리 황형이 대영웅이고, 빙해의 전투에서 스스로를 희생했다고."

고칠소는 마음이 아파 와 침묵했다.

진민은 명신을 속일 것이다. 군구신을 아끼는 마음으로.

그리고 비연이 명신을 속인다면, 그것은 명신을 아끼는 마음에서 그럴 것이다. 그리고 그들이 만들어 내는 이야기야말로 진실일 것이다.

군구신의 비밀을 아는 사람은 극히 적었다. 군구신이 배반한 일이나 건명력과 봉황력 간의 관계도 그리 많은 사람이 아는 이야기는 아니었다.

고칠소는 연아의 성격으로 보아 이 이상 아무 말도 하지 않으리라 생각했다. 그리고 용비야, 한운석, 고북월 모두 군구신이 악명을 떨치게 두지 않을 것이다. 그들은 분명 여기저기 유언비어를 퍼뜨려 이 일을 결국 수수께끼로 남게 할 것이다.

고칠소는 한참 동안 아무 말도 하지 않았다. 그때 군자택이 다시 말했다.

"칠 숙부, 저는 이미 결정했어요. 저를 영주로 데려간다 해도 제가 생각을 바꾸지는 않을 거예요. 저는 머리를 깎고 승려가 되어 형의 복을 빌고, 중생들을 제도하겠어요. 얼굴의 절반이 아무리 추하다 해도 아무 상관 없어요."

너를 구할 사람이 바로 부처

"형의 복을 빌고, 그리고 중생들을 제도하겠다……. 형과 중생들을……."

고칠소는 나지막한 목소리로 몇 번이고 같은 말을 중얼거리더니 어쩔 수 없다는 듯 웃기 시작했다. 그는 몸을 굽혀 택과 시선을 맞추고 진지하게 말했다.

"애야, 네 황형은 황형이고 너는 너란다. 너는 아직 어리지. 아직 앞날이 창창한데 어째서 이리 충동적으로 구는 게냐?"

군자택도 진지하게 말했다.

"저는 충동적인 것이 아니에요."

고칠소가 말했다.

"이렇게 하자. 네가 영주로 돌아가고 싶지 않다면 나도 억지로 권하지 않겠다. 대신 나를 따라오는 건 어떻겠니? 내가 신농곡을 얻어 너를 곡주로 만들어 주마. 약과 의술로 사람들을 구할 수 있지. 그리하면 중생들을 제도하는 것과 똑같단다."

군자택이 말했다.

"칠 숙부는 약으로 병을 치료하시지만, 저는 불법을 공부해 마음을 구원하려는 것입니다. 길은 다르지만 뜻은 같으니, 형식에 얽매일 필요 없지요."

고칠소가 한참 동안 침묵하더니 담담하게 웃으며 말했다.

"아직 승려가 되지도 않았는데도 그리 말하다니. 확실히 혜안이 대단하구나!"

이 말을 들은 군자택이 미소 지었다. 겸허하고도 어딘가 어색한 느낌이 드는 동시에 몹시도 맑아 보이는 미소였다. 그는 고칠소가 마침내 포기했다고 생각했다. 그러나 이게 웬일일까. 고칠소가 다시 이야기하기 시작했다.

"네가 충분히 강하지 못해 모두를 피하고 싶은 거라면 나도 너를 괴롭히지 않겠다. 돌아간 다음 모두에게 대신 말해 주마. 내가 찾았을 때 너는 이미 출가한 상태였다고 말이다. 너는 여기서 상처를 잘 치료하고 있도록 해라. 나중에 내가 사람을 보내 얼굴을 치료할 약을 전해 줄 테니까."

택의 눈동자에 어린 웃음기가 잠시 멈추는 듯했지만 그는 곧 다시 웃기 시작했다. 그러고는 매우 열심히 고개를 끄덕이며 말했다.

"칠 숙부께서 하신 말씀이 옳습니다. 타인을 구하려면 먼저 스스로를 구해야겠지요."

택은 문가로 걸어가 불전을 바라보며 진지한 목소리로 말했다.

"황형의 일 때문만은 아닙니다. 어릴 때부터 저는 도저히 이해할 수 없는 일을 너무 많이 겪었어요. 칠 숙부, 돌아가세요. 제가 모든 것을 이해하게 되면 다시 찾아뵙겠습니다."

어린 시절부터…….

고칠소는 택의 과거를 얼마간 알고 있었기에 가볍게 한숨을 쉬며 말했다.

"일단 밥을 먹거라. 나도 생각을 좀 해 보고 다시 이야기하자꾸나."

방에서 나온 고칠소는 절 주변을 한 바퀴 돈 다음 다시 절 안을 한 바퀴 돌았다. 이곳은 확실히 안전해 보였다. 그는 익명으로 거액의 불전을 낸 다음, 겨우 안심할 수 있었다.

고칠소가 군자택 앞에 다시 나타난 것은 그로부터 사흘이 지난 후였다.

고칠소를 본 군자택의 작은 얼굴에 단호한 표정이 떠올랐다. 그 모습을 본 고칠소는 참지 못하고 웃기 시작했다. 그는 군자택의 새까만 머리카락을 쓰다듬으며 말했다.

"애야, 걱정하지 마라. 영주와 네 형수는 내가 대신 막아 줄 테니. 너는 안심하고 참선에 집중하려무나."

군자택이 몹시 기뻐하며 두 손을 모아 고칠소에게 절을 올렸다.

"감사합니다!"

고칠소는 몸을 돌려 떠나려다 말고 다시 군자택을 돌아보며 말했다.

"훗날 다시 만나면 너는 나를 시주라 불러야 한다."

군자택이 웃었다.

고칠소는 잠시 생각한 후에 다시 돌아오더니 군자택의 귀에 대고 속삭였다.

"기억하거라. 부처에게는 수많은 화신이 있고, 사람들을 구하기 위해 수만 수천의 모습으로 변한단다. 이 절의 부처가 너를 구해 주지 못하거든, 이곳을 떠나 너를 구해 줄 사람을 찾으려무나. 너를 구해 줄 수 있는 사람이 바로 너의 부처란다."

군자택이 살짝 멈칫하는 사이, 고칠소가 그의 어깨를 두드리고 그 자리를 떠났다.

군자택은 알 듯 말 듯했지만 일단 고칠소의 말을 마음 깊은 곳에 간직해 두었다. 그날, 그는 이름 없는 이 절에서 머리를 깎고 출가를 했다.

군자택은 제 속명이 '염진念辰'이라고 말했다. 주지는 별을 뜻하는 '진辰'을 속세나 티끌을 뜻하는 '진塵'으로 바꾸어 '염진念塵'이라는 법명을 내려 주었다. 군자택은 정말로 명신의 법명을 쓰게 된 셈이었다.

주지는 군자택의 가면도 바꾸어 주었는데, 송곳니가 드러난 마귀의 가면이었다.

마귀의 가면으로 얼굴의 반을 가리자 선량해 보이는 진짜 얼굴과 대비되어 '모든 것은 단 한순간에 결정된다. 한순간에 성불할 수도 있고, 한순간에 마귀가 될 수도 있다'라는 불교의 가르침을 드러내는 것 같았다.

군자택이 주지에게 어째서 이런 가면을 주었는지 묻자 주지가 대답했다.

"부처와 마귀 사이에는 수행이 있다. 수행은 또한 한순간의 일이다."

이 말도 군자택에게는 고칠소의 말처럼 알 듯 말 듯 했다.

이날로 군자택은 염진 소사부가 되었다. 다른 승려들이 그를 둘러싸고 장난스럽게 '염진 소사부'라 부를 때면 그는 마치 시간을 거슬러 올라 자신이 정말로 염진 소사부가 된 것 같은 느낌을 받았다. 그리고 언젠가…… 황형이 이곳으로 자신을 찾아올 것 같은 그런 느낌을.

고칠소는 망중을 찾아 남몰래 군자택을 지키게 했다. 그리고 고북월에게 서신을 보내며, 군자택이 남긴 서신도 함께 영주로 보냈다.

고북월은 더는 강권하지 않았고, 진민도 비록 안타까워하면서도 군자택의 선택을 존중했다.

고칠소는 진양성으로 가서 비연에게 모든 이야기를 하고는, 이 이상 군자택을 찾지 말라고 이야기했다. 비연은 그저 군자택이 황형이 저지른 일에 실망했다 여겨 더는 억지로 권하려 하지 않았다.

그녀는 직접 약을 만들어 군자택에게 전해 달라고 부탁했다. 이 약은 바로 군자택의 얼굴에 있는 문신을 지울 수 있는 약이었다. 과연 군자택이 이 약을 쓸지, 쓴다면 언제 쓸지는 지금으로서는 그 누구도 알 수 없었지만.

비연은 이미 진양성에서 꽤 시일을 보내고 있었다. 그녀는 이미 수하를 보내 정왕부에서 《운현수경》을 찾아오게 했다. 그러고는 진묵에게 《운현수경》을 맡겨 파해하게 하고, 자신은 고씨 저택에 머무르며 정왕부에는 단 한 걸음도 들이지 않았다.

진기가 회복된 후 현공대륙은 혼란에 빠져들었다. 가문끼리 서로 힘을 겨루고, 개인과 개인도 서로의 무예를 겨뤘다. 권력을 다투고, 기반을 다투고…… 심지어 단약이며 제자들을 두고도 다투었다.

그와 동시에 대륙 어디를 가도 군구신이 빙해에서 죽었다는 이야기가 들려왔다. 누군가는 군구신이 빙해의 신비스러운 힘 때문에 죽었다고 말했고, 누군가는 비연을 위해 죽었다고 했다. 심지어 누군가는 비연이 기회를 틈타 군구신이 죽도록 만들었다고도 말했다.

그나마 다행인 것은, 그가 현공대륙의 진기를 회복시키기 위해 스스로를 희생했다고 말하는 사람들도 있다는 점이었다.

각 방면의 세력들은 암암리에 비연을 주시하고 있었다. 그들은 모두 그녀가 빙해의 비밀을 알고 있다고 생각했고, 어쩌면 진기의 근원에 대한 비밀도 알고 있으리라 의심하기도 했다.

비연은 그 어떤 유언비어에도 반응하지 않았다. 그녀는 그저 무예를 연마하고, 각 무학 세가의 속사정을 조사하느라 바빴다. 그녀는 지금 매일 변화하는 현공대륙의 국면을 주시하는 동시에 현공대륙을 정복하기 위한 계책을 생각하고 있었다. 그렇게 바쁘게 움직이느라 자기 자신이 누구인지조차 잊을 지경이었다.

한 사람으로 인해 성 하나를 사랑하게 되었다. 그리고 한 사람으로 인해 성 하나가 텅 비어 버렸다.

진양성은 현재 현공대륙에서 가장 평화로운 곳으로, 여전히 시끌벅적하고 번화한 성이었다. 그러나 비연에게 있어 이 성은 그녀의 마음과 같이 텅 비어 버린 것과도 같았다. 그녀의 눈에 이 성에는 아무것도 없는 것처럼만 보였다.

밤이 깊어 삼경이 되었지만 비연은 여전히 잠자리에 들 생각이 없었다. 그녀는 요화각 2층 창가에서 멍하니 밤하늘을 바라보고 있었다.

그녀는 저도 모르게 고개를 들어 하늘의 둥근 달을 바라보았다. 그러고 보니 오늘이 보름이었다. 부황과 모후에게 약속했던 중추절까지는 석 달의 시간이 남아 있었다.

그녀는 한 달 동안 모습을 드러내지 않았다. 이 한 달 동안 각 무학 세가며 문파는 자신들의 세력 범위를 구분했다. 이제 그녀가 이 가문들을 하나하나 굴복시키기만 하면 현공대륙 전체가 그녀의 손에 들어올 터였다.

만약 한 달 전에 그녀가 손을 썼다면 아마 1년을 들인다 해도 약속을 지킬 수 없었을 것이다. 또한 무학 세가들 역시 지금처럼 온 힘을 다해 그녀에게 대항하는 것이 아니라, 진정한 실력과 인맥을 드러내지 않았을 가능성도 있었다.

비연은 잠시 생각하다가 총총히 아래층 서재로 내려갔다. 서재의 문이 열려 있고, 누군가가 긴 의자에 누워 있는 것이 보였다.

그 순간 비연은 그대로 굳었다. 이 장면은 너무나, 너무나 익숙한 장면이었다. 과거 군구신도 그녀의 서재에서 저런 식으로 누워 있었다. 그때 그는 검은 옷에 가면을 쓰고 있었고…… 그녀는 그를 망할 얼음이라 불렀다.

채 3년이 지나지 않았건만, 그리고 그때와 같은 방 안에 같은 물건들이 있건만 사람은 달라져 있었다. 긴 의자에 누워 있는 사람은 망할 얼음이 아닌 진묵이었다……

혼수를 하나 더해

인기척을 느낀 진묵이 바로 몸을 일으키더니 비연에게 공손하게 예를 올렸다. 그가 물었다.

"주인님, 아직 안 잔 거야?"

원래대로라면 하소만이 그녀 곁을 지켜야 했지만, 비연은 하소만이 백리율제와 지낼 수 있도록 운공대륙으로 돌려보냈다. 그래서 지금 그녀의 곁을 지키는 사람은 진묵뿐이었다.

비연은 진묵의 손에 들린 《운현수경》을 보고, 그가 피로한 데도 쉬지 않고 있다는 것을 깨달았다.

"가서 쉬도록 해. 그리고 이 경전을 파해하는 데 전력을 다하도록 하고. 앞으로는 밤에 직접 나를 지킬 필요 없어."

그러나 그것은 진묵이 원하는 바가 아니었다. 그가 진지하게 말했다.

"주인님은 자야 해."

비연 역시 그것은 원하는 바가 아니었기에 대답하지 않고 서재 안으로 들어갔다.

서재 벽에는 현공대륙의 지도가 걸려 있었다. 이것은 원래 천염국의 지도였으나 지금 사방에서 난리가 일어나 천염국은 이미 망한 상태였다.

지도에는 비연이 표시한 각종 표식이 가득했다. 그 표식들을 이해할 수 있는 것은 그녀 한 사람뿐이었지만, 네 글자만은 그 누구라도 알아볼 수 있었다. 지도의 동쪽에는 커다랗게 '초楚'라는 글자가, 북쪽에는 '초肖' 자가, 서쪽에는 '심沈' 자가 적혀 있었다.

이것은 바로 그 지역에서 세력이 가장 큰 가문의 성씨로, 이 한 달 동안 그들은 온갖 방법으로 각 지역의 패자가 되었다. 비록 과거 기씨, 혁씨, 소씨, 세 가문에 비하면 미약한 세력이었지만, 저들에게 시간을 준다면 수년 만에 현공대륙을 나누어 가질 것이 분명했다.

이 3대 가문이 바로 비연의 다음 목표였다. 남경은 비연의 계획에는 아예 있지도 않았다. 영승과 상관정아가 떠난 후 그들의 아들인 영원이 그날로 그들의 명을 어기고 소소옥과 연합하여, 상업 대신 무력으로 난을 일으킨 자들을 처리했기 때문이었다.

비연의 손이 지도 위를 오가더니 마침내 동쪽의 '초楚' 자 위에 멈췄다.

"진묵, 우리 동쪽부터 시작하자. 동쪽을 끝낸 다음 다시 북상해서 초肖씨 가문을 치고, 그다음에는 서쪽의 심씨 가문으로 가면 되겠지. 석 달이면 한 바퀴 돌고 진양성에 돌아올 수 있을 거야."

진묵이 평소와는 달린 놀란 듯한 표정으로 물었다.

"지금?"

비연이 몸을 돌려 그를 바라보며 담담하게 말했다.

"그래, 지금!"

진묵이 말했다.

"그럼 내가 정 장군 일행에게 사람을 보낼게."

원래 당정과 전다다 일행은 비연 곁에 있어 주려 했지만 비연이 그 제안을 거절했다. 그 결과 당정과 정역비는 정씨 가문에, 전다다와 목연은 정왕부에 머물고 있었다. 그들은 비연의 명령을 받아 사방으로 정복하러 갈 날을 기다리고 있었다.

진묵이 밖으로 나가려 하자 비연이 막아섰다. 그리고 갑자기 희미하게 웃으며 말했다.

"임 노부인이 어제도 손주를 재촉했다고 하던데. 당정 언니는 혼사를 준비하게 내버려 둬. 언니는 정역비가 팔인교로 당당하게 자신을 맞이하러 올 날을 계속 기다리고 있었거든. 나도 아무래도 준비를 해 둬야겠어. 당정 언니와 전다다에게 혼수를 더해 주어야 할 테니까."

진묵이 갑자기 미간을 찌푸렸다. 군구신을 제외하면, 진묵이야말로 비연이 계속 혼례의 마지막 예식을 기다리고 있었다는 것을 가장 잘 아는 사람이었다.

그러나 이제 그는 비연의 속을 알아차릴 수 없게 되었다. 비연은 오지 않을 혼례를 영원히 기다릴 작정인 걸까, 아니면 더 이상 기다리지 않고 있는 걸까.

진묵은 담담하게 알았다고 말한 후 준비하러 떠났다.

비연은 위층으로 돌아가 건명보검을 꺼냈다. 그녀는 그동안 계속 현한보검을 사용하고 있었지만, 검명보검 역시 항상 등에

지고 다녔다.

진묵이 말을 준비하는 동안 비연은 서신을 썼다.

이날 밤 두 사람은 진양성을 떠나 대륙 동쪽, 초楚씨 가문이 있는 광수성으로 향했다. 당정 일행은 여전히 꿈나라에 있었기에 아무것도 알지 못했다. 다만 비연 일행이 성을 나선 후, 자색 그림자 하나가 성벽에서 뛰어내리더니 곧 그 뒤를 추격하기 시작했다.

비연은 눈치채지 못했지만, 진묵은 곧 누군가에게 뒤를 밟히고 있다는 사실을 알아차렸다.

"주인님, 누군가가 쫓아오고 있어. 우리가 고씨 가문을 나온 후로 계속. 내가 유인해 볼까?"

"상대할 필요 없다."

비연은 등 뒤의 사람이 누구인지 아는 듯 말했다. 그리고 말에 채찍질을 가해 더더욱 빠르게 달리기 시작했다.

10품 봉황력은 강력하여 진기가 극에 이른 9품 고수도 상대할 수 있었다. 게다가 그녀의 봉황력은 이미 봉황화까지 만들어 냈으니, 건명력이 아닌 이상 그 누구도 필적할 수 없었다. 바꿔 말하자면 비연은 무적이었다. 현공대륙 정복은 그저 시간 문제일 뿐이었다.

10여 일 후, 비연과 진묵은 초楚씨 가문이 있는 광수성에 도착했다. 그리고 마침 초씨 가문의 가주가 동쪽 각 가문의 가주들을 초청해 앞날의 계획을 이야기하고 있다는 사실을 알게 되었다.

비연은 직접 초씨 가문의 대문을 두드렸다. 그러자 문을 지키던 시위가 그녀에게 사납게 한마디 지른 후 문을 닫았다.

그녀는 바로 초씨 가문의 대문을 걷어찼다. 초씨 가문의 가주가 다른 가주들을 이끌고 달려 나왔다. 비연은 그에게 말 한마디도 할 기회를 주지 않고 바로 도전장을 던졌다.

초씨 가문의 가주는 겨우 5품에 막 들어선 수준의 무공을 지니고 있었기에 비연은 세 초식 만에 그의 무릎을 꿇렸다. 그 모습을 본 다른 가문의 가주들이 깜짝 놀라 비연에게 투항했고, 초 가주 역시 스스로 가주의 영패를 헌납하며 용서를 빌었다.

비연은 그것을 받지 않고 초 가주에게, 영패를 순금으로 만들어 직접 진양성의 전다다에게 가져다주라고 명령했다. 그렇다. 이것은 비연이 언니로서 전다다를 위해 마련한 혼수였다.

초씨 가문에서 벌어진 일은 대륙 전체로 퍼져 나갔고, 모든 이들이 비연의 진정한 능력을 알게 되었다. 또 비연이 진양성으로 돌아온 후 한 달 동안 아무 움직임도 보이지 않았던 것은 슬픔에 젖어 있었기 때문이 아니라 기회를 기다리고 있었다는 사실도 깨달았다.

동시에 비연이 친정을 위해 현공대륙을 차지하려고 군구신을 이용하다가 죽였다는 소문이 퍼지기 시작했다.

비연과 진묵이 북쪽으로 향하는 동안 들르는 객잔 모든 곳에서 비슷한 소문을 들을 수 있었다. 언제나 담담하던 진묵조차 차마 듣기 힘들 정도의 소문도 있었지만, 비연은 아무 반응도 보이지 않았을 뿐 아니라 간혹 웃기까지 했다.

북부는 초㐴씨 가문을 중심으로 크고 작은 20여 가문이 힘을 합치고 있었다. 그들은 몽족설역으로 올라가, 여전히 비연에게 충성하고 있는 보명고성과 설족을 투항시킬 생각이었다. 그러나 동부 초㐲씨 가문의 상황을 알게 된 초㐴 가주는 창끝을 비연에게로 돌렸다.

초 가주는 무리를 이끌고 비연을 기다리며, 수적으로 우세한 자신들이 그녀를 잡을 수 있으리라는 망상에 빠져 있었다. 그러나 비연은 진묵의 도움조차 받지 않고 홀로 모두를 몰살시켰다.

마침내 초 가주는 마음으로 승복하여 스스로 가주의 영패를 내놓았다. 비연은 그에게 영패를 정씨 가문의 당정에게 직접 가져다줄 것을 명했다. 이것 역시 비연이 동생으로서 당정을 위해 준비한 혼수였다.

비연과 진묵은 계속 서쪽을 향해 움직였다. 그러자 이번에는 비연이 손을 쓰기도 전에 심씨 가문의 가주가 스스로 투항하여 영패를 바쳤다.

이번에는 비연이 직접 영패를 받고, 한마디 말도 없이 몸을 돌렸다. 심 가주는 연유를 알 수 없었지만 일단 안도의 한숨을 내쉬었다.

이 무렵 유언비어는 다시 변해 있었다. 이제 비연을 비난하거나 중상모략하는 사람들은 거의 없었다. 그보다는 그녀가 지닌 힘을 부러워하는 이들이 훨씬 많았다. 물론 그들은 그녀가 그 힘을 얻기 위해 어떤 대가를 치르고, 어떤 고통을 겪어야 했는지 전혀 알지 못했다.

　객잔으로 돌아온 비연은 심 가주의 영패를 진묵에게 건네며 담담하게 말했다.

　"진묵, 너도 나를 떠나야만 해."

당신 곁에는 누군가가 필요해

비연이 심씨 가주의 영패를 진묵에게 건네는 것은, 바로 현공대륙 서부를 진묵에게 주겠다는 의미였다.

진묵은 잠시 멈칫했으나 곧 원래의 표정으로 되돌아왔다. 그는 영패를 비연에게 다시 돌려주며 평온한 목소리로 말했다.

"주인님. 나는 무공도 심 가주보다 못하고, 중요한 역할을 맡을 만한 그릇 역시 아니야. 다른 좋은 장수를 찾아 맡기는 게 좋겠어."

비연이 말했다.

"왜 그러는 거야? 사내가 되어서, 당정 언니나 전아만큼도 담력이 없는 거야?"

동부 초楚 가주와 북부 초肖 가주는 이미 예순이 넘은 사람들로, 지난 10여 년을 제외하면 평생 진기를 수련해 온 이들이었다. 그러니 젊은이들이 어떻게 그들을 뛰어넘을 수 있겠는가? 하지만 당정과 전다다는 비연과 대진국이 방패가 되어 줄 것을 믿고 자신만만하게 영패를 받아 든 것이다.

물론 당정과 전다다에게는 정역비와 목연 역시 있었지만, 비연은 진묵이 그들보다 못하다고 생각하지 않았다.

진묵은 비연의 말에도 전혀 자극받지 않고 대답했다.

"나는 그냥 시위일 뿐이야."

비연이 웃으며 반문했다.

"내가 지금도 시위가 필요하다고 생각해?"

진묵이 한참 동안 침묵한 끝에 말했다.

"주인님도 지칠 때가 있으니까."

지친다고?

비연이 희미하게 웃으며 말했다.

"예전에는 마음이 있어도 힘이 없다는 것을 깨달을 때마다 무척 지치곤 했어. 지금은 모든 것을 해결할 수 있는데, 내가 지칠 일이 뭐가 있겠어? 이것 봐. 우리는 겨우 한 달을 기다리고, 또 한 달을 움직였지. 그렇게 했더니 마치 놀이라도 하는 것처럼 어부지리를 취했잖아. 나는 전혀 지치지 않았고 말이야."

비연의 웃는 모습을 바라보는 진묵의 눈빛이 흔들리고 있었다. 그는 하고 싶은 말이 많은 듯했으나, 결국은 고개를 숙이고 단 한마디만을 중얼거렸다.

"또 내가 필요 없는 거야?"

비연의 웃는 얼굴이 잠시 굳었으나, 그녀는 곧 다시 웃기 시작했다.

"내가 언제 필요로 하지 않는다고 그래? 나는 서부에도 심복이 필요할 뿐이야. 그리고 네가 가장 적당한 인물이라고……."

진묵은 반박하려 했지만 비연은 그에게 기회를 주지 않았다. 그녀는 진지한 표정으로 계속 말했다.

"진묵, 이건 명령이야. 더 적합한 인물을 찾기 전에, 그리고 《운현수경》을 파해하기 전에는 내 명령을 어겨서는 안 돼."

그녀의 말은, 그가 만약 그녀의 명을 어긴다면 정말로 그를 버리겠다는 뜻이었다.

진묵은 주먹을 더욱 꽉 쥔 채 한참을 침묵하다가 겨우 한마디 했다.

"명을 따르겠습니다."

비연은 그제야 만족스러워하며 자리에 앉고는 진묵에게도 앉으라고 손짓했다.

얼마 지나지 않아 객잔의 직원이 음식을 가져왔다. 비연과 진묵은 오랫동안 침묵을 지키며 식사를 했다. 마치 '결국 끝나지 않는 연회는 없다'라는 속담에 어울리는 분위기로.

지금 두 사람이 아무리 오랫동안 음식을 씹는다고 해도, 비연은 결국 이곳을 떠나 진양성으로 돌아가야 했다.

진묵은 계속 비연을 배웅하려 했고, 두 사람은 마침내 성문 앞에 도착했다.

"내가 주인님을 진양성까지 데려다주면 안 돼?"

비연은 그럴 필요 없다고 대답했다. 그러자 진묵이 말했다.

"조심해야 해. 계속 우리를 쫓아다니는 사람이 있으니까."

비연이 고개를 끄덕였다.

그래도 안심이 안 되는지 진묵이 다시 말했다.

"아무래도 내가 주인님을 진양성까지 데려다줘야겠어!"

비연은 아무 대답 없이 갑자기 말에게 채찍질을 해 나는 듯이 달리기 시작했다. 진묵이 곧 쫓아와 그녀의 말 앞을 가로막았다. 비연을 바라보는 그의 눈에는 고집이 어려 있었다.

"내가 꼭 주인님을 진양성까지 바래다줘야겠어."

비연은 말에서 내려 진묵에게로 다가가며 말했다.

"진묵, 이 세상에는 칠정육욕[1]이라는 것이 있지만 너는 그중 아무것도 느껴 보지 못한 상태야. 수많은 사람, 네 가족을 포함한 수많은 사람을……. 너는 우연히 만나 보거나 다시 만나 보거나 하지도 못했지. 네가 나에게 진 빚은 이미 다 갚은 셈이야. 더는 내 곁에서 시위가 되어 시간을 낭비할 필요 없어."

진묵은 미간을 찌푸리더니, 고개를 돌려 다른 방향을 바라보며 중얼거렸다.

"주인님, 주인님 곁에 있고 싶어."

그러자 비연의 죽은 물 같은 눈에 다소나마 다정한 빛이 어리는가 싶더니 그녀가 담담하게 말했다.

"진묵, 나를 봐."

진묵은 말없이 움직이지 않았다.

비연이 다시 한번 불렀다.

"진묵."

진묵은 여전히 대답하지 않았다.

비연은 발끝을 세워 그의 머리를 제게로 돌려 자신을 보게 했다.

"진묵, 나는…… 아무것도 필요 없어……."

진묵이 그녀의 말을 잘랐다.

---

1 모든 욕망과 감정.

"주인님은 필요로 하고 있어. 당 소저와 전 소저와도 헤어질 생각이잖아. 대설마저 보내 버렸으면서. 주인님 곁에도 사람이 있어야 해! 주인님은……."

비연도 고개를 저으며 그의 말을 잘랐다. 그녀의 말투는 담담한 동시에 어딘가 아련하게 들렸다.

"진묵, 마지막으로 말할게. 정말로 마지막이야. 이건 명령이야. 어서 가. 내가 바래다줄 테니까."

진묵은 여전히 미동도 하지 않았고, 비연 역시 말없이 그를 바라보았다.

두 사람은 그렇게 한참 동안 서로를 바라보았다. 마침내 비연이 다시 입을 열려고 했을 때, 진묵이 타협했다.

"주인님, 건강해야 해. 내가 임무를 완성하고 나면 진양성으로 가서 다시 명을 따를게."

그러고는 담담하게 비연에게 읍을 한 후 몸을 돌려 성문을 향해 걸어갔다.

비연 역시 담담하게 웃으며 진묵이 성으로 들어가는 것을 지켜본 후에야 말에 올라타 그 자리를 떠났다.

이제 정말로 그녀 혼자만이 남았다. 그러나 그동안 계속 외로웠기 때문일까? 혼자가 된 지금 그녀는 그다지 외롭다는 느낌을 받지 못했다. 마치 이렇게 담담한 표정으로, 간혹 미소를 짓는 이런 상태에 익숙해진 것처럼.

그렇게 혼자 남은 비연은 언제나처럼 그런 모습이었다. 사람은 하나지만 검은 두 자루였다.

그녀는 며칠을 달린 끝에 진양성에 도착했다. 그리고 고씨 저택으로 돌아가 시위에게 경계를 삼엄히 할 것을, 특히 후원 연못을 봉쇄할 것을 명령했다. 그러나 요화각에 들어선 순간, 백리명천이 방 안에 앉아 한가롭게 차를 마시는 모습이 보였다.

계속 그녀를 쫓아다니던 사람이 백리명천이 아니라면 누구일 수 있겠는가?

비연은 성격마저 좋아진 것처럼, 백리명천을 보아도 화를 내지 않았다. 그녀는 담담하게 백리명천 건너편에 앉았다.

백리명천은 조금 놀랐지만 곧 그녀에게 차를 따라 주었다.

비연은 찻잔을 받아 차를 마신 다음 담담한 어조로 물었다.

"무슨 일이지?"

백리명천은 계속 비연의 뒤를 밟으면서 그녀가 화를 내기를, 자신에게 검을 휘두르기를 기다렸다. 그러나 그녀는 계속 아무 반응도 보이지 않았다.

백리명천은 자신이 비연의 처소에 난입해 주인 행세를 하고 있으면 비연이 화를 낼 거라 생각했다. 그런데 그녀는 여전히 담담한 표정이었다.

백리명천은 기억하고 있었다. 진양성으로 오는 내내 비연은 간혹 미소를 지었다. 그 미소를 볼 때면 백리명천은 마음이 죽어 버린 듯한 절망감을 느끼곤 했다!

안타까운 빛이 백리명천의 눈을 스치고 지나갔지만, 그는 명랑하게 웃으며 말했다.

"별일 없어. 그저 너와 차 한잔하고 싶어서 왔지. 우리가 연인은 되지 못한다 해도, 친우는 될 수 있지 않겠어?"

비연이 물었다.

"한 달 동안 내 뒤를 밟았지. 대체 무엇 때문에 그랬던 거지?"

백리명천은 그녀가 기분을 드러낸다는 생각에 속으로 기뻐
하며, 재빨리 고개를 끄덕이고는 웃으며 물었다.

"뭐랄까, 내 성의가 충분하다고 생각하지 않아? 지금 나도
갈 곳이 없는 처지인데, 나를 받아들여 주는 건 어때?"

그러자 뜻밖에도 비연이 웃으며 대답했다.

"응, 성의는 충분한 것 같아."

백리명천은 순간적으로 대답할 말을 찾지 못하고 당황했다.
비연은 그 틈을 타서 재빨리 그의 두 손을 등 뒤로 묶고는, 독
을 사용해 그를 꼼짝하지 못하게 해 버렸다. 그리고 그를 한옆
으로 밀어내고는 소리쳐 하인을 불렀다.

비연은 하인에게 백리명천이 지닌 물건을 전부 찾아내라고
명령했다.

백리명천이 제아무리 독술의 고수라 해도, 비연이 제게 무슨
약을 썼는지도 모르는 상태에서 해독약을 만들 수 있을 리 없
었다. 혈루의 힘으로 버티지 않았다면 아마 그는 한참 전에 온
몸이 마비되어 바닥에 쓰러졌을 것이다.

지금까지도 비연의 표정은 여전히 담담했다. 그녀가 하인에
게 말했다.

"신농곡에 계신 의부께 서신을 보내, 직접 오셔서 제자를 데
려가시라고 해. 그리고 이 녀석은 장작 창고에 가둬 둬."

백리명천이 마침내 다급하게 외쳤다.

"우리 연아, 내가 부탁할 일이 있단 말이다!"

비연은 이미 위층으로 올라가며, 고개조차 돌리지 않고 말했다.

"네 사부가 오신 다음 사부께 말씀드리도록 해."

백리명천이 그제야 말했다.

"됐어, 우리 사부에게 괜히 헛수고를 끼치지 말라고. 네 봉황화를 한번 빌리고 싶어 온 거야. 어때, 빌려줄 생각 있어?"

대건제국

봉황화를 빌리고 싶다고? 설마 혈루의 부작용이 발작한 걸까?

비연이 그제야 그를 돌아보았다. 그러나 그녀는 여전히 백리명천을 믿지 않았기에 진지하게 그를 살펴보았다.

백리명천은 바닥에 앉아 있었는데, 두 손을 결박당해 무력한 상태였다.

그 외에는 별다른 이상한 점은 보이지 않았다.

비연이 물었다.

"봉황화를 빌려 뭐 하려고?"

백리명천은 여전히 웃고 있었지만, 어딘가 난처해 보이는 웃음이었다.

"와서 내 오른손을 보면 무엇 때문인지 알게 될 거야."

비연은 조금도 주저하지 않고 다가가 그의 오른손을 살펴보았다.

그녀는 이미 그에게 독을 쓴 터라 그의 상태에 별 관심을 두지 않는데, 지금 보니 백리명천의 어깨가 굳어 있었다. 정말로 혈루의 부작용이 다시 시작된 것이다.

비연은 바로 치료해 주지 않고 담담하게 물었다.

"언제부터 이렇게 된 거야?"

백리명천은 일부러 낙담한 듯한 표정으로 말했다.

"우리 연아, 그래도 알고 지낸 지 꽤 됐는데, 내가 이렇게 된 걸 봤으면 무슨 반응이라도 좀 보여 주면 안 돼? 날 구해 주지 않고, 그냥 기뻐하기만 해도 괜찮으니까."

평소의 비연이라면 기뻐하고 아니고는 말할 것도 없고 '우리 연아'라는 호칭을 허락하지 않았을 것이다. 그러나 지금 그녀는 반감조차 느끼지 못하는 듯했다.

그녀의 수려한 눈매는 계속 담담했다. 마치 매우 좋은 일과 매우 나쁜 일이 그녀에게는 별다른 차이가 없다는 듯한 눈빛이었다.

비연은 백리명천의 말에 대답하지 않고, 다시 그의 어깨를 두드리며 담담하게 말했다.

"보아하니 잠시는 죽지 않을 것 같아. 무서워하지 말고 기다려 보도록 해."

뜻밖에도 그녀가 그를 위로하고 있었다. 사정을 모르는 사람이 들었다면 그들의 관계가 꽤 괜찮다고 오해했을 것이다.

그러나 백리명천은 미간을 찌푸렸다. 그의 눈빛 속 안타까움도 더더욱 짙어져 갔다. 그는 그녀가 아무 감정도 느끼지 못하는 것보다는, 차라리 자신에게 계속 적대적으로 구는 게 낫겠다고 생각했다.

한참 전부터 혈루의 부작용이 다시 나타나고 있었지만, 계속 그녀를 쫓아다닌 것은 결코 치료를 받기 위해서가 아니라 안심이 되지 않았기 때문이었다.

그는 원래 얼굴을 드러낼 생각이 없었다. 그러나 그녀가 곁에 시위 하나 두고 있지 않은 걸 보니 도저히 참을 수가 없었던 것이다.

비연이 자리를 뜨려 하자, 백리명천이 어디서 난 힘인지 몰라도 갑자기 그녀의 손을 잡고 진지하게 말했다.

"혈루의 부작용은 근본적으로 해결이 안 되는 것 같아. 그러니 나는 평생 네 곁을 떠날 수 없을 것 같군. 네가 살아야 나도 살고, 네가 죽으면 나도 죽는 거니까, 우리는 생과 사를 함께 나누는 사이인 거지. 헌원연, 나를 평생 구해 주는 건 어때? 대신 내가 평생 너의 시위가 되어 줄 테니까."

비연이 재빨리 그의 손을 밀어내며 말했다.

"시위 같은 건 필요 없어. 너를 구해 줄 의무도 없고."

그러자 백리명천이 일부러 자극하듯 말했다.

"내 사부께서 너에게 의무를 지워 주실걸!"

비연은 말할 것도 없고 다른 사람이라도 이런 말을 들으면 화를 낼 법도 했다. 그러나 비연의 작고 하얀 얼굴에는 여전히 아무 파란도 보이지 않았다. 그녀는 심지어 대답조차 하지 않고 계단을 하나하나 올라갔다.

그 모습을 본 하인이 백리명천을 끌어내려 했다. 백리명천은 비연의 외로운 모습에 가슴이 답답한 나머지, 저도 모르게 눈마저 붉히며 큰 소리로 외쳤다.

"헌원연, 아직도 괴로워하고 있는 건 아니겠지? 남자에게 배반당한 것 때문에 말이야? 이 세상에 어디 배반 한번 안 당해 본 사람 있나? 왜 그렇게 억지를 부리는 거야?"

상처를 헤집는 것만으로도 아픈데, 억지를 부린다는 말은 더더욱 귀에 거슬렸다!

하인들조차 차마 들어 줄 수 없었던지 그들 중 한 명이 백리명천의 입을 막았고, 다른 한 명이 노한 목소리로 외쳤다.

"백리명천, 말을 할 때 조심하도록 해! 예왕 전하의 체면을 생각하신 게 아니었다면, 연 공주님께서는 너를 상대하지도 않으셨을 거다."

그러나 비연은 여전히 미동도 하지 않았다. 그녀는 억지로 담담한 표정을 꾸며 내지도, 그렇다고 억지로 미소 짓지도 않았다. 그녀의 심장은 그대로 텅 비어 버린 것만 같았다. 그녀는 이제 아무것도 신경 쓰고 싶지 않았다.

비연은 그렇게 백리명천을 장작 창고로 보낸 후 고칠소가 오기를 기다렸다. 그러나 고칠소는 오지 않고 대신 하인을 시켜 말을 전해 왔다.

'처리해야 하는 방식대로 처리하도록 해라.'

이 말은 바로 고북월이 과거에 했던 그 말이었다. 그러나 그 의미는 전혀 달랐다. 고칠소는 비연의 상태를 알고 있었고, 백리명천이 어떤 식으로든 그녀의 기운을 북돋아 준다면 비연도 그렇게까지 외롭지는 않으리라 생각했다.

비연은 이 익숙한 전갈을 받고도 기분이 크게 달라지지 않았다. 그녀는 백리명천을 고씨 저택에 내버려 두고 자신이 황궁으로 옮겼다.

원래 천염국의 신하 중에는 제 이익을 위해 등을 돌린 자들이 많았으나, 비연이 서쪽의 심씨 가문까지 굴복시키자 대부분 돌아왔다. 비연은 그들을 소집한 후 국호를 '건乾'으로 하는 새로운 나라를 건국했노라 선포했다. 대건제국의 건립이었다.

황도는 여전히 진양성이었고, 현공대륙의 동서남북에 네 개의 제후국이 생겨났다.

동쪽은 만진으로, 광수성이 왕성이었고 목연과 전다다가 관할하고 있었다.

서쪽은 백초로, 곡주성을 왕도로 하며 진묵이 다스렸다.

북쪽은 창유로, 상오성을 왕도로 하여 정역비와 당정이 맡았다.

남쪽은 창명으로, 평양성을 왕성으로 하여 영원이 관할하게 되었다.

동쪽의 만진, 서쪽의 백초, 북쪽의 창유, 남쪽의 창명. 비연은 이 네 제후국 중앙에 있는 열세 곳의 성을 합쳐 대도 13성이라 부르며 제국이 직접 다스리기로 했다.

그 외 백초 경내의 흑삼림, 대도 13성 경내의 신농곡은 독립된 세력으로 누군가의 통치를 받지 않았다.

북부의 몽족설역은 제국의 직속이 되었다.

나라를 세운다는 것은 복잡하고 시간이 많이 걸리는 일이었다. 비연은 그 모든 일을 전부 다 직접 하지는 않았다.

단 하나, 그녀가 굳이 직접 관여한 일은 바로 제국 군대를 건립하는 일이었다. 그녀는 재능과 잠재력이 뛰어난 젊은이들을 모아 군대에 편입시켰다.

당정 일행은 비연이 제위에 오르는 자리에 참여할 생각이었지만, 비연은 식을 올리지 않고 그저 대신들을 통해 천하에 조서를 공포하게 했다. 물론 사방의 제후국에 황제의 인장을 보내는 것도 잊지 않았다.

신하들이 물러가자 거대한 황궁이 순식간에 텅 비며 고요해졌다. 비연은 몸을 돌려 높디높은 곳, 제왕의 옥좌를 바라보았다. 그녀는 마치 시간 속에 박제되기라도 한 것처럼 미동도 하지 않았다. 그 모습은 너무나 처량한 한 폭의 그림 같았다.

그녀는 입가에 옅은 미소를 띤 채 옥좌를 한참 동안 바라보았다. 그리고 한 걸음 한 걸음 계단을 올라 그 자리에 앉았다. 비연은 텅 빈 대전을 바라보고, 다시 문밖의 텅 빈 밤하늘을 바라보았다.

어째서일까, 갑자기 고운원이 생각났다. 고운원은 그녀가 외로이 나는 제비와 같다며 '고비연'이라는 이름을 지어 주었다. 이 이름이 혹시 예언이었던 건 아닐까? 그녀는 정말로 외로이 나는 제비가 되어 버린 것 같았다. 그러나 그녀는 이제 제 이름조차 희미하게 웃어넘길 뿐이었다.

비연은 깊은 생각에 잠긴 듯 한참을 조용히 앉아 있었다. 마침내 야경 도는 소리가 들려오자 그녀는 겨우 정신을 차리고 궁을 떠났다. 그리고 고씨 저택에 있던 백리명천을 찾아갔다.

이때 백리명천의 몸은 절반 정도가 굳어 있었다. 비연이 들어오는 소리에 깊은 잠에서 깬 그가 아련한 눈빛으로 그녀를 바라보더니 갑자기 웃기 시작했다.

"우리 연아, 마침내 내가 생각난 모양이지?"

비연도 웃었다. 백리명천이 정말로 싫어하는, 담담한 미소였다.

"너와 거래를 하나 하러 왔는데, 흥미가 있을는지?"

백리명천은 더욱 놀라며 말했다.

"어디, 귀를 씻고 공손히 들어 볼까?"

이 생, 북해를 지켜 줘

백리명천은 비연이 최근 어떻게 지냈는지 알지 못했고, 현공 대륙 하늘이 이미 변했다는 사실도 모르고 있었다.

그는 계속 잘못을 인정하지 않고 그저 비연이 자신을 만나러 오기를 기다리고 있었다. '억지를 쓴다'라는 표현은 자신이 듣기에도 아주 자극적이었으니 비연이 언젠가 올 거라고 믿은 것이다. 그리고 한참을 기다린 끝에 이제야 비연이 온 것이다.

그는 비연이 자신에게 화를 내러 왔다고 생각했으나, 이게 웬일일까. 비연은 그 일은 아예 마음에 두고 있지도 않은 것 같았다.

"내가 너를 치료해 줄 테니, 대신 북해를 지켜 줘."

백리명천이 갑자기 미간을 찌푸렸다.

그러나 비연은 계속 말했다.

"계속 생각해 봤는데, 네가 가장 적합한 인물이야. 모든 비밀을 알고 있고, 설족 족장보다 훨씬 유능하면서, 내가 통제할 수 있으니까. 그러니 나를 대신해 북해를 지켜. 설족과 협력하는 동시에 그 누구도 북해를 노리지 못하게 해야 해. 그럼 내가 석 달에 한 번 치료해 주겠어."

비연의 말투는 담담했으나, 결코 의논하고자 하는 말투가 아니었다. 그보다는 통보에 가까웠다. 그녀는 심지어 제 생각을

240

숨기거나 하는 빛도 없이 직접적으로 드러냈다.

백리명천은 확실히 그 자리에 가장 적합한 인물이었다. 혈루의 힘이면 현공대륙의 어느 고수가 오더라도 상대할 수 있으면서도, 혈루의 부작용 때문에 계속 비연에게 매여 있을 수밖에 없었으니까. 그렇기에 비연은 이렇게 중요한 임무를 그에게 맡기면서도 그의 변심은 걱정하지 않았다.

백리명천은 비연을 자극해 화를 내게 할 생각이었지만, 오히려 제가 비연 때문에 화가 나기 시작했다. 그는 비연을 바라보며 노기를 억누르려 했지만 결국은 참지 못하고 소리쳤다.

"내가 이 꼴이 되었는데도, 아직도 너를 배반할까 봐 걱정하는 거야?"

비연은 변명하지 않고 바로 고개를 끄덕였다.

"그래!"

백리명천은 한마디 하려다가 결국은 그만두었다. 갑자기 자신이 너무나 우습다는 생각이 들었다.

비연에게 이런 질문을 하지 말았어야 했다. 군구신조차 그녀를 배신한 이 마당에, 그녀가 백리명천을 경계하는 것은 정상적인 일 아닌가!

백리명천은 비연의 고요한 모습을 보고 있노라니 안 그래도 막혀 있던 가슴이 더욱 막혀 오는 것 같았다. 마치 언제라도 폭발할 것 같은 물건을 손에 쥐고 있는 느낌이라고나 할까. 그는 그녀의 어깨를 잡고 흔들어서라도 정신을 차리게 하고 싶어 미칠 지경이었다.

비연은 그의 대답을 오래 기다리지 않고, 몸을 일으키며 담담하게 말했다.

"잘 생각해 보도록 해. 하지만 너무 오래 생각하지는 말고. 이번에는 진기가 그렇게 딱 맞춰서 회복되며 네 목숨을 구해 주거나 하는 일은 없을 테니까. 생각을 끝내면 바로 나에게 말해 줘."

말을 마친 그녀가 그대로 몸을 돌렸다. 걸음걸이에마저 절망적인 느낌이 배어 있는 듯했다.

백리명천이 화가 나서 외쳤다.

"잠깐!"

비연이 발걸음을 멈추더니 여전히 평온한 얼굴로 그를 돌아보며 물었다.

"생각이 끝난 건가?"

"좋아, 약속하겠어……."

백리명천이 잠시 말을 멈추더니 이어서 말했다.

"만약 내가 너를 배반하는 일이 생겨서 네가 나를 죽인다면, 너는 그때도 괴로워할까?"

"아니, 그러지 않을 거야."

비연의 대답에 백리명천이 다시 물었다.

"그렇다면, 지금 괴로워하고 있다고 인정하는 거지?"

비연의 눈빛이 잠시 굳는 듯싶더니 곧 그의 시선을 피했다.

약왕정에서 해독약을 꺼내 백리명천에게 건넨 그녀는 봉황화를 소환해 백리명천의 부작용을 억제해 주었다.

마침내 비연의 아픈 부분을 건드린 셈이었으니 백리명천은 쉽게 포기할 수 없었다. 그는 몸이 회복되자마자 바로 물었다.

"헌원연, 아직 내 질문에 답하지 않았어!"

비연의 눈은 이미 평온함을 회복한 상태였다. 그녀는 백리명천의 눈을 응시하며 담담하게 웃기 시작했다.

"괴로워한들 아무 소용이 없는 법이니까. 해야 할 일을 해야 하는 방식으로 할 뿐이지."

이것은……

백리명천은 재빨리 비연의 손을 잡아챘다. 그러나 그가 입을 열기도 전에 비연이 그의 팔을 잡았다.

불길이 일어나는 순간, 그는 견디지 못하고 비연의 손을 놓고 말았다. 그녀는 화를 내지 않고 여전한 표정으로 말했다.

"치료를 끝냈으니 이제 그쪽이 약속을 지킬 차례야. 몽족설역 쪽은 이미 안배를 끝내 놨으니 바로 가면 될 거야. 석 달 후 다시 나를 찾아와."

말을 마친 비연은 바로 몸을 돌려 문밖으로 걸어 나갔다.

"헌원연, 거기 서!"

백리명천이 쫓아 나갔으나, 손을 아무리 뻗어도 비연의 어깨에 닿지 않았다. 비연의 몸을 감싼 불길이 강력하고도 온화한 힘을 발휘해 그의 손을 떨쳐 냈기 때문이다.

백리명천은 그녀가 무적이라는 사실을 알고 있었다. 그러나 이 순간에야 겨우 그녀의 힘이 얼마나 두려운지 알게 되었다. 그녀는 그 누구라도 압도할 수 있었고, 그 누구라도 제게서 천리 밖으로 밀어낼 수 있었다. 그러나 저 외로워 보이는 작은 몸은…… 마치 온 세상에게서 버림받은 것처럼 보였다.

백리명천은 굴복하지 않고 다시 한번 손을 뻗었지만 역시 튕겨 나오고 말았다. 비연은 여전히 아무 일도 없었던 것처럼 한 걸음 한 걸음 앞을 향해 걷고 있었다.

백리명천은 계속 튕겨 나오면서도 마음을 죽이지 못하고 결국 혈루의 힘을 일으켜 비연에게 대항해 보았다. 순간, 비연의 몸에서 불길이 크게 일어나더니 그를 사납게 날려 보냈다.

백리명천은 바닥에 쓰러진 채 울컥 선혈을 토해 냈다. 비연은 한마디 말도 없이 여전한 걸음걸이로 점차 정원 문밖으로 사라졌다.

마침내 백리명천은 바닥에 엎어지고 말았다. 낭패한 감정보다는 애달픔이 더 컸다. 그가 힘없이 중얼거렸다.

"우리 연아, 그가 없어진 이상 이제 이 세상에 너를 항복시킬 수 있는 사람은 없는 거구나……. 어떻게 하지……. 어떻게 해야 하지?"

그녀를 항복하게 만들 수 없는데, 어떻게 해야 그녀를 구할 수 있을까? 대체 어떻게 해야…….

백리명천은 참지 못하고 쓰게 웃기 시작했다. 차라리 비연이 군구신에게 패해 굴욕을 당하더라도, 지금의 저런 모습으로 변하지 않았더라면 좋았을 것 같다는 생각이 든 것이다.

이날 밤, 백리명천은 인어족의 옥패를 고씨 저택 연못에 던진 후 진양성을 떠났다. 그는 더는 비연을 찾지 않고, 하인을 통해 비연에게 석 달에 한 번의 약속을 잊지 말 것을 경고했다. 그 약속 때문에라도 비연이 제 목숨을 아끼기를 바라면서.

요화각으로 돌아왔다. 비연은 평소와 마찬가지로 조용히 씻고 옷을 갈아입었다. 그녀는 위층으로 올라가려다가 갑자기 발걸음을 멈추더니 고개를 돌려 서재를 바라보았다. 아주아주 한참 동안.

그 후에야 그녀는 서재의 긴 의자에 앉아 가만히 의자를 쓸어 본 다음, 천천히 옆으로 누웠다. 눈을 감은 그녀의 얼굴은 몹시도 평온해 보였다.

그 후 며칠 동안, 비연은 밤이 아무리 깊어도 반드시 황궁에서 고씨 저택으로 돌아와 서재의 긴 의자에서 잠을 잤다.

그러던 어느 날, 그녀가 궁에서 나와 고씨 저택으로 향하고 있을 때였다. 정왕부를 지키던 시위가 달려와 보고했다.

"폐하, 정왕부에 불이 났습니다!"

불이 났습니다!

찰나의 순간, 평온하던 비연의 얼굴에 석 달 만에 처음으로 황망한 표정이 떠올랐다. 그녀는 말없이 마차의 말고삐를 끊더니, 직접 말 위에 올라 정왕부를 향해 달리기 시작했다!

다급한 말발굽 소리가 텅 빈 거리에 울려 퍼지고 있었다. 비연은 자신이 얼마나 두려워하는지조차 깨닫지 못하고 가능한 한 빠른 속도로 정왕부로 달려갔다. 그리고 마침내 도착한 정왕부에서는 이미 하늘을 향해 불길이 치솟고 있었다.

"아…… 안 돼!"

백리명천이 아무리 해도 자극할 수 없었던 비연이, 심지어 자신이 거짓된 연기를 펼치고 있다는 사실조차 의식하지 못하고 있던 비연이, 눈앞의 불을 본 순간 평온한 가면을 벗어던지고 말았다.

비연은 고개를 저었다. 눈에서는 눈물이 끊임없이 흐르고 있었다.

"나는 이미 그를 잃었어! 이미 잃었단 말이야……."

그가 그녀를 배반했을 때였을까, 그녀가 그를 죽였을 때였을까. 어쨌든 그녀는 이미 그를 잃었다. 그런데 설마, 그와의 기억이 가장 많이 남아 있는 이 저택마저 잃어버리게 되는 걸까?

그녀는 그 일 이후로 정왕부에 한 번도 오지 않았다. 하지만 그것은 이 저택이 필요하지 않았기 때문이 아니었다. 이곳에 다시 올 엄두가 나지 않았기 때문이었다!

불길은 점점 더 거세져 불을 끄는 사람들조차 감히 가까이 가지 못하고 있었다. 그러나 비연은 갑자기 앞을 막고 있는 사람들을 밀쳐 내고, 불길 속으로 뛰어들었다…….

당신이 돌아온 거야?

비연이 불길 속으로 뛰어든 순간, 주변의 불꽃이 그녀를 덮쳐 왔다. 그와 동시에 그녀를 감싸고 있던 불빛이 주변의 화염보다 더 뜨겁게 타오르며 그녀를 보호했다.

비연은 울면서 미친 듯이 안으로 달려 들어갔다. 바로 그녀와 군구신이 함께 시간을 가장 많이 보냈던 다실로.

다실 안의 모습은 예전과 똑같아 보였다. 그녀에게는 너무나 낯익은 공간, 심지어 찻잔 하나조차 그녀가 아는 원래의 그 자리에 놓여 있었다. 그러나 그 모든 것이 지금 활활 타오르며 잿더미로 변하고 있었다. 영원히 사라지고 있었다.

"안 돼…… 안 돼!"

비연의 얼굴이 눈물로 흥건했다. 그녀는 계속 주변을 둘러보았다. 익숙한 물건들이 하나하나 사라져 가고 있었다.

갑자기 그녀는 몸을 돌려 탁자 위에 놓인 죽간을 보았다. 군구신이 가장 좋아하던 죽간이었다. 비연이 빠르게 달려갔으나, 그것은 이미 절반 이상 불타고 있었다.

그녀는 황망한 표정으로 손으로 불을 끄며 남은 절반이라도 구하려 했다. 그러나 그녀가 아무리 손으로 내리쳐도 불은 꺼지지 않고 오히려 더욱 왕성하게 타오르기 시작했다.

찰나의 순간 죽간은 완벽하게 불타 사라지고 말았다.

사라졌다. 그대로 사라져 버렸다. 이제 재조차 남지 않았다!

비연의 손이 굳은 채 허공에 멈춰 있었다. 그녀가 군구신을 죽이던 그 순간의 기억이 불길과 함께 그녀의 머릿속에서 미친 듯이 소용돌이치고 있었다.

봉황화가 그의 몸을 꿰뚫고…… 저 죽간처럼 순식간에 사라져 버리고…… 이 세상에서 사라져 버리고…… 이제 아무리 찾으려 해도 찾을 수가 없게 되었고……!

"돌아와, 돌아오란 말이야! 고남신, 제발 돌아와……."

비연이 입술마저 떨며, 마침내 자제력을 잃고 울기 시작했다.

그렇다. 지난 수개월 동안 그녀는 잔인한 이 모든 상황을 받아들이려 하지 않았다!

그녀는 직접 그를 죽였다. 그의 모든 것이 그 순간 그대로 멈추고 말았다. 그를 제외한 모든 사람이 앞을 향해 걸어가고 있는데……!

그러나 그녀 역시 그 후로 앞을 향해 가지 못하고 있었다. 그녀는 지금도 그를 죽이기 직전의 그 순간에 멈춰 선 채 그의 대답을 기다리고 있었다.

"군구신, 돌아오지 않을 거야? 군구신, 돌아와 줘, 응?"

비연은 불길 속에 주저앉아 통곡했다. 그런 그녀의 모습은 뜨거운 불길 속에 버려진 아이처럼 외롭고 무력해 보였다.

주변의 불길은 점점 더 거세졌고, 익숙한 모든 것이 잿더미로 변해 가고 있었다. 이제 이 다실마저 곧 무너질 듯했지만, 비연은 여전히 무릎을 끌어안은 채 눈물을 흘리고 있었다.

정왕부 전체에서 불길이 치솟아 진양성의 가장 어두운 밤을 밝히고 있었다. 대들보가 부러지고, 저택의 방들이 한 칸 한 칸 무너지고 있었다. 마치 그에게 속한 모든 것이 오늘 밤 그를 따라가려는 듯, 그녀에게는 아무것도 남겨 주지 않으려는 듯.

약속했잖아. 약수의 물이 3천이어도 한 표주박만을 취하고, 세 번의 생을 산다 해도 단 한 사람만을 기다리겠다고! 군구신, 당신의 연아가 울고 있잖아. 그런데 당신은 어디 있는 거야?

"연아, 연아……. 울지 마……. 가! 어서 나가야 해! 연아……."

군구신은 두 눈을 감은 채 중얼거렸다.

그의 귓가에 비연의 울음소리며, 불길 속에서 뭔가 무너지고 부서지는 소리가 맴돌고 있었다. 그는 눈을 뜨고 싶었지만, 도저히 뜰 수 없었다. 귀에 들려오는 소리에 집중해 보았지만, 제대로 들리는 것은 없었다.

이 느낌은 마치 꿈속에서 깨어나기 전, 비몽사몽일 때와 비슷했다. 모든 것이 꿈인지, 아니면 현실인지 도무지 구분할 수 없었다.

대체 어찌 된 일일까? 그는 봉황화에 몸을 관통당하는 동시에 제 몸을 검에 던져 건명력이 인검합일의 경지에 이르도록 했다. 그는 이미 죽었는데, 어떻게 의식이 있는 걸까? 혹시 검의 영혼이라도 된 걸까?

아니, 그럴 리 없다! 구려족의 검사가 건명보검을 제련할 때 몸을 던진 것이 아닌 이상, 그는 검령이 될 수는 없었다.

어쨌든 그는 살아 있었다. 그리고 살아 있는 한 희망은 있다!

군구신은 눈을 뜨고 싶었고 말을 하고 싶었다. 그러나 그는 마치 꿈속에서 깨어나지 못하는 사람처럼 미동도 할 수 없는 처지였다.

그러던 중 귓가에 들리던 목소리가 점차 작아지더니 결국은 사라지고 말았다. 군구신은 당황한 나머지 온몸의 힘을 모아 발버둥 쳤고, 그 순간 몸 전체가 편안해지는 느낌을 받았다.

군구신이 눈을 떴을 때, 그는 자신이 정원에 누워 있는 것을 발견했다. 주변에는 온통 노란 개나리가 피어 있었다.

이게 어찌 된 일일까?

군구신이 재빨리 몸을 일으켰다. 그는 곧 그 정원이 바로 대진국 황도, 태부의 저택 안 정원이라는 것을 알아차렸다. 설마 대진국으로 돌아온 걸까?

그는 두 손을 내려다보고 다시 제 몸을 살펴보았다. 그의 몸은 어디 한 군데 상한 데 없이 멀쩡하기만 했다!

이건 대체 어찌 된 일일까? 설마 지금 꿈을 꾸고 있는 걸까? 하지만 죽은 사람이 어떻게 꿈을 꿀 수 있는 걸까?

군구신은 매섭게 자신을 꼬집어 보고는, 제 몸이 확실하게 존재한다는 사실을 깨달았다. 그가 점점 더 의아해하고 있노라니, 가슴에서 갑자기 차가운 느낌이 훅 끼쳐 왔다. 그는 그제야 고운원에게서 받았던 빙정을 떠올렸다.

그는 서둘러 그것을 꺼내 보았다. 투명한 빙정은 여전히 그윽한 푸른빛을 흩뿌리고 있었고, 얼음처럼 차가웠다. 마치 절대로 녹지 않는 현빙과도 같은 느낌이었다.

설마 이 빙정이 그를 살린 걸까?

군구신은 재빨리 이 생각을 지웠다. 만약 빙정이 그를 살릴 수 있었다면 고운원이 먼저 이야기해 주었을 거고, 그와 함께 그렇게 거대한 덫을 놓으며 연아를 속일 이유도 없었을 것이다.

그리고 한참 양보해서 생각하더라도, 빙정이 정말 그를 구했다면 그가 지금 집의 정원으로 돌아와 있는 이유는 무엇일까? 그리고 연아는? 연아는 지금 어디 있지?

군구신이 의심스러운 눈길로 주변을 둘러보고 있노라니 갑자기 어린 소녀의 맑은 목소리가 들려왔다.

"영 오라버니…… 영 오라버니, 어디 있어? 영 오라버니, 돌아온 거야?"

그 순간, 군구신은 그대로 넋이 나가고 말았다.

이 목소리는 연아의 목소리였다. 어린 시절 연아의 목소리!

설마…….

군구신은 경악하여 다급하게 주변을 둘러보았다. 다행히도 그를 본 사람은 없었지만 멀지 않은 곳, 무성한 꽃 덤불 사이로 바스락거리는 인기척이 들려왔다. 군구신은 놀란 마음에 깊이 생각하지 못하고 환영처럼 움직여 몸을 숨겼다.

꽃 덤불 속 바스락거리는 소리가 점점 더 커지더니, 얼마 지나지 않아 일고여덟 살 먹은 어린 소녀가 꽃 덤불 밖으로 작은 머리를 내밀었다. 예쁘장한 얼굴에 맑은 눈동자, 하얗고 보드라운 피부……. 마치 도자기 인형처럼 깨끗하고 청순해 보이는 모습이었다.

소녀는 물기 어린 눈으로 주변을 둘러보며 갸웃거렸다. 무언가 기대하고 있는 듯한 모습이었다.

군구신은 멍하니 소녀를 바라보았다. 그의 눈에 점차 눈물이 차오르기 시작했다. 눈앞의 이 소녀는 바로 그의 연아였다!

그는 어린 시절, 어머니가 부친을 따라 무애산에 요양하러 갔던 기억을 떠올렸다. 그는 예아와 무예를 연마하고, 연아의 영위가 되기 위해 궁에 남았다.

후에 부친의 병세가 심각해지자 어머니는 그를 무애산으로 불러들였고, 그는 계속 무애산에 머물러야 했다. 그 반년 동안 그는 단 한 번, 어머니 대신 의서를 찾으러 집에 왔었다.

그는 돌아오기 전에 먼저 연아에게 전갈을 보냈는데, 바로 황도에 돌아오자마자 연아의 생일을 축하해 주고 싶었기 때문이었다. 그리고 연아는 예아에게 말하지 않고 몰래 궁을 빠져나와 그를 기다려 주었다.

군구신은 이제 어찌 된 일인지 대강 짐작할 수 있었다. 빙정이 그의 몸을 지켜 주었다. 그러나 그의 목숨을 진정으로 지켜 준 것은 빙정이 아니라 지살에 숨어 있던, 시공간을 가르는 신비로운 힘이었다.

그는 영혼을 바꿔 다시 태어난 것이 아니라, 10여 년 전 대진국 태부의 저택으로 돌아와 있었다! 더 정확히 말하자면, 바로 13년 전의 운공대륙, 대진국에!

세 번 윤회한다 해도 한 사람만을 기다려

13년 전, 고명신은 아직 태어나기 전이었고, 고북월과 진민은 여전히 무애산에 있었다. 군구신은 겨우 열 살, 비연은 여덟 살이었다. 한운석과 한씨 가문의 양녀 한향이 약속한 10년도 아직 다다르지 않은 때, 그러니까 빙해의 그 전투가 아직 발생하지 않은 시점이었다!

군구신은 그저 의아하기만 했다. 설마 지금 꿈을 꾸고 있는 것일까?

그러나 그가 13년 전으로 돌아온 것이 아니라면, 그는 이미 죽었어야 했다. 죽었다면 어떻게 꿈을 꿀 수 있겠는가? 13년 전으로 되돌아왔다는 것 외에는 그가 지금 살아 있는 사실을, 그리고 그의 눈앞에 보이는 모든 것을 설명할 방법이 없었다.

작은 연아는 군구신의 존재를 눈치채지 못한 것 같았다. 주변을 두리번거리더니, 아무도 안 보이자 실망한 표정을 지었다. 연아는 그 자리에 엎드리더니, 두 손으로 턱을 받친 채 노인이라도 된 것처럼 길게 탄식했다.

"쳇, 여기서 기다리라더니. 어째서 아직도 안 오는 거야?"

어째서 아직도 안 오는 거야?

군구신의 심장이 갑자기 뭔가에 사납게 물어뜯긴 것 같았다. 어찌나 고통스러운지 호흡마저 힘들 정도였다. 얼마 전 들었던 연아의 애를 끊는 듯한 울음소리가 다시 한번 그의 귓가에 맴돌고 있었다.

'군구신, 돌아오지 않을 거야? 군구신, 어서 돌아와, 응? 군구신, 제발 부탁이야. 돌아와 줘…….'

연아, 내가 돌아왔다. 돌아왔어!

수많은 감정이 군구신의 가슴에 용솟음치고 있었다. 놀라움, 기쁨, 고통, 상처……. 그는 울고 싶었고, 또 웃고 싶었다.

그때 눈물 한 방울이 그의 손등으로 떨어졌다. 그는 그제야 자신이 한참 전부터 울고 있었다는 사실을 깨달았다.

약수의 물이 3천이라 해도 한 표주박의 물만을 취할 것이며, 세 번의 삶을 윤회한다 해도 단 한 사람만을 기다릴 것이다! 연아, 영 오라버니가 돌아왔다. 알고 있니? 응?

군구신은 왼편, 가장 화려하게 피어난 개나리 덤불을 바라보았다. 얼마 지나지 않아 흰옷을 입은 소년이 꽃 덤불 뒤에서 재주를 넘으며 나타나 정원에 착지했다.

백의 소년은 어린 연아보다 한두 살 많아 보였다. 아직 앳된 기가 가시지 않았지만, 그래도 이미 맑고 뛰어난 기운이 어려 있었다. 이 소년이 바로 열 살의 군구신, 정확히 이야기하자면 바로 고남신이었다!

고남신이 허리를 굽히더니 어린 연아에게 미소 지었다. 마치 사월의 봄바람처럼 다정하고도 해맑은, 봄날의 꽃이 피어난 것처럼 세상 모든 것이 다정하고 아름다워 보이게 만드는 그런 미소였다.

어린 연아는 넋이 나간 듯 고남신을 바라보았는데, 그 모습이 무척이나 귀여웠다.

"영 오라버니, 오랜만이야. 더 잘생겨졌네."

연아의 종알거림에 고남신이 참지 못하고 웃으며 말했다.

"연 공주님, 바닥은 더럽습니다. 어서 일어나시지요."

연아는 흥, 코웃음을 치며 고개를 다른 곳으로 돌렸다. 그러나 연아의 조그만 입술은 양옆으로 높이 올라가 있었다.

고남신이 미간을 찌푸리더니 연아 앞에 쪼그리고 앉아 손을 내밀었다.

"연 공주님, 옷을 더럽힌 채 궁으로 돌아가시면 해명하기 힘드실 텐데요."

연아는 다시 흥, 소리를 내며 움직이지 않았다.

고남신은 어른들이 하는 것처럼 어쩔 수 없다는 듯 가볍게 탄식하더니, 어린 연아를 부축해 일으켰다.

연아가 갑자기 고남신의 등으로 뛰어올라 목을 끌어안고, 업어 달라고 조르기 시작했다. 한참 그러던 중 연아가 마치 어른이라도 된 듯한 말투로 말했다.

"고남신, 방금 본 공주를 뭐라 불렀지?"

고남신은 뭔가 잘못되어 가고 있다는 것을 깨달은 듯, 언제나 평화롭던 시선을 슬쩍 피했다.

어린 연아는 고개를 갸웃한 채 그를 바라보며 기다렸다.

연아의 시선을 받은 고남신은 귀까지 새빨갛게 달아올랐다. 그는 두어 번 헛기침을 한 후 진지하게 말했다.

"체통을 생각하셔서 어서 내려오십시오."

어린 연아가 외쳤다.

"싫어! 다시 불러 주지 않으면, 오늘 하루 내내 내려가지 않을 거야! 영 오라버니 귀에 못이 박히도록 떠들 거라고!"

이 모습을 본 군구신은 얼굴 가득 눈물을 흘리면서도 웃음이 나오는 것을 참을 수가 없었다. 눈앞의 연아가 사랑스러워 견딜 수 없었다.

군구신은 분명하게 기억하고 있었다. 지금 이 장면이 있기 몇 달 전, 어린 연아는 궁 밖으로 데려가 달라고 하기 위해 제 오라비의 등에 업힌 채 하루 내내 떠들었다. 예아는 연아가 계속 떠드는 것을 참을 수 없어, 거의 미칠 지경이 되어 버리고 말았다.

군구신이 마음속으로 중얼거렸다.

'연아, 그러지 말고 어서 내려가. 영 오라버니가 너를 데리고 맛있는 것을 먹으러 갈 테니!'

그와 동시에 고남신이 단 한 글자도 틀리지 않고 똑같은 말을 했다.

어린 연아는 만족한 듯 바로 고남신에게서 뛰어내린 다음, 그의 손을 잡아끌었다.

"가자!"

두 아이는 손을 잡고 정원을 떠났다. 군구신이 소리 없이 그들의 뒤를 밟았다. 어린 연아는 걷는 내내 계속 재잘거렸다.

"영 오라버니, 태부와 민 이모는 괜찮으셔? 나 두 분이 정

말 보고 싶어. 영 오라버니, 의부께서 찾아가신 적 있어? 의부
는 한 달이나 나를 보러 오지 않았어! 영 오라버니, 우리 오라
버니가 지금 아주 대단해졌어. 그러니까 영 오라버니도 열심히
수련해야 해. 아니면 나중에 우리 둘 다 뭐 실수하기라도 하면,
도망칠 수밖에 없단 말이야."

연아는 한참 재잘거리다가 다시 헤실헤실 웃으며 물었다.

"영 오라버니, 언제 나를 아내로 맞아 줄 거야? 아니면, 생일
은 축하해 주지 않아도 괜찮으니까 나를 무애산으로 데려가!"

군구신은 연아의 재잘거림을 듣는 내내 눈물을 흘리면서도
웃고 있었다.

고남신 역시 웃고 있었다. 그는 마치 다 큰 오라버니처럼 굴
면서도 조금은 부끄러워하고 있었다. 그는 어린 연아가 계속
재잘거리도록 내버려 둔 채 아무 대답도 하지 않았다.

저 나이의 연아가 '시집'이니 '장가'니 하는 것을 이해하고 있
을 리 만무했다. 아마 어린 연아는 그저 고남신과 노는 것이 좋
을 뿐일 터였다. 그러나 연아는 혼인을 이해하지 못하면서도,
자신이 다 큰 다음에도 꼭 그와 함께 놀겠다고 굳세게 마음먹
고 있었다.

그리고 고남신은 혼인이 무엇인지 알 듯 말 듯 한 나이였지
만, 이미 영족의 사명을 이어받은 다음이었다. 그는 부친에게
서, 영위는 이 생에 그녀를 지키도록 운명 지어져 있다고 들은
바 있었다.

고남신은 침묵했다.

군구신은 마치 방관하듯 아이들을 바라보며, 울먹임이 섞인 목소리로 중얼거렸다.

'연아, 앞으로 10년 동안 고남신은 너에게 염주를 주지 못할 거야. 하지만 그래도 너를 아내로 맞이한단다.'

고남신은 어린 연아를 소박한 가게로 데려가서, 그녀가 먹어 본 적이 없는 달콤한 과자를 한 상 차려 주었다. 연아는 무척 기뻐하며, 궁 안의 주방장에 대한 불평을 한바탕 늘어놓았다.

연아가 배불리 먹었을 때, 고남신은 기남침향 염주를 한 알 내밀며 진지하게 말했다.

"올해의 생일 선물이야. 받아 줘."

연아가 가볍게 한숨을 쉬었다.

"또 이거야! 난 언제쯤에나 시집갈 나이가 되지? 영 오라버니, 우리 바꾸면 안 돼?"

고남신이 고개를 저었다.

"약속했잖아. 바꿀 수 없어."

연아는 달갑지 않은 듯 고남신에게 혀를 쏙 내밀어 보이면서도, 염주를 소중히 호주머니에 챙겨 넣었다.

연아가 제 둥근 배를 어루만져 보고는 말했다.

"영 오라버니, 가자. 내가 재미있는 곳에 데려가 줄게!"

"어디로 갈 건데?"

이때 문밖에서 똑같이 어린, 그러나 고남신보다 침착하고 신중한 목소리가 들려왔다.

분명 헌원예의 목소리였다.

연아가 깜짝 놀라 몸을 일으키더니 재빨리 고남신의 손을 잡아끌었다.

"뛰어!"

헌원예가 문가에 멈추더니 차가운 목소리로 말했다.

"고남신, 부황께서 지금 그 애를 찾고 계시다. 도망칠 배짱이 있으면 도망쳐 보든가!"

어린 연아는 더욱 조급해하며 말했다.

"오라버니가 영 오라버니를 따라올 수 없으니까 속이는 거야. 오늘 부황께서는 모후와 함께 성을 나가셨다고. 영 오라버니, 명령이야! 어서 뛰어! 아니라면 결과는 스스로 책임져야 할 거야!"

고남신은 더 이상 망설이지 않고 바로 어린 연아를 안아 들었다. 그리고 창을 넘어 도망쳤다. 헌원예도 창을 뛰어넘어 고남신과 연아를 쫓아가기 시작했다.

군구신은 창가에 서서 세 어린아이가 멀어져 가는 것을 지켜보았다. 그의 눈에는 여전히 눈물이 맺혀 있었고, 입가에는 씁쓸한 미소가 떠올라 있었다.

그가 중얼거렸다.

"세 번의 삶을 윤회한다 해도 단 한 사람만을 기다리겠다……. 연아, 이번 생에도 나는 너를 기다릴 것이다."

빙해의 전투까지 시간이 얼마 남아 있지 않았다. 그가 빙해의 전투를 막아 낼 수 있다면 역사는 바뀔 것이다!

연아의 부황과 모후는 얼음 속에 봉인되지도 않을 것이고,

한진 선배도 죽지 않을 것이다.

그 역시 실종되거나 기억을 잃는 일 없이 그녀 곁에서 장장 10년을 보낼 수 있을 것이며…… 더더군다나 연아의 검에 죽는 일도 없을 것이다.

그들이 겪어 온 모든 고난을 겪을 필요 없을 것이며, 정과 의를 품은 사람들은 전부 살아 있을 것이다!

그는 반드시 빙해의 전투를 막아야만 했다!

그는 일개 방관자일 뿐

군구신이 그 자리를 떠나려는데 가슴께에서 다시 차가운 기운이 느껴졌다. 빙정의 존재를 처음 느꼈을 때보다 훨씬 더 차가운 느낌이었다.

군구신이 빙정을 꺼내 보니, 빙정을 감싼 어두운 푸른 빛이 밝아졌다 어두워졌다를 반복하는 것이 어딘가 이상해 보였다. 군구신은 잠시 빙정을 보다가 문득 문제점을 깨달았다.

예아는 제위에 오른 후 연호를 바꾸지 않고 계속 '영평' 연호를 사용했다. 지금 군구신이 있는 시간은 바로 대진국의 영평 10년이었다. 그리고 그가 빙정을 얻고 비연의 검에 죽음을 맞은 때는 영평 23년이었다.

이 빙정이 그와 함께 영평 10년으로 돌아온 것이라면 이미 역사가 바뀌었다는 것을 의미한다. 최소한 원래의 시간 축에서 그가 영평 23년에 빙정을 얻지 못하면 빙정은 그를 보호해 줄 수 없다. 바꿔 말하면 그는 봉황화 속에서 몸을 보호하지 못하고, 이렇게 다시 살아날 수가 없는 것이다.

분명 모순이었다.

어째서 이렇게 된 걸까?

그는 지금 대체 어떤 존재인 걸까?

군구신은 미간을 찌푸린 채 한참 동안 빙정을 응시했다.

도무지 이해할 수 없었지만, 그래도 시도하기는 해야겠다는 생각이 들었다. 13년이라는 시간을 연아의 부황과 모후에게 돌려줄 수 있다면, 그리고 천하를 그들에게 맡긴다면…… 공적으로건 사적으로건 가장 훌륭한 선택일 터였다.

지금 려금이 다양한 음모를 꾸미고 있을 터라 군구신에게는 남은 시간이 길지 않았다.

그가 가장 먼저 떠올린 사람은 부친이었다. 그러나 부친은 현재 무애산에서 목숨조차 보전할 수 있을지 알 수 없는 상황일 것이다. 그렇다면 누구를 찾아야 할까?

군구신은 잠시 생각하다가 고남신과 어린 연아를 쫓아가기 시작했다.

그가 가장 잘 이해하고 있는 사람은 자기 자신이었다. 어린 시절의 자신을 설득하기만 하면, 어린 자신을 궁에 들여보내 황상과 황후에게 이야기하게 할 수 있었다. 두 사람이 군구신의 말을 믿지 않더라도 최소한 경계심은 품을 테고, 현공대륙에 수하를 파견해 사정을 알아볼 것이다.

군구신은 곧 세 아이를 찾아냈다. 그는 고남신이 홀로 저택으로 돌아가기를 기다려 쫓아갔다. 그리고 고남신 앞을 막아서며 말을 걸려 했지만…… 고남신은 그를 보지 못한 것처럼 그의 몸을 통과해 지나갔다.

이것은…….

군구신이 고남신을 향해 외쳤다.

"고남신!"

그러나 고남신은 한번 돌아보는 법 없이 그대로 계속 걸어 갔다.

군구신은 경악했다. 그는 지나가는 사람에게도 말을 걸어 보 았지만 아무도 그를 보지 못하고, 말을 듣지도 못했다. 그는 그 들을 잡으려고도 해 보았지만 잡히지 않았다.

군구신은 현재 자신의 몸이 완벽한 상태라고 확신하고 있었 다. 그런데 어째서 이런 걸까? 그는 분명히 이 시공간에 존재 하면서, 일개 방관자처럼 이곳에 속하지도 않고 섞일 수도 없 는……. 이곳의 그 무엇도 바꿀 수 없는 그런 존재인 걸까?

그렇다면, 대체 어떻게 해야 빙해의 대전을 막을 수 있을까?

설마 역사는 바뀌지 않는 걸까?

그렇다면 그는?

일개 방관자가 되어 13년을 기다린 끝에…… 13년 후의 전투 에서 철저하게 사라지는 역할인 걸까?

그럼 이렇게 다시 태어나는 게 대체 무슨 의미가 있을까? 이 런 방식으로 이 세계와 모든 이들에게 작별을 고하게 하기 위 함인 걸까?

군구신은 한 걸음 한 걸음 태부의 저택으로 들어갔다. 그의 두 눈은 텅 비어 있었다.

원래 가장 고통스러운 것은 생과 사의 거리가 아니라 시간의 거리였던 것이다.

너는 내가 도달할 수 없는 미래에 있고, 나는 네가 기억하는 과거에 존재하고……. 연아, 조금 더 기운을 내도록 해. 울지 말고. 응?

영평 23년, 진양성의 날이 이미 저물었다.

화재로 인해 폐허가 된 정왕부 주변을 사람들이 둘러싸고 있었다. 그리고 폐허에 앉아 있는 비연의 몸을 희미한 불빛이 감싸고 있었다. 그 봉황화 덕분에 사람들은 고개를 숙이고 있는 비연의 얼굴을 보지 않고도 그녀의 정체를 바로 알아차렸다.

사람들은 머리를 맞대고 속삭이다가, 심지어 비연에게 손가락질을 하기도 했다. 시위들이 관병을 징발해 온 다음에야 구경하던 군중을 모두 내쫓을 수 있었다.

주변이 조용해진 후에도 비연은 여전히 미동도 없이 앉아 있었다. 이때 시위 한 사람이 다가오더니 조심스럽게 물었다.

"폐하, 괜찮으십니까?"

이 시위는 그녀가 직접 뽑은 시위통령으로, 본명은 좌안이었지만 비연에게서 중추라는 이름을 새로 받았다. 지금 그녀 곁에 있는 사람 중에서 유일하게 이름을 외우는 사람이기도 했다.

비연이 아무 반응도 보이지 않자 중추가 조심스럽게 다시 말했다.

"폐하, 괜찮으신지요?"

비연은 그제야 천천히 고개를 들었다.

마침내 비연의 눈을 보게 된 중추가 헉, 차가운 숨을 들이마셨다. 그녀의 두 눈이 마치 불길이 타오르듯 붉어져 있었기 때문이다.

안 그래도 안절부절못하던 중추는 감히 한마디 덧붙일 엄두도 나지 않았지만, 또 이렇게 슬퍼하는 비연을 그냥 내버려 둘 수만도 없었다. 그는 결국 참지 못하고 달래듯 말했다.

"폐하, 돌아가시지요."

"돌아간다고?"

비연의 목소리는 소름이 끼치도록 차가웠다. 그녀가 주변을 둘러본 다음 물었다.

"어디로?"

이 수개월 동안 그녀가 가장 돌아가고 싶어 하던 곳이 불에 타 사라져 버렸다. 이제 그녀는 어디로 돌아가야 하는 걸까?

없다……. 이제 아무것도 없다.

그녀의 영 오라버니는 수년 전에 실종되어 다시는 찾지 못했다! 그녀의 망할 얼음은, 그녀의 정왕 전하는 그녀를 배반했고 결국 그녀의 손에 죽었다. 그러니 영원히 돌아오지 못할 것이다.

그리고 이제 정왕부마저 사라졌다……. 사라져 버렸다…….

비연은 몸을 일으켰다. 그녀는 한마디 말도 없이, 피로한 몸을 이끌고 한 걸음 한 걸음 황궁을 향해 발걸음을 옮기기 시작했다.

중추는 하고 싶은 말을 몇 번이나 삼켰다. 폐허가 된 정왕부를 어떻게 처리해야 할지 감히 비연에게 물을 수 없었던 그는 잠시 생각하다가, 수하들에게 폐허를 둘러싸고 아무도 들어가지 못하게 하라고 명령했다.

이곳은 정왕부였다. 아무리 불에 타 무너졌다 해도, 정리하다 보면 가격이 꽤 나가는 물건이 나올 가능성이 있었다.

궁으로 돌아온 비연은 해야 할 일을 하나도 빼놓지 않고 처리했다. 그녀는 예전에 현공대륙 무학계에서 쓰던 방식대로 고수들의 목록을 다시 만들게 하고, 상응하는 상을 내린 후 인재를 선발했다. 그리고 진기와 관련된 약방도 연구했고, 심지어 약왕정을 이용해 적지 않은 단약도 제조했다.

그녀는 매일 꽉 짜인 일정 속에서 수많은 일을 했다. 그러나 더는 예전처럼 담담하지도, 미소를 짓지도 않았다. 그리고 이제는 밤마다 고씨 가문 서재의 긴 의자에서 잠을 자는 일도 없었다.

중추절이 다가오고 있었다. 비연은 모든 일을 안배한 후 혼자 빙해를 건널 생각이었다.

동쪽의 전다다와 목연, 서쪽의 진묵, 그리고 북쪽의 당정과 정역비도 이미 출발한 상태였다. 신농곡의 고칠소와 흑삼림의 아금 부부 역시 마찬가지였다.

고칠소는 백리명천에게 서신을 보내 함께 중추절을 보내자고 청했지만, 백리명천은 바쁘다는 핑계를 댔다. 그리고 굉장히 효성스럽게도, 고칠소에게 수정으로 조각한 월병을 보냈다.

모두 잇달아 약속한 장소에 모이고 있었다. 약속 장소는 빙해 남안에서 멀지 않은 곳에 있는 행궁이었는데, 비연만이 오래도록 그 자리에 나타나지 않았다.

용비야와 한운석은 비록 운공대륙에 있었지만 계속 딸의 행적을 파악하고 있었다. 그들은 딸이 이미 빙해에 도착한 것을, 그저 행궁으로 오지 않았을 뿐이라는 것을 알고 있었다. 그들은 딸이 스스로 오기를 기다리면서 당정 일행과 각 지역을 관리하는 이야기를 나눴다.

비연은 확실히 한참 전에 빙해에 도착해 있었다. 그녀는 행궁으로 가는 대신 빙해안 외진 곳의 절벽에 앉아 아련한 눈빛으로 빙해를 바라보았다.

석양이 저물고 밤의 장막이 내려오면서 휘영청 밝은 달이 천천히 떠오르기 시작했다. 둥근 달을 본 비연이 마침내 정신을 차리고 중얼거렸다.

"달마저 저리 둥근데…….."

그녀가 몸을 일으켜 그 자리를 떠나려 했을 때였다. 시위인 중추가 그녀를 찾아왔다. 비연은 눈썹을 치켜세우며 차가운 목소리로 말했다.

"여기에는 무슨 일로 온 거지?"

중추가 재빨리 대답했다.

"폐하, 폐하께서 떠나신 다음 날 정왕부에 도둑이 들었습니다. 제가 쫓아가 물건을 다시 빼앗아 왔습니다만……. 어떤 물건인지 한번 보시겠습니까!"

당신들은 모두 거짓말쟁이야

비연이 무표정한 얼굴로 중추를 보며 물었다.

"사람이 죽었는데 물건은 찾아서 무엇 한다고? 달라는 사람이 있으면 그대로 내주도록 해. 굳이 속 끓이지 말고."

말을 마친 비연이 다시 몸을 돌렸다. 그러나 중추가 곁에 있던 시위에게 물건을 가져오라고 시키며 말했다.

"폐하, 분명 정왕 전하께서 폐하를 위해 준비하신 물건입니다. 보시는 것이 좋을 것 같습니다."

비연이 발걸음을 멈췄다.

중추가 재빨리 커다란 상자를 그녀 앞에 내려놓은 후 뚜껑을 열었다.

상자 안을 들여다본 비연은 그대로 넋이 나가고 말았다. 그 안에는 바로 봉황관과 아름다운 자수가 놓인 옷, 그리고 기남침향 염주가 들어 있었다!

봉황관과 옷은 그녀가 그와 혼례를 치르던 날 입었던 바로 그 옷이었다. 그가 이걸 보관하고 있었던 걸까?

기남침향 염주는 대황숙의 것이 아니라 새것이었다.

비연이 봉황관을 들어 머리에 쓰고, 혼례 의상을 걸쳐 보았다. 그리고 중추를 향해 물었다.

"잘 맞는 것 같아?"

맞춘 듯이 아주 잘 맞아 보였다. 그러나 비연의 얼음 같은 표정이며 텅 빈 눈동자를 본 중추는 대체 어떻게 대답해야 할지 몰라 망설이고 있었다.

비연 역시 대답을 듣고 싶어 질문한 것 같지는 않다. 제 모습을 살펴본 비연이 여전히 무표정한 얼굴로 봉황관을 벗었다.

그때 중추가 겨우 정신을 차리고 다급하게 말했다.

"폐하, 이 상자는 아주 깊이 묻혀 있었습니다. 이것을 훔치려던 자는 바로 상자를 묻은 사람입니다!"

이 말을 들은 순간 비연이 눈을 들어 중추를 바라보았다.

중추가 계속 말했다.

"폐하, 그를 데려오지는 않았지만 제가 심문해 보았습니다. 정왕 전하께서는 원래 이 상자를 창고에 숨겨 두셨으나, 폐하와 정왕 전하께서 진양성을 떠나 다평산으로 가실 적에 이 상자를 땅에 묻으라고 분부하셨다고 합니다……."

비연의 심장이 갑자기 쥐어짜이듯 아파 왔다. 어찌나 아픈지 숨조차 쉬기 어려울 정도였다. 그녀는 재빨리 중추의 말을 잘랐다.

"그만! 필요 없으니 어서 가져가 묻어 버려라."

그러나 중추가 다급하게 말했다.

"폐하, 그자가 한 이야기가 하나 더 있습니다."

비연은 더 들을 생각이 없었지만, 중추가 재빨리 말하기 시작했다.

"그자가 말하기를, 정왕 전하께서 다평산으로 가실 때 심복에게 전갈을 보내 정왕부 후원에서 《운현수경》을 찾으라고 하셨답니다. 그러나 《운현수경》을 가져가신 것은 아니고, 정왕 전하의 서재 안에 두라 하셨다고 합니다!"

이 말을 들은 순간 비연이 중추를 돌아보았다. 그녀의 얼굴에 의심의 빛이 어리고 있었다.

중추가 계속 말했다.

"후에 망중이 정왕부로 돌아와서 그 심복을 데려갔습니다. 그 도적은 원래 망중에게서 돈을 받고 진양성을 떠났으나, 정왕 전하께서 돌아가신 후 저택에 불이 난 것을 알고 순간적으로 재물에 눈이 어두워졌다고 합니다. 그자는 이 안에 가격을 매길 수 없을 정도로 귀한 기남침향이 들어 있는 것을 알고 있었습니다!"

비연이 마치 뭔가를 깨달은 듯 눈동자가 황망해졌다. 그녀는 중추를 보고 또 보다가 갑자기 그의 옷깃을 잡고 차갑게 외쳤다.

"또 무슨 이야기를 들었지? 말해, 어서 말해라!"

중추가 비연에게 놓아 달라고 손짓하며, 겨우 목소리를 짜내어 말했다.

"그 도적이, 도적이……."

비연이 다급하게 손을 놓자 중추가 겨우 숨을 돌리고 말했다.

"그 도적이 말하기를, 자신은 이 상자와 관련된 일만 맡았을 뿐, 《운현수경》과 관련된 것은 몰래 엿듣기만 했지 자세한 내용은 잘 알지 못한다고 했습니다. 망중이 그에게 1만 냥을 주며,

이 상자에 대해 잊고 영원히 진양성에 돌아오지 말라고 했다더군요."

땅에 묻힌 상자와 일부러 남겨 놓은 《운현수경》, 그리고 매수되어 입을 다물게 된 자……. 아무것도 모르는 사람이 보더라도 의심스러운 상황이었다. 하물며 비연이야 말해 무엇할까.

그녀의 눈에 어려 있던 황망한 빛이 점차 사라지더니, 얼음처럼 차가워지기 시작했다. 그리고 냉랭한 목소리로 말했다.

"망중을 수배하도록. 단서를 제공하는 자에게도 후하게 상을 내리고, 망중을 잡아 오는 자에게는 높은 벼슬을 내리겠다!"

중추가 바로 움직이지 않고 걱정스러운 듯 말했다.

"폐하, 일단……."

비연이 날카로운 목소리로 외쳤다.

"당장 가지 못하겠느냐?"

그러자 겁에 질린 중추가 시위를 데리고 재빨리 그 자리를 떠났다.

비연은 그제야 상자 안에서 기남침향 염주를 주워 차가운 눈으로 바라보았다. 그녀의 손가락이 점차 구부러지는가 싶더니 염주를 점점 더 꽉 쥐었다. 그러더니 갑자기 손을 휘둘러 염주를 절벽 아래로 사납게 내던졌다.

그가 무엇 때문에 이렇게 그녀를 속였는지 알지 못했다. 하지만…… 무엇 때문이건 그는 해독을 위해 시녀를 찾아가서는 안 되는 거였다. 그 무엇 때문이건 그는 그렇게 잔인한 방식으로 그녀가 자신을 죽이게 만들어서는 안 되는 거였다. 차라리 정말로 그녀를 배반하더라도!

바보!

거짓말쟁이!

나쁜 자식!

비연이 사나운 기세로 봉황관과 옷을 벗어 전부 절벽 아래로 던졌다. 그녀는 여전히 무표정한 얼굴이었으나 가슴은 격렬하게 오르내리고 있었다.

마음이 점점 더 다급해지며 발걸음마저 느려지고, 두 손도 덜덜 떨리고 있었다. 지금 그녀의 마음속에서 분노가 얼마만큼 용솟음치고 있는지는 하늘만이 알 것이다.

군구신, 절대로 용서할 수 없어!

비연의 몸이 휘청거렸다. 그녀는 한 손으로 가슴을 누른 채 심호흡을 했다. 그렇게 한참이 지나서야 겨우 감정을 조금이나마 가라앉힐 수 있었다.

이 순간 밝은 달이 중천에 떠 있었고, 빙해안에는 바람조차 불지 않아 그저 고요하기만 했다. 맑은 달빛이 비연의 얼굴을 비추니, 안 그래도 창백하던 얼굴이 더더욱 날카로워 보였다.

그녀는 몸을 돌려 한 걸음 한 걸음 행궁을 향해 걸어갔다. 얼음처럼 차가운 눈빛이 더욱 차가워 보이는 것 외에는, 겉으로는 아무 일도 없었던 것 같은 모습이었다.

걸음을 옮기던 그녀의 눈에서 갑자기 눈물이 한 방울, 한 방울, 볼을 타고 흘러내리기 시작했다. 그리고 행궁에 도착할 때까지도 눈물은 멈추지 않았다.

어른들은 모두 실내에 있었고, 당정 일행이 문 앞에서 기다리던 참이었다. 그들은 비연을 보자 모두 소스라치게 놀랐다.

당정이 빠른 걸음으로 다가와 비연의 손을 잡고 초조하게 물었다.

"연아, 무슨 일이라도 있었던 거야? 울지 마……. 일단 울지 말고……."

당정이 비연의 눈물을 닦아 주는 사이에 전다다가 어른들을 불러왔다.

용비야와 한운석도 딸의 이러한 모습을 보는 순간 깜짝 놀랐다. 그들은 정왕부가 잿더미가 되었다는 사실을 알고 있었고, 딸이 괴로워할 거라는 것도 알고 있었다. 그래서 그들은 그녀를 데리고 돌아가 몇 달 함께 지내려는 계획을 세우고 있었다.

그런데 비연이 지금 왜 울고 있는 걸까? 딸의 성격을 생각하면, 이런 상황에서 결코 이렇게 울 리가 없었다.

한운석이 다가와 다정한 목소리로 말했다.

"연아, 우리 먼저……."

그녀의 말이 끝나기도 전에 비연이 갑자기 분노한 눈초리로 고칠소를 바라보며 외쳤다.

"의부, 군자택은 지금 어디 있나요?"

고칠소가 흠칫 놀라며 바로 어찌 된 일인지 알아차렸다. 영리한 한운석과 용비야 역시 연아가 진실을 알게 되었다는 것을 순식간에 알아차렸다.

고칠소는 모든 것을 깨달은 상황에서도 일부러 모르는 체하며 물었다.

"연아, 무슨 일이니? 왜 택아를……."

비연이 다시 한번 노한 목소리로 외쳤다.

"어디 있어요? 그 애를 만나야겠어요! 꼭 만나야 해요!"

고칠소가 용비야와 한운석을 바라보았다.

비연은 분노로 이미 인내심을 잃은 상태였다.

"거짓말쟁이, 다들 거짓말쟁이야! 말해 주지 않으면 저 스스로 찾아내겠어요!"

말을 마친 그녀가 몸을 돌리더니 경공을 사용해서 달려 나갔다…….

나에게 이러면 안 되잖아

비연이 달려 나가는 것을 본 고칠소가 재빨리 막아섰다. 비연이 피하려 했지만 고칠소가 재빨리 손을 잡고 그녀가 아무리 뿌리치려 해도 놔주지 않았다.

"연아, 일단 이성을 되찾아라!"

하지만 지금 비연이 어떻게 이성적일 수 있을까?

비연이 외쳤다.

"놓아요!"

고칠소는 비연을 놓지 않았다. 그는 차라리 진실을 말해 버리고 싶은 유혹이 들었지만, 이 일이 얼마나 큰일인지 알기에 제 마음대로 이야기할 수도 없었다. 그는 비연의 손을 잡은 채 한운석을 바라보았다.

한운석이 더는 딸에게 숨길 수 없다는 것을 깨닫고 다급하게 말했다.

"연아, 일단 들어가자. 모후가……."

그러나 그녀의 말이 끝나기도 전에 비연이 봉황력을 소환하더니 고칠소를 사납게 떨쳐 냈다. 고칠소는 창졸간의 일이라 대응하지 못하고, 그대로 뒤로 밀려나 벽에 부딪쳤다. 그는 한쪽 무릎을 바닥에 꿇은 채 검을 지팡이 삼아 겨우 자세를 유지했다.

그 모습을 본 비연이 제가 저지른 일에 깜짝 놀란 것 같았다. 그러나 그녀는 아무 말도 하지 않고 재빨리 몸을 돌려 달리기 시작했다.

한운석은 다급하기도 하고, 화가 나기도 해서 외쳤다.

"연아! 거기 서!"

비연이 돌아보더니 고개를 저으며 외쳤다.

"어째서죠? 어째서 나를 속인 건가요! 어째서 그와 함께 모두…… 나를 속인 거야! 모두 거짓말쟁이야! 거짓말쟁이!"

비연의 눈에서는 여전히 눈물이 흐르고 있었다. 그녀는 이미 자신의 기분을 전혀 제어할 수 없는 상태였다.

한운석이 쫓아가며 열심히 설명했다.

"그 일은 부황과 모후만이 알고 있었다. 그러니 탓하려거든 우리 두 사람을 탓하려무나. 일단 안으로 들어가자. 모후가 천천히 다 이야기해 줄 테니까."

비연이 여전히 고개를 저으며 울먹이는 소리로 외쳤다.

"그가 속였고, 부황과 모후마저 속였어요. 내가 이제 누구를 믿을 수 있겠어요?"

한운석이 그대로 멈춰 섰다. 대체 무어라 답해야 할지 알 수 없었던 것이다. 그녀는 차라리 직접 손을 쓰기로 했다.

비연의 어깨를 꽉 잡은 채 봉황력으로 비연을 가두었다. 어쨌든 지금 딸을 혼자 떠나게 할 수는 없었다.

그러나 비연이 바로 반항했다. 같은 봉황력이지만 봉황화까지 연성해 낸 비연은 쉽게 모후의 손을 떨쳐 냈다. 그러나 한운석은 밀려나는 순간 다른 손으로 재빨리 독을 썼다.

비연의 독술과 관련한 재능은 모두 모후에게서 물려받은 것이었으니, 비연으로서는 한운석을 당해 낼 수 없었다. 그녀는 모후의 슬픈 얼굴을 보면서 온몸에 힘이 빠져 그대로 모후의 품으로 쓰러지고 말았다.

한운석이 딸을 부축하자 용비야가 한마디도 없이 딸을 안아 들었다. 그리고 성큼성큼 안으로 들어가자 한운석이 곧 그 뒤를 따랐다. 다른 이들은 그들의 모습이 문 안으로 사라진 후에야 겨우 정신을 차렸다.

가장 먼저 고칠소를 바라본 사람은 헌원예였다. 그는 이해할 수 없다는 표정으로 물었다.

"의부, 이게 대체 어찌 된 일입니까? 의, 의부께서도 알고 계셨습니까?"

당정 일행도 모두 불안한 눈빛으로 고칠소를 바라보았다.

고칠소는 초조한 표정으로 말했다.

"나도 언제부터였는지 모르겠다. 고북월에게 가서 물어보도록 해라!"

모두 망연자실해 있는데, 목령아가 화가 난 표정으로 외쳤다.

"칠 오라버니, 다들 알고 계셨던 거군요! 다들……."

고칠소가 한숨을 내쉰 후 말없이 안으로 들어갔다. 모두 서로의 얼굴을 바라보다가 잇달아 따라 들어갔다.

비연은 방 안 침상 위에 용비야의 다리를 벤 채 누워 있었다. 한운석은 그 곁에 앉아 있었지만 비연의 독을 해독해 주지는 않았다. 비연은 온몸에서 힘이 빠져 꼼짝도 할 수 없는 상태였다.

용비야가 진실을 설명해 주었고, 비연은 조용히 듣고 있었다. 눈물을 흘리지는 않았지만 영혼이 빠져나간 듯 눈동자가 텅 비어 있었다.

고칠소 일행은 문가에 서서 함께 조용히 귀를 기울였다.

용비야가 모든 진실을 이야기했을 때, 비연의 텅 빈 눈동자에 점차 슬픔이 어리기 시작했다.

바늘 떨어지는 소리도 들릴 정도로 방 전체에 적막이 흘렀다. 군구신이 비연과 다른 이들을 배반하지 않았다는 것을 짐작하긴 했지만, 진실이 이 정도로 잔인할 줄이야!

군구신이 연아를 속이고 이런 판을 짜지 않았다면, 연아가 그와 검을 맞댈 리 만무했다. 아니, 연아는 말할 것도 없고 그들 중 그 누구라도 감히 그에게 손을 쓸 엄두를 내지 못했을 것이다.

고요한 가운데 용비야가 모두에게 물러가라고 조용히 손을 내저었다. 그러나 전다다가 갑자기 소리 내어 울면서 중얼거리기 시작했다.

"우리 모두 영자 오라버니에게 잘못한 거야! 우리…… 우리가 잘못했어……. 우리가……. 우리, 왜 그렇게 바보 같았지? 연아 언니, 언니도 잘못했어……."

당정이 다급하게 전다다의 입을 막으며 목연에게 데리고 나가라고 눈짓했다.

그리고 방 안으로 뛰어 들어가 위로하듯 말했다.

"연아, 우리 모두 잘못한 거야. 너 한 사람만이 아니라. 군구신에 대해서라면 네가 제일 잘 알잖아. 군구신은 자기가 하기로 마음먹은 일이면 어떻게든 하고야 마는 사람이었어. 그러니까 너는……."

점점 갈피를 잡지 못하고 있었다. 평소 말재주라면 자신 있던 그녀였지만, 이 순간만은 말하면 말할수록 대체 무슨 말을 해야 할지 알 수 없었다. 당정은 결국 큰 소리로 외쳤다.

"연아, 군구신은 분명 네가 잘 지내기를 바랐을 거야. 그러니까 네가 지금 그의 희생을 헛되이 하면 안 돼. 그렇지?"

비연은 아무 말도 들리지 않는 듯 그저 부황만을 바라보았다. 슬픔이 어린 눈동자가 애걸하고 있었다.

용비야 역시 비연을 바라보았다. 그의 깊은 눈동자가 비할 데 없이 무거워져 있었다.

그때 헌원예와 고칠소도 안으로 들어왔다. 그러나 용비야가 다시 한번 손을 내저었다.

모두 근심스러웠지만 용비야의 뜻을 어길 수는 없었다. 모두 떠나자 용비야가 담담하게 말했다.

"운석, 해독해 줘."

한운석이 머뭇거리며 말했다.

"연아, 부황과 모후가 택아에게 데려다줄게, 응? 그 애도 분명 네가 무척 보고 싶을 거야."

비연은 미동도 없이 여전히 용비야를 바라보았다.

한운석이 다급한 마음에 용비야에게 말했다.

"당신은 잠시 나가 있어요."

그때 비연이 말했다.

"모후, 제발 부탁이에요. 저를 잠시만 내버려 두세요. 저는…… 혼자 조용히 있고 싶어요."

한운석이 몸을 일으키며 답했다.

"그래, 부황과 모후 모두 나가 있으마……."

한운석은 비연의 거절이 두려운 듯 재빨리 용비야를 잡고 그 자리를 떠났다. 그러나 문가에 이르자 참지 못하고 용비야의 어깨에 기대어 흐느끼기 시작했다.

딸의 눈에 어린 절망이 어떤 의미인지 너무나 잘 알고 있었다. 아무리 어려운 일이라도 차근차근 해결하던 그녀였지만 딸의 일이라면 어쩔 도리가 없었다. 그것은 아마도 부모라면 누구나 똑같이 겪는 괴로움일 것이다.

방 안이 고요해졌다. 비연은 멍한 표정으로 누워 있었다. 아무 생각도 하고 싶지 않았지만, 봉황화에 관통당한 군구신의 모습이 눈앞에 자꾸만 어른거렸다.

차마 그 모습을 볼 수 없어 다급하게 눈을 감았다. 그러나 눈을 감아도 그 장면이 더더욱 또렷하게 떠오를 뿐이었다.

동시에 백의 사부도 나타났다. 그들이 불길 속에서 점차 멀어지고…… 점차 사라져 갔다.

"안 돼!"

비연이 공포로 비명을 지르며 다급하게 눈을 떴다. 황망한 눈빛으로 주변을 둘러보던 그녀가 겁먹은 표정으로 중얼거리기 시작했다.

"그러지 마……. 그러지 말란 말이야. 나에게 그러지 말아 줘……. 싫어……."

그녀는 천천히 손을 움직여 약왕정을 어루만졌다. 약왕정이 곧 해독약을 만들어 냈다.

해독약을 먹고 기력을 회복한 비연이 침상에서 내려오다 곁에 두었던 건명보검을 바라보았다. 습관적으로 손을 내밀어 검을 잡으려던 순간, 그녀가 다급하게 손을 거두었다…….

예식이 아직 끝나지 않았음을 기억해

건명보검을 바라보며 비연이 고개를 저었다. 너무 겁이 나 검에 손을 댈 엄두가 나지 않았다.

인검합일…… 인검합일. 바로 저 검이 그의 목숨을 앗아 갔다! 그리고 그 하수인이 바로 그녀였다!

약왕정 위에 놓인 손이 주체할 수 없이 떨리고 있었다. 허둥지둥 약왕정을 허리에서 떼어 내어 건명보검 옆에 놓고는 재빨리 손을 움츠렸다.

이 약왕정이 백의 사부의 목숨을 앗아 갔고, 그 하수인 역시 그녀였다.

부군을 죽이고, 사부를 죽이고……. 모두 그녀가 한 짓이었다!

어째서? 어째서 끝까지 고집을 부리지 않았을까?

어째서 그리도 바보같이 속아 넘어간 걸까?

어째서 그들을 믿지 않았지?

장장 10년 동안 그녀를 키워 주었던 백의 사부를, 그녀를 찾기 위해 온갖 고난을 겪었던 부군을……. 어째서 그들을 믿지 못했던 걸까? 어째서?

비연이 손을 들어 사납게 제 뺨을 내리쳤다.

원한에 가득 찬 그녀를 보며 그들은 대체 어떤 심정이었을까? 그리고 떠나던 그 순간에 대체 얼마나 고통스러웠을까?

죽기 직전까지도 연극을 계속했다니. 그렇게 계속 연기하고 있었다니!

정왕부의 화재가 아니었다면, 재물을 탐낸 하인이 아니었다면 평생 아무것도 몰랐을 것이다. 그들은 그녀에게 그리워할 기회조차 주지 않으려 했다!

고통, 자책, 원한, 무력함, 슬픔, 절망……. 그 모든 감정이 비연의 심장을 억누르고 있었다. 숨조차 쉬기 힘들 정도였다.

비연은 차마 검과 약왕정을 쳐다보지 못하고 뒷걸음질 치다가 하마터면 넘어질 뻔했다. 그러다 옆에 있는 창문을 발견하고는, 도망치듯 그 창을 뛰어넘어 밖으로 나갔다.

밖에 있던 용비야와 한운석이 이상한 느낌에 안으로 들어왔지만 비연은 보이지 않았다. 창문 밖으로 몸을 내밀다시피 하며 둘러보았지만 딸의 흔적조차 보이지 않았다. 그들은 바로 모두에게 길을 나눠 비연을 찾게 했다.

이때 비연은 설랑 위에 올라탄 채 빙해로 향하고 있었다. 대설은 그녀가 이상하다는 것을 눈치채고 있었지만 명령을 거부할 수는 없었다.

비연은 대설에게 계속 앞으로 가라고만 할 뿐 정확한 목적지는 이야기하지 않았다. 빙해는 남북으로는 두 대륙과 접해 있었지만, 동서 양쪽으로는 끝없이 펼쳐져 있었다. 이대로 계속 간다면…… 아마 그 누구도 그들을 찾을 수 없을 것이다.

중추절의 달이 지고, 아직 하늘은 밝아 오기 전이었다. 빙해는 손을 뻗으면 다섯 손가락도 분간하기 어려울 정도의 칠흑

속에 잠겨 있었다.

마침내 대설이 멈춰 서더니 고개를 들고 울부짖었다. 방향을 잃었다는 신호였다.

비연이 급하게 대설의 등에서 뛰어내리다가 얼음 위에서 미끄러지고 말았다. 대설이 깜짝 놀라 고개를 숙이고 그녀의 옷자락을 가볍게 물었다.

그러나 바로 그 순간 비연의 몸에서 희미한 불길이 일기 시작했다. 대설은 뜨거운 나머지 재빨리 몸을 피했다.

이 불이 비연과 그 주변을 비춰 주었다. 대설은 비연이 눈을 뜨고 있는 것을 보고 안도의 한숨을 내쉬며 위로하듯 울부짖었다. 그러나 안타깝게도 비연은 아무것도 듣지 못하는 것처럼 계속 멍한 표정이었다.

대설은 어쩔 수 없다는 표정으로 주변을 둘러보았다. 차가운 안개가 가득 끼어 있었지만 그에게는 방향감각이 있었다. 특히 이 수개월 동안 꼬맹이와 함께 빙해를 몇 번이나 오갔기 때문에 남북을 잇는 길을 잘 알고 있었다.

그러나 이 순간 대설은 그저 당황스럽기만 했다. 유일하게 확신할 수 있는 것은, 지금 이곳은 그가 한 번도 와 본 적이 없는 곳이라는 것이었다.

대설이 공포에 질려 다시 한번 고개를 들고 길게 울부짖었다. 그러나 이 드넓은 빙해 위에서는 대설 자신의 메아리조차 들려오지 않았다.

몇 번 더 길게 울부짖고 한참을 기다렸지만 아무도 오지 않았다. 그렇다고 비연 곁으로 다가갈 수도 없으니 대설은 계속 그녀 주위만 맴돌다가, 때때로 머리를 바닥에 붙이고 비연을 바라보며 낮게 울었다.

비연은 전혀 반응을 보이지 않았다. 그녀가 눈을 뜨고 있지 않았다면, 그리고 봉황화가 그녀를 보호하고 있지 않았다면 대설은 비연이 의식을 잃은 건 아닌지 의심했을 것이다.

점차 여명이 번지더니 얼마 지나지 않아 하늘이 밝아 왔다. 빙해에 깔려 있던 짙은 안개도 옅어지고 있었다. 대설이 다시 한번 비연을 향해 울부짖자 그녀가 천천히 몸을 일으켰다.

대설이 기뻐하며 그녀에게 다가가려 했지만 비연의 몸을 감싼 불길이 두려워 결국은 어느 정도 거리를 유지할 수밖에 없었다. 그는 비연 앞에서 앞발을 들고 어떻게든 그녀의 시선을 끌려고 했다. 그러나 그녀의 눈동자는 계속 텅 비어 있었다.

비연은 잠시 그 자리에 서 있더니 곧 발걸음을 옮기기 시작했다. 그녀도 제가 어디에 있는지, 어디로 가는지, 또 무엇을 하려고 하는지 알지 못했다. 그저 한 걸음 한 걸음 목적 없이 앞으로 걸어가고 있을 뿐이었다.

너무나 피곤했다. 눈은 바짝 마른 나머지 바늘에 찔리듯 아팠지만 눈물은 한 방울도 흐르지 않았다. 그러나 비연은 감히 눈을 감을 수도 없었다. 눈을 감는 순간 군구신과 사부를 죽이던 순간이 떠올랐다.

그녀는 사부가 그리웠고, 군구신은 더더욱 그리웠다. 그러나 이젠 그들을 그리워할 수도 없었다. 그들을 생각하는 순간 자신의 우둔함이, 자신의 죄가 떠올랐기 때문에.

비연은 그렇게 피로한 몸을 끌고 드넓은 빙해를 한 걸음 한 걸음 걸어갔다. 대설이 계속 그녀를 향해 울부짖었지만 결국은 포기하고, 그저 그녀를 따라 계속 걷기만 했다…….

멀리 13년 전의 군구신이 이 순간에, 이 빙해, 바로 비연 앞에 서 있었다. 같은 장소에 있어도 두 사람 사이에는 13년이라는 시공 차이가 있었다. 서로를 향해 걸어가면서도 결국 어깨를 스치고 지나갈 뿐이었다.

비연이 갑자기 발을 멈췄다. 그녀는 늘 지니고 다니던 기남침향 염주알을 꺼냈다. 군구신이 기억을 되찾은 후 직접 그녀에게 주었던 첫 번째 기남침향이었다. 그녀는 염주알을 보며 중얼거렸다.

"약수가 3천이어도 한 표주박의 물만을 취하며, 세 번의 삶을 윤회하더라도 한 사람만을 기다리겠다고 했지……. 내세에도 연아와의…… 그 예식을 기억하겠다고."

그녀는 염주를 꽉 쥐고 계속 앞으로 걸어가기 시작했다. 걸음이 점점 더 느려지고 있었지만, 몸을 둘러싼 불은 더욱 밝아지고 있었다.

대설은 뭔가 이상하다는 것을 눈치채고 비연의 주위를 맴돌며 길게 울부짖었다. 텅 빈 빙해에 울려 퍼지는 그의 울음소리가 유독 처량하게 들렸다.

군구신이 발걸음을 멈췄다. 무엇 때문일까, 마음이 갑자기 아파 왔다. 뒤돌아보았지만 텅 빈 빙해뿐이었다.

그리고 바로 그 순간, 멀리에서부터 그의 발끝까지, 빠른 속도로 빙해에 균열이 생겼다.

얼음이 깨지고 있다…….

빙해의 전투가 시작되었다!

최근 며칠 동안 그는 운공대륙에서 현공대륙으로 오면서 가능한 모든 방법을 고민해 보았다. 하지만 그가 할 수 있는 일은 아무것도 없었다. 마치 유령이 된 것처럼, 그를 받아들이지 않는 이 공간을 맴돌 뿐이었다.

그는 절망에 빠져 있었고, 자신도 모르는 사이에 이곳으로 왔다. 오늘이 바로 빙해의 전투가 시작되는 날이라는 것도 알지 못하는 상태였다.

빙해의 전투……. 빙해의…….

군구신은 균열이 시작된 방향을 바라보았다. 어둡던 눈동자가 점차 밝아지기 시작했다. 그는 마치 뭔가를 깨달은 듯 즉시 영술을 사용하여 달리기 시작했다. 균열이 시작된 곳, 바로 빙해의 중앙을 향해!

군구신이 그곳에 도착했을 때는 빙해 전체가 녹아내리고 있었다. 발아래는 온통 물이었고 허공에는 얼음 조각이 셀 수도 없었다. 군구신은 앞에서 싸우는 사람들은 쳐다보지도 않고 다급하게 다른 방향으로 고개를 돌렸다.

어린 연아가 그곳에 있었다!

그리고 군구신이 어린 연아를 바라보는 순간, 연아의 몸에서 봉황력이 폭발했다…….

바로, 상봉

군구신이 어린 연아를 바라보는 순간, 연아의 몸에서 비할 데 없이 웅혼한 봉황력이 폭발했다. 그리고 거의 동시에 거대한 봉황허영이 날개를 펼치며 하늘로 날아올랐다.

지살의 힘이다!

이 힘 속에 시간과 관련된 신비한 힘이 숨어 있다!

군구신이 망설이지 않고 몸을 날렸다. 그와 동시에 빙해의 얼음 조각들이 모두 떠오르고, 하늘을 향해 치솟던 물기둥들이 더욱 굵어졌다.

군구신은 죽을 수도 있었고, 영혼을 바꿔 다시 태어날 수도 있었다. 혹은 아무 일 없을 수도 있었고, 미지의 세계로 갈 수도 있었다……. 수많은 가능성이 있었지만, 동시에 이것은 그에게 있어 유일한 기회기도 했다. 역사를 바꿀 수 없다면, 이곳을 떠나는 수밖에 없었다.

군구신은 물결에 휩쓸린 후 의식을 잃었다. 모든 것의 모든 것이 지살의 힘에 이끌려 거대한 소용돌이를 이루고 있었다. 역사 역시 변함없이 원래의 궤적을 따라 흐르고 있었다.

13년 후의 모든 것은 어떤 영향도 받지 못한 채 그대로였다. 이 순간 빙해는 항상 그러했듯이 고요했다.

비연이 점점 더 느릿느릿 걷고 있었다. 그녀의 몸을 감싼 불길이 더욱 거세졌다. 갑자기 그녀가 비틀거리더니 그 자리에 주저앉았다. 그리고 고개를 숙인 채 한참 동안 일어나지 않았다.

그녀가 기남침향을 꽉 쥔 채 중얼거렸다.

"내가 당신을 죽였어……. 내가 당신을 죽인 거야……. 어떻게 하지? 내가 당신을 죽였는데……. 어떻게 하면 좋아?"

몸 주위에 불길이 타오르고 있는데도 비연은 춥기만 했다. 심장 전체가 얼어 버린 것처럼, 봉황화조차 그녀를 따뜻하게 해 주지 못하고 있었다.

그녀는 미동도 하지 않았을 뿐 아니라, 중얼거리는 목소리마저 점점 더 작아지고 있었다. 오로지 그녀를 둘러싼 불길만이 더욱 성대해질 뿐이었다. 마치 그녀를 그대로 집어삼킬 듯이.

안개가 계속 짙어지고, 전혀 따뜻하게 느껴지지 않는 불길에 대설의 울음소리까지 더해지니…… 이 어찌 슬프고 처량하지 않을 수 있을까?

군구신의 의식이 깨어나고 있었다. 노력해서 정신을 차려 보니, 자신은 여전히 빙해에 있었다. 그러나 무너지고 있던 빙해가 아니라 거울처럼 평온한 빙해였다. 그가 과거를 떠났다는 의미였다!

그는 재빨리 몸을 일으켜 자신을 살펴보았다. 군구신은 여전히 군구신이었다. 그러니 영혼을 바꿔 다시 태어나거나 한 것은 아니었다. 그렇다면 그는 지금 어느 시대에 와 있는 걸까? 제1차 빙해대전 전으로 온 걸까, 아니면 지살이 사라진 후로 온 걸까?

군구신은 지금 자신이 어디에 있는지 당장 알아내야만 했다.

주위를 둘러보았지만 방향을 분간할 수 없었다. 온통 안개가 자욱해 끝이 보이지 않았고, 하늘조차 아득해 해가 보이지 않았다. 군구신은 제가 빙해의 어디에 있는지는 알지 못했지만, 평소 다니던 길에서 아주 멀리 떨어져 있음은 확신할 수 있었다.

방향을 모르겠으면 찾으면 그만이지!

그는 바로 결론을 내리고 방향을 정해 영술로 나는 듯 달리기 시작했다. 그는 이런 식으로 한참 동안 길을 찾았으나, 날이 어두워질 때까지 여전히 방향을 구분하지 못하고 있었다.

어느 방향이 남쪽이고 북쪽인지 알 수 없다는 것은 빙해를 나갈 수 없다는 것을 의미했다. 그는 달이 떠오르기를 기다렸다. 달을 보면 방향을 알 수 있을 테니까.

그러나 오늘 밤은 별도 달도 떠오르지 않았다. 하늘은 그저 새까맣기만 했다.

군구신이 계속 방향을 찾았으나 얼마 가지 않아 발걸음을 멈추었다. 희미하게 늑대가 울부짖는 소리가 들려온 것이다. 군구신은 기뻐했다.

금안설오가 빙해에서 길을 잃을 가능성은 매우 적다. 게다가 그들이 빙해 안으로 들어왔다면 분명 사람에게 길을 안내하기 위함일 것이다. 근처에 사람이 있다는 의미였다!

군구신은 집중하여 방향을 분간한 후, 소리가 들려온 방향을 향해 달려갔다. 점차 그 울부짖음이 또렷하게 들려왔다.

군구신이 갑자기 발걸음을 멈추더니 놀란 표정을 지었다. 이 울음소리는 금안설오의 것이 아니었다. 그보다는…….

"대설!"

군구신의 심장이 갑자기 빠르게 뛰기 시작했다. 오래도록 어둡던 그의 눈도 순식간에 밝아졌다. 그는 확신할 수 있었다. 바로 대설의 울음소리라는 것을!

대설은 연아와 계약하기 전에는 북강을 떠난 적이 없었다. 그렇다면 지금 이곳은?

대설의 목소리를 들은 순간, 군구신은 자신이 빙해의 전투 이전이 아니라 지살이 사라진 후로 돌아왔다는 사실을 깨달을 수 있었다. 대설은 연아 곁을 떠나지 않으니, 대설이 있는 곳에 연아도 있지 않을까?

"연아……. 연아!"

군구신이 나는 듯이 달려갔다. 그는 놀라고 기쁜 동시에 비할 데 없이 초조했다. 그는 그녀의 마음이 멍들지 않도록 모든 것을 계획했지만, 자기 자신은 여전히 그녀를 놓지 못하고 있었던 것이다!

사랑은 결코 놓아 버릴 수 없는 것이었다. 설사 그녀가 잘 지내리라는 것을 알더라도, 아니 심지어 그녀가 잘 지내는 것을 직접 보더라도 근심을 내려놓을 수 없었다. 그녀를 놓아 버릴 수 있다면 그것은 사랑이 아닐 것이다.

울음소리가 또렷하게 들려올수록 군구신은 뭔가 잘못되었다는 것을 본능적으로 느낄 수 있었다. 그는 점점 더 근심스러운 마음이 들어, 전력을 다해 앞을 향해 달렸다.

마침내 손을 뻗으면 다섯 손가락도 채 보이지 않는 어둠 속에서 그는 빛을 발견했다. 그리고 그 불빛 속, 그 무엇보다도 익숙한 누군가의 모습을.

역시 그녀가 이곳에 있었다!

그런데 그녀는 지금 대체 뭘 하는 걸까?

군구신의 심장이 순식간에 칼에 베이듯 아파 왔다. 그가 달려 나가며 소리쳤다.

"연아!"

그러나 바닥에 주저앉아 있는 비연은 고개를 숙인 채 두 주먹을 꽉 쥐고 있을 뿐이었다.

비연이 반응을 보이지 않으니 군구신은 황망하여 걸음을 멈출 수밖에 없었다.

"연아!"

비연은 여전히 미동도 하지 않았다.

들리지 않는 걸까? 설마 군구신은 지금도 이 모든 것에 아무 영향도 끼칠 수 없는 걸까? 미래의 모든 일이 아직 일어나지 않은 것이고…… 그는 여전히 방관자일 뿐인 걸까? 이 순간에 속하지 않고, 미래에 영향을 끼칠 수 없는……?

군구신이 절망한 표정으로 천천히 무릎을 꿇었다. 바로 비연의 앞에. 그리고 이 순간, 비연의 몸을 감싼 불꽃이 갑자기 더욱 성대해지기 시작했다.

비연은 대체 어찌 된 걸까?

"연아!"

군구신이 경악해 소리쳤다. 그리고 그때, 얼이 빠져 있던 대설이 갑자기 다가오더니 군구신을 향해 울부짖었다. 마치 빨리 비연을 구하라고 재촉하는 듯한 울음이었다.

군구신은 대설이 자신을 볼 수 있다는 것을 깨닫고 깜짝 놀랐다. 그의 생각이 잘못된 것이다! 그는 방관자가 아니라, 이 세계로 되돌아온 것이다!

군구신이 상황을 깨닫는 순간, 대설이 빠른 속도로 그를 덮쳐 오며 다시 한번 울부짖었다.

군구신이 재빨리 대설을 밀쳐 내고 비연에게 소리쳤다.

"연아, 뭘 하는 거야? 연아, 그만!"

그러나 비연은 자신만의 세계에 깊이 빠져 아무것도 느끼지 못하고 있었다.

군구신이 그녀에게 손을 뻗었으나 곧 불길에 튕겨 나왔다. 그가 몇 번을 시도해도 아무 소용 없었다. 결국 그는 분노한 듯 큰 소리로 외쳤다.

"헌원연, 정신 차려! 내가 돌아왔으니까 정신 차리라고!"

그러나 비연은 아무 반응도 보이지 않았다.

군구신이 다시 한번 손을 뻗었지만 역시 봉황화에 튕겨 나왔다. 그러나 그는 포기하지 않고 계속 시도했다. 마침내 그의 두 손이 봉황화의 불꽃을 뚫고 비연을 품 안으로 끌어당겼다.

"연아, 내가 돌아왔어!"

그 순간 봉황화가 그를 태우려는 듯 순식간에 전신을 감쌌다. 그러나 그들 두 사람이 함께 불길에 휩싸이는 순간 비연이 정신을 차렸고, 불은 순식간에 사라졌다.

그녀가 군구신의 품 안에서 고개를 들더니 넋이 나간 표정을 지었다. 군구신은 불에 덴 고통에는 신경 쓰지 않고 안타까운 눈빛으로 그녀를 바라보고 있었다.

비연이 한참 동안 멍한 표정으로 그를 바라보다가 겨우 입을 열었다.

"내가 또 꿈을 꾸고 있나 봐……."

나에게 모질게 굴지 마

또 꿈을 꾸는 걸까?

그가 떠난 그날 이후로 잠이 들면 그의 꿈을 꾸었다. 어린 시절의 그, 성장한 다음의 그, 그리고 그녀를 잊은 그……. 그녀가 아는 그, 그녀가 알지 못하는 그, 즐거워하는 군구신, 그리고 슬퍼하는 군구신.

그녀는 가끔, 정말로 가끔은 꿈속에 완전히 빠져들고는 했지만 대부분은 자신이 꿈을 꾸고 있다는 사실을 알고 있었다. 그리고 그녀가 꿈을 꾸고 있다는 것을 깨닫는 순간, 그는 아주 모질게 변했고 그녀는 꿈에서 깨어났다.

비연은 멍하니 군구신을 바라보며 다시 한번 중얼거렸다.

"내가 또 꿈을 꾸고 있는 거야. 또 꿈을……."

군구신이 미간을 찌푸렸다. 자신을 보며 꿈이라 생각하다니.

그가 막 입을 떼려 했을 때, 비연이 다급하게 그의 입을 막았다. 텅 비어 있던 그녀의 눈동자 깊은 곳에서 웃음기가 떠올랐다. 그리고 그와 동시에 눈물도 배어 나오고 있었다.

비연이 속삭였다.

"고남신, 꿈에서까지 연기를 하는 거야? 나도 이제 다 알았단 말이야. 그러니까…… 더는 내게 잔인하게 굴지 마. 응?"

잔인하게 대한다고?

꿈속에서 그가 잔인했던 걸까?

군구신은 자책감에 마음이 아파 와 비연의 손을 잡아끌었다. 그녀는 여전히 눈물이 맺힌 채 웃고 있었다.

"중추절 전에 모든 것을 끝냈어. 우리가…… 오라버니와 한 약속을 다 지켰어. 천하는 이제 어지럽지 않아. 사방에 지킬 만 한 사람을 배치해 두었거든. 북해에는 백리명천을 보냈고. 이제 내가 없다 해도 부황과 모후께서 계시니…… 오라버니와 모두 다 괜찮을 거야. 그러니까 이제 더는 나에게 모질게 대하지 말 아 줘. 응? 꿈에서 깨고 싶지 않아……. 너무 지쳤어. 이 이상은 한 발짝도 움직일 수 없어. 나, 나는…… 당신이 너무 보고 싶은 걸. 응……. 나의 부군."

군구신은 마음이 아파 와 숨조차 쉴 수 없을 정도였다. 그가 매서운 기세로 비연을 꽉 끌어안았다. 그녀의 이런 말을 더 듣 고 싶지 않았다.

"그만, 연아, 그만!"

하지만 비연은 여전히 꿈속이라고 생각하며 중얼거렸다.

"있잖아, 당신을 원망해야 하는 걸까? 당신은 어째서 나를 속였던 거야? 알잖아, 나……."

비연이 말을 끝내기도 전에 군구신이 갑자기 그녀의 턱을 잡 더니 입을 맞추었다. 비연이 깜짝 놀라 눈을 크게 떴다.

군구신이 그녀를 놓아주며 무슨 말이건 하고픈 표정이었으 나, 결국 한마디도 하지 못하고 다시 그녀에게 입을 맞췄다. 이 번에는 그녀의 입술을 패기 있게 열더니 깊은 곳을 탐했다.

비연은 어찌할 바를 몰라 그를 내버려 둔 채 그 익숙한 기분을 느끼고 있었다. 그러다 마침내 숨을 쉴 수 없을 지경이 되자 겨우 정신을 차리고 다급하게 그를 밀쳐 냈다.

두 사람은 숨을 헐떡였다. 그녀를 바라보는 그의 깊은 눈동자에 안타까움이 가득했다.

그녀는 그를 바라보며 점차 놀란 표정을 지었다. 무슨 말이라도 묻고 싶었지만, 또 감히 입을 뗄 수가 없었다. 지금 꿈을 꾸면서도 꿈인 걸 모르는 건 아닌지, 또 꿈에서 깨고 나면 모든 것이 사라지지나 않을지 무서웠다.

결국에 군구신이 먼저 입을 열었다.

"바보."

그의 커다란 손이 그녀의 얼굴을 감싸더니, 품으로 끌어들여 제 심장 소리를 들려주었다.

"꿈이 아니야. 내가 돌아왔어. 내가…… 미안하다. 연아, 미안해……."

비연이 사나운 기세로 벗어나 그를 바라보았다. 그녀의 얼굴에는 경악의 빛이 어려 있었다.

군구신이 다시 그녀를 품 안으로 끌어당긴 다음, 지살의 신비한 힘을 포함한 모든 것을 설명해 주었다.

그는 역사를 바꿀 수 없었지만, 지살의 힘으로 인해 죽지 않을 수 있었다. 천 년을 살며 모든 일을 제 손바닥 위에 올려놓은 듯하던 고운원조차 구할 수 없었던 군구신의 목숨이었건만, 지살에 숨어 있는 힘이 그를 도망치게 해 준 것이다.

그가 검에 순장되려는 순간 13년 전으로 되돌아가 목숨을 건졌고, 다시 빙해대전에서 지살이 방출될 때 운을 걸어 현재로 되돌아왔다.

비연은 놀라고 또 놀란 나머지 감히 믿을 수도 없다는 표정이었다. 그녀가 말없이 손을 뻗어 군구신을 끌어안았다. 갑자기 그가 또 사라지기라도 할까 두려운 듯.

"괜찮아. 아무 일도 없으니까 무서워하지 마⋯⋯."

군구신 역시 그녀를 끌어안으며 나지막한 목소리로 달래 주었다.

한참이 지나도록 비연은 그를 놓아주지 않았다. 군구신도 인내심 있게 계속 그녀의 귓가에 속삭였다.

얼마나 지났을까. 비연이 그를 안은 팔을 풀더니 살며시 그의 눈매며 얼굴, 목을 어루만졌다. 마침내 그녀의 손이 그의 심장께에 닿았다. 그녀는 다시 그의 가슴에 기댄 채 심장 박동 소리를 들었다. 마치 깜짝 놀란 아이가 몇 번이고 확인하는 것처럼.

군구신은 그저 부끄럽고 안타깝기만 했다. 자신이 어떻게 그렇게 사나운 마음을 먹을 수 있었는지 이해가 가지 않았다. 그리고⋯⋯ 자신이 정말로 세상을 떠났다면 비연이 어떻게 되었을지⋯⋯.

결국 그의 마음속 수많은 말이 고통과 애정을 담은 한마디로 변했다.

"연아⋯⋯."

다시 그녀를 끌어안고 이마에 가볍게 입을 맞췄다.

"무서워하지 마. 응……?"

한밤중의 빙해는 몹시 추웠다. 그러나 다시 만난 두 사람은 추위조차 느껴지지 않았다. 군구신은 비연을 밤새도록 끌어안고 있었다.

예전에는 그녀가 쉴 새 없이 재잘거리는 동안 그는 침묵을 지키곤 했다. 그러나 이번에는 그가 계속 이야기하는 동안 그녀는 한마디도 하지 않았다. 비연은 그저 그의 품 안으로 온전히 들어가고 싶은 듯 몇 번이고 그를 꽉 끌어안을 뿐이었다.

흐릿하던 날이 밝아 왔다. 군구신은 해가 떠오르는 동쪽을 보며 마침내 방향을 찾아내고 말했다.

"연아, 돌아가자."

비연은 대답하지 않았다. 그녀의 작은 얼굴은 여전히 그의 품에 묻혀 있었다.

군구신이 그녀의 머리를 몇 번 쓰다듬은 후 방향을 확인했다. 그리고 비연을 안아 들고는 남쪽을 향해 걷기 시작했다.

얼마 걷지 않아 저 멀리서 달려오는 꼬맹이가 보였다. 뒤에 있던 대설도 그 모습을 보고 꼬맹이를 향해 울음소리를 냈다. 어딘가 억울하게 들리는 울음소리였다!

꼬맹이는 군구신을 보자 도저히 믿을 수 없다는 듯 그 자리에 멈춰 섰다. 군구신이 꼬맹이 앞으로 다가가 걸음을 멈추고 미소 지었다.

"꼬맹이, 오랜만이다."

꼬맹이가 놀라며 기뻐했다. 꼬맹이는 대체 이 일이 어찌 된 것인지 몰랐지만, 눈앞의 이 사람이 영자라는 것만은 틀림없는 사실이었다.

꼬맹이는 군구신과 비연 주위를 몇 바퀴 돈 다음 멀리 뛰어가 흥분한 듯 울음소리를 냈다. 그러자 바로 한운석과 용비야가 쫓아왔다!

모두 뿔뿔이 흩어져 비연을 찾기로 한 후, 한운석과 용비야는 꼬맹이를 데리고 계속 동쪽으로 움직이고 있었다. 딸을 찾느라 눈이 붉어져 있던 한운석과 용비야는, 비연을 안고 나타난 군구신을 보자 꼬맹이 이상으로 깜짝 놀랐다.

한운석과 용비야는 성장한 모습의 군구신을 본 적이 없었다. 그러나 꼬맹이의 태도며 군구신의 모습을 보자 어딘가 의심스러운 기분이 들었다. 물론 의심스러운 것은 의심스러운 것이고, 그들로서는 도저히 그렇게 생각할 수 없었다.

한운석이 차가운 목소리로 말했다.

"너는 대체 누구냐? 연아를 이곳으로 데려온 사람이 너인가?"

군구신 역시 이 두 사람을 만나리라고는 생각지 못한 참이었다. 한운석과 용비야는 13년 전과 비교해 전혀 달라 보이지 않았다.

군구신은 기쁘고 안심이 되는 동시에 황공한 기분도 들었다. 모두 알다시피 그는 어린 시절부터 연아의 부황에게 경외심을 품고 있었고, 심지어 그의 눈을 똑바로 보지도 못했다.

군구신이 비연을 내려놓으려 했을 때, 비연도 부황과 모후를 발견한 모양이었다. 그러나 그녀는 가련한 표정으로 입을 꾹 다물더니, 한마디 말도 없이 군구신의 허리를 감싼 채 놓지 않았다. 그 모습을 본 용비야과 한운석이 다시 한번 군구신이 누구인지 의혹을 품었다.

군구신은 어쩔 수 없이 비연을 그대로 내버려 둔 채, 공손하게 읍하며 말했다.

"황상, 황후마마, 영자가 돌아왔습니다."

이러면 너무 난처하잖아

용비야와 한운석도 이미 그러리라 짐작하고 있긴 했지만, 군구신의 말을 듣자 놀라지 않을 수 없었다.

눈앞의 남자가 정말로 군구신이라니! 대체 어찌 된 일일까?

그들은 군구신이 죽었다는 사실을 의심한 적이 없었다. 심지어 고북월도 인정하지 않았는가? 아무리 기적이 있었기를 바란다 해도 헛수고에 불과하리라 생각했는데……. 지금 눈앞의 남자가 군구신이라는 사실에 놀라지 않을 수 없었다.

한운석이 중얼거렸다.

"용비야, 우리가 지금 꿈을 꾸고 있는 건 아니겠지요?"

용비야는 매우 이성적인 상태로, 이 상황이 꿈이 아니라는 것을 알고 있었다. 그런 그도 무척 놀라고 있었다. 대체 어찌 된 일인가?

한운석이 곧 정신을 차리더니 빠른 걸음으로 다가왔다. 그리고 군구신을 살펴보고 감동한 목소리로 물었다.

"정말로 영자가 맞구나. 이게 대체…… 대체 어찌 된 일이니?"

군구신이 진지하게 답했다.

"황후마마, 영자가 요행히도 재난을 피했습니다. 긴 이야기이니, 먼저 연아를 옮긴 다음에 말씀드리겠습니다."

비연은 지난 몇 달 동안 지쳐 있었던 데다가, 이 이틀 동안 큰 충격에 붕괴 직전까지 갔던 터라 지금 간신히 버티고 있는 것이나 마찬가지였다. 그 누가 보아도 그녀의 안색은 아주 나빴다.

한운석도 이 이틀 동안 계속 마음을 졸였지만, 딸을 보니 그저 기쁘고 안타까울 뿐인지라 야단을 칠 생각도 하지 못했다. 물론 용비야는 더 말할 것도 없었다.

한운석이 연신 고개를 끄덕였다.

"돌아가자. 돌아가 계속 이야기하면 되지!"

그녀가 비연의 손을 잡으려 했지만, 비연은 오히려 군구신의 품으로 더욱 파고들었다. 혹시라도 다시 떨어질까 두려운 듯한 모습이었다.

군구신은 그녀의 상태가 아직 좋지 않다는 것을 깨닫고 안타까웠으나, 동시에 조금 난처한 처지가 되었다. 그가 무의식적으로 장인어른을 바라보았다. 장인어른은 마침 비연의 허리를 감은 그의 손을 노려보고 있었고, 그 순간 군구신은 더욱 난처해지고 말았다.

한운석이 어쩔 수 없다는 듯 쓴웃음을 짓더니 말했다.

"재난을 피했다고 했지? 연아도 마찬가지다. 돌아가자. 돌아가서 이야기하도록 하자."

용비야는 무슨 말인가 하고 싶은 듯했으나 결국은 말없이 몸을 돌렸다.

두 사람이 몇 걸음 걸어갔는데도 군구신과 비연은 원래의 자리에 그대로 서 있었다.

비연은 군구신을 놓지 않았고, 군구신도 움직이지 않았다.

군구신이 나지막한 목소리로 말했다.

"연아, 착하지. 우리 돌아가자."

비연은 움직이지 않았다.

군구신이 다시 말했다.

"연아, 말을 들어야지."

비연은 여전히 움직이지 않았다.

마침내 군구신이 제안했다.

"연아, 내가 업어 줄게."

비연은 여전히 아무 말도 하지 않았지만 군구신을 놓아주었다. 군구신은 바로 그녀를 등에 업었다.

비연은 두 팔로 그의 목을 안고 머리를 그의 목덜미에 묻었다. 군구신은 점점 더 마음이 아파 왔다. 그가 없는 동안 비연은 대체 얼마나 마음을 끓였던 걸까.

군구신은 곧 한운석과 용비야를 따라잡았다.

그들이 행궁에 도착했을 때는 이미 저녁 무렵이었다.

남쪽으로 오는 길 내내 한운석과 용비야가 앞에서 걸었고, 군구신과 비연은 뒤에 있었다. 한운석은 계속 군구신이 대체 어떻게 재난을 피했는지 궁금해했고, 용비야는 몇 번 뒤를 돌아봐 군구신을 조금 겁에 질리게 했다.

행궁에 도착하자 한운석이 직접 그들을 비연의 방으로 안내했다. 군구신이 비연을 침상에 눕히고 몸을 일으키려 했을 때였다. 비연이 다시 그의 허리를 끌어안는 바람에 군구신은 어쩔 수 없이 자리에 앉았다.

한운석과 용비야 모두 이 장면을 보고 있었다. 한운석은 재빨리 용비야를 곁에 앉히고 직접 차를 우려 준 다음 군구신에게도 권했다. 군구신이 다급하게 몸을 일으키려 하자 비연이 절대 놓지 않겠다는 듯 얽어맸다.

자리에서 일어나지 못한 군구신은 용비야와 한운석의 시선을 받자 귓불까지 붉혔다. 그러나 그는 어쨌든 침착하고 겸손하게 한운석을 향해 말했다.

"영자로서는 감당하기 어렵습니다. 영자가 직접 하겠습니다."

한운석은 담담하게 미소 지으며 자리에 앉았다. 군구신은 그제야 저간의 사정을 설명하기 시작했다.

비연의 말을 통해 군구신은 자신이 기대했던 것처럼 모두가 속아 넘어가지 않았다는 것을 알고 있었지만, 제가 감추었던 일이며 경험한 모든 일을 처음부터 자세히 이야기했다. 그러면서도 용비야와 한운석이 자신의 이야기를 이해하지 못하거나 믿지 않을 수도 있다고 생각했다. 그러나 용비야와 한운석은 그의 말을 신뢰하며, 질문조차 하지 않았다.

사실 다른 이들이었다면 아마 군구신의 말을 이해하지 못했을 것이다. 그러나 한운석과 용비야는, 특히 천월을 경험한 한운석은 군구신의 이야기를 듣는 순간 바로 이해했다.

그녀가 감개무량한 듯 말했다.

"지살의 가장 무서운 힘은 진기가 사라지게 하는 것이 아니라, 시간과 관련한 힘이었어!"

용비야도 말했다.

"당신, 천살의 힘에 대해서도……."

한운석이 고개를 끄덕였다. 그녀는 확실히 그 문제를 걱정하고 있었다.

한운석이 건명보검을 꺼내 오며 말했다.

"건명력을 소환할 수 있는지 시험해 봐라!"

인검합일 이후 지살은 훼멸되었고, 건명력 역시 다시는 나타나지 않았다. 그 누구도 건명력이 어디에 숨었는지 알지 못했다. 군구신이 그 힘을 다시 다룰 수 있을지, 혹은 직접 인검합일의 경지에 이를 수 있을지는 더더군다나 확신할 수 없었다.

만약 그게 가능하다면 그들은 서정력으로 북해의 천살을 소환한 다음, 건명력으로 천살을 멸할 수 있었다. 그렇게 되면 현공대륙에 숨어 있는 가장 큰 위험은 사라지는 셈이다. 그리고 서정력은 여전히 대대로 전승될 것이다!

비연은 계속 아무 말 없이 얼굴을 굳히고 있었다. 그러나 모후가 군구신 앞에 건명보검을 내려놓자 군구신을 놓아주고는, 침상 안쪽으로 몸을 피하더니 베개를 끌어안았다.

그 모습을 본 군구신의 심장이 갑자기 뭔가에 물린 것처럼 아파 왔다. 한운석과 용비야 역시 안타까운 표정을 지음과 동시에, 이렇게 급하게 굴 필요가 없다는 것을 깨달았다. 최소한 군구신과 비연에게 그들만의 시간을 준 다음에 시험해 봐도 늦지 않을 것이다.

한운석은 건명보검을 다시 옆으로 치우며 말했다.

"이 일은 모두가 돌아온 다음에 의논해도 늦지 않을 거야. 너희는 일단 쉬도록 해라."

말을 마친 그녀가 용비야를 끌고 나가려 했다. 그러나 용비야는 일부러 비연의 머리를 쓰다듬은 다음 방을 나갔다.

방문이 닫히고 방 안은 온통 고요해졌다. 군구신은 건명보검 쪽으로 시선도 주지 않고 침상으로 돌아와 앉았다. 그리고 뒤로 반쯤 기댄 후, 비연에게 다가오라는 듯 제 어깨를 두드렸다.

비연은 미동도 없이 건명보검을 바라보고 있었다. 군구신은 조금 머뭇거리다가, 허공에 손을 휘둘러 건명보검을 제 손으로 끌어들였다.

건명보검이 잡히는 그 순간, 군구신은 건명력의 존재를 느낄 수 있었다. 강대하고도 웅혼한 힘, 평범한 사람은 견뎌 낼 수 없는 힘이었다. 그러나 동시에 미약하여, 세심하게 느껴 보지 않는다면 알아챌 수 없는 힘이기도 했다.

이 힘은 건명보검을 떠나지 않고 계속 그 안에 숨어 있었다. 다만 그를 제외하면 이 세상에 건명력의 존재를 느낄 수 있는 사람은 없었다.

뿐만 아니라 군구신은 건명력이 달라진 것도 느낄 수 있었다. 그가 예전에 장악했을 때보다 훨씬 강력해졌던 것이다!

그는 당혹스러워하면서도 기대감에 가득 차 천천히 건명력을 소환해 보았다. 의외로 아주 쉽게 소환할 수 있었다.

검에 숨은 상태에서는 힘을 아주 희미하게만 느낄 수 있었지만, 일단 소환하고 나니 그 강력한 패기에 군구신마저 놀랐다.

그가 직접 제어하지 않았다면 주변의 모든 이들이 재난을 겪을 만큼 강력했다!

군구신을 가장 놀라고 기쁘게 한 것은, 그가 예전보다 훨씬 쉽고 자유롭게, 그야말로 마음대로 이 힘을 다룰 수 있다는 것이었다!

보아하니 그가 재난을 만나 죽지 않은 것이 결국은 전화위복이 된 모양이었다. 그는 인검합일을 이루면 검에 순장되어야 한다는 규칙을 깨트린 것이 분명했다. 그는 이제 건명력의 진정한 주인이었다!

군구신은 기뻐하며 비연에게 말했다.

"연아, 우리의 모든 노력이 헛되지 않았다. 천살 역시 멸할 수 있을 거야!"

비연은 그제야 겨우 그에게 다가오더니 천천히 그의 어깨에 기댔다. 그녀는 아무런 말없이, 그저 이렇게 그의 곁에 있을 뿐이었다…….

그를 두려워할 필요 없어

예전에도 비연은 종종 이렇게 군구신에게 기대곤 했다. 그때 그녀는 계속 재잘거렸고, 군구신은 조용히 듣다가 때때로 고개를 끄덕일 뿐이었다. 그러나 지금 그녀는 아무 말도 하지 않았고 군구신 홀로 계속 이야기하고 있었다.

군구신은 어린 시절부터 말이 많지 않았고, 성장한 후에는 더욱 과묵했다. 그러나 지금은 온 마음을 다해 비연에게 말을 걸었다. 한 번 더 사과하고, 또 한 번 더 변명하고……. 그 외에 현공대륙의 형세에 관해 묻기도 하면서, 할 수 있는 말은 전부 다 꺼내 놓았다.

너무 많이 이야기한 나머지 입 안이 말라 올 정도였으나, 비연은 하다못해 '응'이라고 대꾸 한 번 하는 법이 없었다. 물론 그의 질문에도 전혀 대답하지 않았다.

결국 참을 수 없어진 군구신이 다정한 목소리로, 애걸하듯 말했다.

"연아, 말 좀 해 봐, 응? 나를 원망하거나 탓해도 좋으니까, 한마디라도 해 줘. 응?"

비연은 여전히 아무 반응도 보이지 않았다.

군구신이 불안해하며 몸을 돌린 순간, 비연이 천천히 그의 몸 쪽으로 쓰러졌다.

언제부터였을까, 그녀는 이미 잠들어 있었다. 그러나 그녀의 두 손은 여전히 그의 팔을 끌어안고 있었다. 혹시라도 다시 헤어질까 두렵다는 듯이.

군구신은 비연의 창백한 작은 얼굴을 보자 마음이 아픈 나머지 미간을 찌푸렸다. 그는 제 팔을 빼려 하지 않고 그대로 몸을 기울여 비연이 눕게 해 주었다.

아무리 사과하고 아무리 변명한들 부족할 수밖에 없었다. 그는 잠든 그녀를 바라보며 몇 번이고 나지막하게 중얼거렸다.

"연아, 미안하다……. 미안해."

비연은 너무도 피곤한 상태였다. 이 수개월 동안 그녀는 단 하루도 편안하게 잠든 적이 없었다. 마침내 군구신 곁에서 잠든 그녀는 다음 날 정오까지도 깨지 않았다. 군구신은 계속 그녀 곁에 있어 주며 눈 한번 감지 않고, 팔도 빼지 않았다.

점심 무렵, 고칠소를 비롯해 다른 이들이 소식을 듣고 몰려들었다. 한운석과 용비야는 군구신이 어떻게 재난을 피했는지 자세히 이야기하지 않고, 그저 지살의 신비스러운 힘으로 살아났다고만 말했다.

시공을 초월하는 힘은 직접 겪어 보지 않는다면 이해하기 어려울 수밖에 없었다. 게다가 이 비밀을 아는 사람이 많아지는 것도 결코 좋은 일은 아니었다.

모두 지살의 힘이 무엇인지에 대해서는 깊은 흥미를 보이지 않았다. 그것은 이제 존재하지 않는 힘이니 말이다. 대신 모두 기뻐하며, 당장이라도 군구신을 만나고 싶어 했다. 하지만 군구신과 비연이 아직 방 안에서 나오지 않았다는 이야기를 듣자, 인내심을 발휘해 기다릴 수밖에 없었다.

용비야는 이미 고북월에게 이 좋은 소식을 알리는 서신을 보내 놓았다. 고칠소도 군자택에게 서신을 보낸 다음, 잠시 망설이다가 북해의 백리명천에게도 전갈을 보냈다.

고칠소로서는 제 제자가 마음을 죽일 수 있을지 없을지의 여부를 알 수 없었다. 그러나 최소한 백리명천은 이제, 지금까지처럼 그렇게 걱정하지 않아도 될 것이다.

모두 기다리고 또 기다렸다.

날이 어두워지기 시작하자 용비야와 한운석마저 근심스러운 표정을 지었다.

용비야의 재촉을 받은 한운석이 비연의 방문을 두드렸다. 그러나 안에서는 아무 기척도 들리지 않았다. 한운석이 돌아서려 했을 때, 용비야가 어느새 그녀의 등 뒤로 와 있는 것을 발견했다.

용비야가 나지막하게 말했다.

"이렇게 오래 자는 건 어디 병이라도 난 것 아닌가? 들어가 맥이라도 짚어 보는 것이 좋겠군."

한운석이 속삭였다.

"영자가 있잖아요. 어디 아픈 거라면 영자가 벌써 알아챘을 거예요."

그러나 용비야는 꼼짝도 하지 않고 고집을 부렸다.

"당신이 들어가 보는 게 좋겠어."

한운석은 다시 문을 두드리는 수밖에 없었다.

한운석이 맥을 짚어 보겠다고 하자, 마침 군구신도 걱정스럽던 차였는지 냉큼 대답했다.

"황후마마, 들어오십시오."

한운석이 방 안으로 들어섰고, 용비야 역시 그녀를 따라 들어갔다.

비연은 침상 안쪽에 옆으로 비스듬하게 누운 채 군구신의 팔을 안고 있었다. 그리고 군구신은 반쯤 누운 채 비연을 바라보며, 한운석과 용비야에게서 등을 돌리고 있었다.

군구신은 어린 시절부터 미래의 장모와는 친한 편이었고, 또한 비연의 건강이 걱정되었기 때문에 굳이 예의를 차릴 생각이 없었다. 그는 지금 방 안에 들어온 사람이 미래의 장모뿐이라 생각했는데, 이게 웬일인가? 그가 돌아보는 순간 눈에 들어온 것은 미래의 장인, 용비야의 차갑고 오만한 얼굴이었다.

군구신은 재빨리 용비야의 시선을 피하며, 난처한 표정으로 입 끝까지 올라온 말을 전부 삼켜 버렸다. 사실 그도 몹시 몸을 일으키고 싶었지만 그는 여전히 반쯤 누운 채, 팔이 저린 것도 참고 있을 수밖에 없었다.

용비야와 한운석은 물론 딸이 군구신을 놔주지 않고 있다는 걸 알아차렸다. 한운석이 어쩔 수 없다는 듯 웃기 시작하더니 말했다.

"영자가 가까스로 살아 돌아왔는데, 그 손을 연아 때문에 못 쓰게 되지 않으려나 모르겠다. 나중에 네 어머니에게 무슨 말을 해야 할지…….”

이 말은 어색한 분위기를 어느 정도 완화해 주었다. 한운석은 군구신에게 너무 긴장하지 말라고 이야기한 것이나 마찬가지였다.

군구신은 이제 난처해하지는 않았지만, 여전히 긴장하고 있었다. 그는 여전히 용비야를 쳐다보지 못하며 말했다.

“황후마마께서 농담이 지나치십니다. 황후마마, 어서 연아의 맥을 짚어 주십시오.”

한운석이 조용히 하라는 손짓을 했다. 그녀는 딸의 고른 숨소리를 잠시 들어 보고, 또 딸의 작은 얼굴을 살펴본 후, 맥을 짚지 않고 웃으며 말했다.

“별문제 없다. 너무 피곤해서 깊이 자고 있을 뿐이야. 시간이 꽤 흘렀으니 네가 꼭 연아와 함께 있어 주지 않아도 괜찮다. 계속 그대로 있다가는 손을 정말 못 쓰게 되겠구나. 나가서 뭐든 좀 먹고 오너라. 나와 연아의 부황이 곁에 있을 테니까.”

군구신의 손은 이미 저리다 못해 마비된 상태였지만, 그는 여전히 굳세게 버티며 말했다.

“저는 괜찮습니다. 제가 계속 연아 곁에 있어도 될 것 같습니다.”

그때, 계속 한마디도 하지 않던 용비야가 말했다.

“연아는 아마 하룻밤은 더 잘 것 같다. 칠 숙부며 다른 사람들 모두 너를 만나고 싶어 하니, 가서 만나 보도록 해라.”

군구신이 무의식적으로 입술을 다물었다. 그는 분명 긴장하고 있었다. 그러나 곧 용비야를 바라보며 말했다.

"제가 움직이면 연아가 깰지도 모릅니다. 다른 분들은 모두 일찍 쉬시도록 하고, 내일 아침에 뵙는 것이 어떨는지요?"

연아를 편히 쉬게 하겠다는데야 용비야로서도 반박할 말이 없었다. 더는 강권할 수 없어진 그의 지금 표정은 그야말로 엄숙과 근엄 그 자체였다. 결국 그는 아무 말 없이 고개를 끄덕이고는 밖으로 나갔다.

한운석은 하마터면 웃음을 터뜨릴 뻔했으나 간신히 참고, 나지막한 목소리로 군구신에게 말했다.

"내가 있으니 저이를 무서워할 필요 없다. 그리고 연아가 있으니 더더욱 무서워할 필요 없지!"

군구신은 순간적으로 어찌 대답해야 할지 알 수 없어 슬며시 미소 지었다. 부끄러워하는 그 모습은 뜻밖에도 다 큰 남자아이 같아 보였다!

방문이 닫히자 군구신은 겨우 안도의 한숨을 쉬고, 조용히 잠든 비연의 얼굴을 바라보며 속삭였다.

"연아, 깨어나면 우리 끝내지 못한 예식을 끝마치자."

문밖에서는 한운석이 참지 못하고, 딸 바보인 용비야를 놀리고 있었다.

"시집을 간 여자는 다른 사람의 아내인 거예요. 그러니까 계속 그런 표정 하고 있지 말라고요. 사위가 놀라 도망이라도 치면, 딸에게 무슨 소리를 들으려고 그래요!"

"대의명분이 옳게 서지 않으면 말도 이치가 맞지 않는 법이지. 연아는 아직 시집을 간 게 아니야. 최소한, 나는 인정할 수 없어."

용비야의 대꾸에 한운석이 즐거운 표정으로 말했다.

"그럼 다시 한번 시집을 보내야겠네. 어쨌든 딸이 다 컸으니, 당신 생각대로 되지 않을 거예요."

용비야는 얼굴을 굳힌 채 계속 앞을 향해 걷기 시작했다.

한운석이 재빨리 쫓아가 그의 손을 잡고 말했다.

"목령아에게서 들으니 당리도 혼사 문제로 사부인 될 사람과 여러 번이나 말다툼을 했다던데요. 우리 사돈인 고북월과 진민은, 당신이 알아서 하면 되겠어요."

용비야가 발걸음을 멈췄다. 그러자 한운석이 다시 말했다.

"고북월과 진민은 모두 예의를 아는 사람들이니 안심해요. 고씨 가문은 절대로 우리 연아를 홀대하지 않을 테니까. 당신은 신나게 딸을 시집보낼 준비나 하면 되는 거예요!"

용비야는 결국 참지 못하고 한운석을 끌어안더니 그녀의 입을 막았다.

한운석과 용비야는 그렇게 멀어져 갔고, 방 안에서는 비연이 깨어났다…….

전하, 시장하신가요

비연은 사실 부황과 모후가 들어왔을 때 이미 깨어 있었다. 그러나 계속 자는 척하고 있다가 이제야 눈을 뜨고 군구신을 바라보았다. 물론 손은 여전히 그를 잡은 채였다.

군구신은 비연이 이제 막 깨어난 게 아니라는 걸 알고 있으면서도 다정하게 물었다.

"시끄러워서 깬 모양이지?"

비연이 갑자기 그의 팔을 놓더니 말 한마디 없이 침상 아래로 내려가려 했다. 군구신이 막아서며 물었다.

"연아, 아직도 화가 난 거야?"

비연이 그를 밀치며 침상 아래로 내려가려 하자 군구신이 그녀를 뒤에서 끌어안아 제 무릎에 앉혔다. 그리고 머리를 그녀의 어깨에 묻은 채 다시 한번 속삭였다.

"미안해."

비연은 잠시 침묵하다가 결국은 묻고 말았다.

"어째서 나를 속인 거야?"

어째서냐고?

지금까지 몇 번이고 설명했다. 그러나 그는 귀찮아하는 빛 없이 다시 설명하려 했다. 그때 비연이 다시 질문했다.

"어째서 나를 버리려 했어?"

군구신은 다급해지고 말았다.

"그런 게 아니야……."

비연이 그의 말을 끊고 계속 물었다.

"어떻게 나에게 그렇게 모질게 굴 수 있었어?"

그는 뜻밖에도 어찌 대답해야 할지 알 수 없었다.

비연이 씩씩거리며 계속 말했다.

"심지어 시녀 이야기까지 하며 나를 속였어. 아주 대단한 연기였지!"

군구신은 다급해졌다.

"연아……."

비연이 사납게 그의 손에서 벗어나 몸을 일으키더니, 그의 눈을 바라보며 노한 목소리로 물었다.

"대체 어떻게 그럴 수 있었던 거야?"

군구신의 눈에 슬픈 빛이 어렸다.

"연아, 어떻게 해야 나를 용서할 수 있겠어?"

비연이 여전히 분노한 얼굴로 외쳤다.

"예를 하나 끝내지 않았으니, 나는 여전히 시집을 갈 수 있어! 맞지?"

군구신은 급한 마음에 재빨리 몸을 일으켜 비연의 손을 잡았다. 그러나 그가 말을 하기도 전에 비연이 갑자기 더더욱 진지하게 외쳤다.

"난 여전히 당신에게 한 번 더 시집을 갈 수 있다고! 맞지?"

군구신이 얼이 빠져 있는 사이, 비연이 그의 품으로 뛰어들어 울먹이기 시작했다.

"당신, 왜 그렇게 바보 같아? 앞으로는 나에게 바보라고 하지 마. 당신이야말로 바보니까. 이 바보!"

그렇게 거대한 비밀을, 그렇게 무거운 사명을 끌어안은 채일부러 그녀를 멀리하고, 차가운 말을 내뱉고…… 모두가 오해하도록 만들고!

그는 대체 그 모든 것을 어떻게 했던 걸까? 그 모든 것을 어떻게 견딘 거지?

그가 원망스럽고 또 원망스러웠다. 그러나 그보다는 마음이더 아팠다.

다행히도, 정말 다행히도 그가 돌아왔다. 그녀는 더 이상 자신을 가누기도 힘들 정도였다. 마음이 너무너무 아팠다!

군구신이 마침내 정신을 차리더니 비연의 이마에 가볍게 입을 맞췄다. 그리고 진지한 목소리로 대답했다.

"그래, 너는 한 번 더 시집올 수 있어. 나도 한 번 더 너를 아내로 맞이할 수 있고. 연아, 우리 혼인하자."

비연이 열심히 고개를 끄덕였다.

군구신의 입맞춤이 그녀의 이마를 따라 아래로 내려오더니마침내 입술에 닿았다. 두 사람은 서로를 끌어안은 채 애절한마음을 나누다가, 점차 거칠어지기 시작했다.

군구신은 계속 그녀에게서 떨어지지 못하고 있었고, 비연은 자신도 모르게 고개를 들었다. 어쩐지 온몸에서 힘이 빠지고……, 이렇게 깊이 미혹되면…….

군구신이 그녀의 허리를 안더니 그녀를 침상 위에 눕혔다. 그의 입맞춤이 마침내 그녀의 심장이 있는 곳까지 내려왔을 때였다. 방문 두드리는 소리에 두 사람은 정신을 차렸다.

군구신은 방문 두드리는 소리에는 신경 쓰지 않고, 비연의 양쪽에 손을 받친 채 그녀를 내려다보았다. 그는 비록 정신이 든 상태였지만 눈빛은 여전히 어둡게 가라앉아 있었다.

비연의 얼굴이 발그레하게 달아올라 있었다. 살짝 부은 예쁘장한 입술에 슬며시 찌푸린 저 눈썹, 그리고 봄의 물빛을 닮은 저 눈동자……. 웃는 듯 마는 듯 한, 화가 난 듯 만 듯 한, 부끄러운 듯 만 듯 한 저 표정……. 군구신의 눈에 비친 비연은 너무도 사랑스러웠다.

군구신이 눈길 한번 돌리지 않고 비연을 바라보았다. 그의 눈빛이 점점 더 깊어지는 가운데, 문밖의 하인이 방문을 몇 번 두드리더니 물었다.

"정왕 전하, 황후마마께서 소인에게 죽을 가져다 드리라 하셨습니다."

비연이 결국은 참지 못하고 웃음을 터뜨렸다.

"정왕 전하, 시장하신지요?"

군구신은 대답 없이 여전히 그녀를 바라보았다. 그의 눈빛은 마치 비연을 잡아먹기라도 할 것처럼 깊어져 있었다.

비연의 얼굴에서 점차 웃음이 사라져 갔다. 그녀는 자신도 모르게 조금 허둥지둥했다.

군구신이 갑자기 고개를 숙이더니 그녀의 앙가슴에 깊이 입을 맞췄다. 비연은 차가운 숨을 들이마셨다. 몸이 그대로 굳어 버리는가 싶더니, 무어라 이름 붙일 수 없는 충동이 순식간에 떠올랐다.

군구신이 속삭였다.

"배가 고픈 지는 오래되었지. 네가 나에게 맛있는 한 끼를 먹여 주기를 기다리고 있었어."

말을 마친 그가 비연을 놔주고, 몸을 일으켜 문을 열었다. 발그레하던 비연의 얼굴이 이제 새빨갛게 변해 있었다.

군구신은 하인을 안으로 들이지 않고, 문 앞에서 음식을 받은 다음 문을 닫았다. 채소죽 두 그릇. 비연은 그제야 자신이 자는 척한 걸 모후가 눈치챘다는 것을 깨달았다.

비연이 침상 아래로 내려가려 했지만 군구신이 제지하더니, 베개를 쌓아 그녀가 편히 기대도록 해 주었다. 그리고 한 숟가락 한 숟가락 죽을 먹여 주었다.

그러나 그가 방금 이야기했던, 그녀가 그에게 먹여 준다는 말은…… 분명 다른 의미가 있었다.

비연도 마음에 짚이는 것이 있었다. 그녀는 처음에는 고개를 숙인 채 얌전히 먹었지만, 나중에는 참지 못하고 눈을 들어 그의 얼굴을 바라보았다. 보면 볼수록 잘생긴 얼굴이었다.

비연은 참을 수 없어 손을 뻗어 그의 얼굴을 어루만졌다. 마치 꿈을 꾸는 듯하기도 했고, 꿈이 현실이 된 것 같기도 했다.

어린 시절 그녀는 항상 그에게 시집가겠노라 재잘거렸다. 그리고 지금, 마침내 자라서 어른이 된 그녀는 고난을 이겨 내고

떳떳하게 그에게 시집을 갈 수 있게 되었다.

군구신, 얼마나 다행인지. 어린 시절부터 나는 당신을 좋아했잖아. 앞으로도 당신은 나만의 사람이야.

비연과 군구신은 다음 날 아침에야 사람들 앞에 나타났다.

진상을 알게 된 모두는 군구신을 탓하지 않고 오히려 감탄하고 있었다. 제 몸을 버리고 대의를 취하려 하다니, 모든 것을 버리고 인검합일의 경지에 들고자 했다니……. 그것은 아무나 할 수 있는 일이 아니었다.

그가 연아를 속인 일도 사적인 일이니, 연아를 제외하면 그 누구도 그를 비판할 권리가 없었다.

모든 이들 앞에서 군구신은 용비야와 한운석에게, 황도로 돌아가면 비연에게 구혼하겠다고 이야기했다.

한운석은 기뻐하며 고개를 끄덕였다. 용비야는 이제 겨우 딸과 함께 있을 수 있게 된 만큼 딸을 시집보내기 아쉬웠지만, 이미 속으로는 군구신을 사위로 인정하고 있었다. 그래서 그는 승낙하면서도 조건을 붙였다.

"연아는 일단 제 모후와 함께 돌아가도록 하고, 너는 나와 함께 북해로 가서 천살을 멸하고 오도록 하자. 그다음에 다시 혼례를 준비해도 늦지 않을 테니."

군구신이 진지하게 고개를 끄덕였다.

"예!"

비연은 군구신과 함께 가고 싶었지만, 집으로 돌아가고 싶은 마음도 있었기에 고개를 끄덕였다.

그때 곁에 있던 정역비가 당정에게 속삭였다.

"너도 연아와 함께 돌아가도록 해. 내가 곧 맞이하러 갈 테니까. 기다려 줄 거지?"

당정이 기다리던 말이 바로 이것이었다. 그녀는 그의 손을 잡고 말했다.

"응, 아무리 오래 걸려도 기다릴 거야!"

정역비가 당정의 손을 잡으며 미소 지었다.

"안심하도록 해. 절대 너를 오래 기다리게 하지는 않을 테니까."

전다다와 목연은 침묵하고 있었다. 두 사람은 정역비와 당정의 대화에 귀를 쫑긋하고 있었다.

전다다가 입술을 비죽이더니 손에 든 손수건을 구기기 시작했다. 아무래도 속에 맺힌 것이 있어 보였다.

목연은 뭔가 망설이는 듯 앞에 있는 아금 부부를 몇 번이고 바라보았다.

모두 흩어진 후에도 전다다와 목연은 그 자리에서 움직이지 않았다. 전다다는 몇 번이고 말을 하려다 멈추더니, 결국은 말 한마디 없이 밖으로 향했다.

일부러 느릿하게 뛰던 전다다는 목연이 쫓아오지 않는 것을 보고는 발을 구르더니 재빨리 달려가 버렸다.

방으로 돌아온 전다다는 바로 짐을 챙기기 시작했다. 짐 정리를 마치고 나니 어쩐지 화가 좀 가라앉는 것 같기도 했다. 그때 목연이 들어왔다.

목연이 탁자 위 짐을 보고 말했다.

"왜 벌써 짐을 챙긴 거야? 어디로 돌아갈 생각이야?"

"연아 언니를 따라갈 거야."

전다다의 말에 목연이 다시 물었다.

"다 같이 모이는 게 그렇게 좋아?"

전다다는 원래 그렇게까지 화가 나 있던 상태는 아니었다. 그러나 이 말에 분노가 스멀스멀 치밀어 오르기 시작했다. 그녀가 씩씩거리며 반문했다.

"다 같이 모이는 걸 좋아하면 안 돼?"

그러자 목연이 웃으며 말했다.

"전아, 흑삼림으로 돌아가자. 너를 아내로 맞이하고 싶어."

제비가 돌아가는 곳

목연의 갑작스러운 구혼에 전다다는 제대로 반응을 보이지도 못했다. 그러자 목연이 사랑스럽다는 듯 웃으며 덧붙였다.

"부모님께서 이미 승낙하셨어. 우리 함께 흑삼림으로 돌아가자. 내가 목씨 가문으로 돌아가 준비를 끝낸 다음 너를 맞이하러 갈 테니."

전다다는 그제야 목연이 왜 자신을 쫓아오지 않았는지 알게 되었다. 목연은 부모님에게 구혼하러 갔던 것이다!

그녀는 부끄럽기도 하고 기쁘기도 해, 발끝을 세워 목연의 볼에 입 맞추는 것으로 대신 대답했다.

목연이 그녀를 살짝 흘기며 말했다.

"두 언니보다 네가 일찍 결혼하게 될 거야."

전다다는 별생각 없이 물었다.

"그럼 우리가 아이도 더 먼저 낳게 되려나?"

목연은 순간적으로 할 말을 잃고 말았다. 결국엔 그가 전다다의 귀를 살짝 비틀고는, 웃음을 터뜨리고 말았다.

"괜한 걱정은……. 가자. 내 짐 챙기는 것을 도와줘."

모두 행궁을 떠날 준비를 하고 있었다.

비연이 진지한 표정으로 약왕정을 세심하게 닦고 있었다. 군구신은 돌아왔지만 백의 사부는 영원히 돌아오지 않을 것이다.

그녀는 약왕정을 어루만지며 눈을 감고는 약왕정 안 공간으로 들어갔다.

그때 이후 약왕정 안 공간에 약초밭은 흔적조차 보이지 않았다. 약왕곡 역시 복원할 수 없었다. 약왕정 안은 온통 뜨거운 불길만이 가득할 뿐이었다. 그 불길은 영원히 꺼지지 않을 기세로, 꺼내도 꺼내도 줄지 않는 단약을 만들어 내고 있었다.

비연은 불 속을 걸어가다가 자신도 모르게 눈을 들었다. 백의 사부가 그녀를 향해 웃는 모습이 보이는 것 같았다. 비연은 기쁜 나머지 눈시울을 붉히며 쫓아갔다.

"사부!"

그러나 그녀가 그의 앞에 도착하기도 전에 그의 모습이 점차 희미해지더니 결국은 사라지고 말았다.

그렇다. 그의 모습은 그녀의 마음이 만들어 낸 환상에 지나지 않았다. 천 년 동안 약왕정을 제련하던 그는 약왕정이 완성되자 진정으로 떠나 버린 것이다.

비연이 약왕정에서 빠져나왔을 때, 그녀의 눈은 젖어 있었다. 군구신이 빙정을 꺼내 그녀에게 건넸다.

"그건 약왕정 외에 그가 남긴 유일한 물건이야. 네가 간직하도록 해."

비연은 빙정을 꽉 쥐었다. 차가운 기운이 훅 끼쳐 왔다. 그녀는 문득 자신과 똑같이 생겼던 여인을 떠올렸다.

그 여인, 비연의 사모는 대체 어떤 사람이었을까? 무슨 사연으로 세상을 떠난 걸까?

그러나 그녀에 대해서는 축운궁주와 려금, 심지어 몽하 선배조차 알지 못하니, 지금 그녀가 궁금해한들 무슨 소용이 있을까? 그저 백의 사부가 그 수수께끼를 따라 떠났다고 여기는 것이 좋을 것이다.

식사를 마친 후 모두 출발했다. 군구신은 용비야와 함께 북쪽으로 향했고, 역시 북쪽으로 가야만 하는 정역비 역시 그들과 동행했다. 아금 부부는 딸과 목연을 데리고 흑삼림으로 돌아갔고, 남은 사람들은 비연과 함께 대진국 황도로 갈 예정이었다. 그러나 비연은 다른 이들 먼저 출발하게 하고 자신은 신농곡으로 향했다.

그녀는 진묵에게 부탁해 기억 속의 약왕곡 모습을 그리게 한 후, 약왕곡을 재건하게 했다. 그리고 사부가 살던 절벽 위에 비석을 하나 세웠다. 그러나 그 위에 고운원에 대한 것은 아무것도 적지 않고, 그저 '연귀처燕歸處'라는 세 글자만을 새겼다. 바로 제비, 그러니까 연이 돌아오는 곳이라는 의미였다.

이 연은 그 연이 아니겠지만…… 그래도 사부에게 남은 소망이 있다면 분명 춘사일에 제비가 돌아오는 것을 보는 것이 아니었을까?

비연은 약왕곡 재건과 관련한 모든 일을 안배한 후, 진묵에게 남은 일을 부탁하고 홀로 운공대륙으로 돌아갔다. 그리고 그때 군구신과 용비야는 순조롭게 천살의 힘을 멸했다.

용비야가 천살의 힘을 끌어내자 북강 전체가 동요했다. 백리명천은 이미 전갈을 받은 상태라, 얼굴을 드러내지 않고 그저 지켜보고만 있었다. 북부를 맡은 정역비는 외부인이 몽족설역으로 들어가지 못하도록 대비하고 있었다.

그러나 건명력이 다시 현공대륙에 나타났다는 소문은 빠르게 퍼져 나갔다. 군구신은 아예 이 기회에 모든 유언비어를 잠재우고, 자신이 대진국으로 가서 비연을 아내로 맞이한다는 사실을 공개했다.

인검합일의 경지에 이른 건명력은 봉황화보다 한 수 위였다. 그렇지 않아도 세상 사람들은 비연과 10품 서정력을 지닌 비연의 부황을 두려워하고 있었다. 그런데 지금 군구신이 돌아왔으니, 현공대륙에서 진양성이라는 황도의 위치는 더 이상 흔들릴 수 없게 되었다.

비연의 힘에 억눌려 몰래 칼을 갈던 사람들도 순식간에 조용해졌고, 더는 다른 마음을 먹지 못하게 되었다.

북강을 떠난 군구신은 바로 진양성으로 돌아가지 않고 군자택이 출가한 사찰로 향했다. 고칠소가 이미 군자택에게 서신을 보내어 데리러 갈 이들을 보내겠다고 했지만 군자택은 진양성으로 돌아가지 않겠다고 답했다.

깊은 산 속 사찰은 푸른 숲으로 둘러싸여 있어 그윽한 운치가 있었다. 군구신이 자갈길을 밟으며 산을 올라 마침내 사찰 앞에 도착했다. 그는 이 사찰의 분위기가 마음에 들었다. 깔끔하고도 정결한 건축물이며 장중하고도 소박한 불당까지, 보면 볼수록 기분이 좋아졌다.

군구신은 택아가 명신의 법호를 쓰고 있다는 것만 알 뿐, 어디 있는지는 알지 못했다. 그는 불당 방향으로 걸어가며 누가 보이면 물어볼 생각이었지만 개미 새끼 한 마리도 보이지 않았다.

마침내 불당 앞에 도착한 그는 승려들이 모두 전각 안에 모여 저녁 공부를 준비하고 있다는 사실을 알게 되었다. 승려들 사이에서 택아보다 어려 보이는 사미승이 하나 보였지만 정작 택아는 보이지 않았다.

그때 자상해 보이는 인상의 주지가 밖으로 나와 군구신에게 합장하며 물었다.

"시주께서는 염진을 찾아오셨는지요?"

이 사찰에 오는 신도들은 지금이 저녁 공부 시간이라 예불을 드리기에 적절치 않다는 것을 알고 있었다. 그러니 누군가를 찾아온 것이 분명했다.

군구신은 이 절에 대해 잘 알지 못해 주지의 말이 조금 의외였으나, 곧 고개를 끄덕였다.

"그렇습니다. 저는 염진의 형입니다. 염진은 지금 어디에 있습니까?"

주지가 기뻐하며 대답하려 했을 때였다. 군구신의 등 뒤에서 택아의 목소리가 들렸다.

"형……."

군구신이 돌아보니 잿빛 승복의 택아가 보였다. 머리를 삭발하고, 목에는 긴 염주를 걸고 있을 뿐 아니라 두 손 가득 경전을 들고 있었다.

멀리서도 택아의 얼굴에는 문신의 흔적조차 보이지 않았다.

여전히 어린 기운이 묻어나는 해맑은 얼굴이었다. 군구신은 마치 대자사에서 염진을 만났을 때로 되돌아간 것 같은 기분이 들어, 저도 모르게 담담한 미소를 지었다.

군구신은 택이 진양성으로 돌아오려 하지 않는다는 이야기를 듣고, 동생이 정말로 속세와 인연을 끊은 것은 아닌지 걱정하고 있었다. 그러나 택이 '시주'가 아닌 '형'이라고 자신을 부르는 것을 들으니 다소 안심이 되었다.

군구신이 택에게 다가갔고, 택 역시 경전을 내려놓고 나는 듯이 달려와 군구신에게 온몸을 던져 매달렸다. 그리고 커다란 소리로 울기만 했다.

군구신은 택을 안아 주며 그대로 울게 내버려 두었다. 이 사찰은 계율이 엄격하지 않은 모양이었다. 불당 안에 있던 승려들이 전부 문가에 머리를 내밀고 그들을 바라보며 이런저런 말을 주고받았다. 그러나 문가에 서 있던 주지는 그런 그들을 제지하려는 기색이 없었다.

진정으로 속세를 달관하는 것은 부처지 승려가 아니니, 승려는 수행이 필요했다. 슬픔, 기쁨, 고통, 환희, 호기심……. 그 모든 감정이 수행의 길이었다.

군구신은 주지에게 미안한 눈빛을 보낸 후 택과 함께 후원으로 갔다. 택은 마침내 울음은 멈추었지만 여전히 있는 힘을 다해 군구신의 목에 매달린 채였다.

"형, 내가 꿈을 꾸고 있는 건 아니겠지?"

꿈이 아니냐고?

군구신이 택의 눈물을 닦아 주며 말했다.

"칠 숙부께서 서신을 보내셨는데도 못 믿겠다는 말이냐?"

택이 가련한 표정으로 말했다.

"형, 난 무서웠는걸……. 진양성에 가면 꿈에서 깨어날까 봐."

군구신은 마음이 아파 와 택의 머리를 쓰다듬은 후, 볼을 살짝 꼬집었다.

"아프냐?"

택이 제 볼을 몇 번이고 사납게 꼬집더니 아픈 나머지 헉, 차가운 숨을 들이마셨다. 그는 웃지도 울지도 못하는 표정으로 연신 고개를 끄덕였다.

"아파! 진짜 아파!"

군구신이 말했다.

"너도 형수만큼이나 바보 같구나. 형이 정말로 돌아왔단다. 그리고 너를 집으로 데려가려고 온 거야."

나는 환속하고 싶지 않아

택을 집으로 데려가겠다는 말은, 바로 택에게 환속하라는 말이었다.

그러나 이게 웬일일까, 택은 뜻밖에 아무 말도 하지 않았다.

군구신이 깜짝 놀라 물었다.

"대체 왜 그러니?"

택이 합장하며 진지하게 말했다.

"아미타불. 형, 나는 환속할 생각이 없어."

지금 택의 모습은 명신보다 더 승려 같아 보였다. 군구신은 그런 택을 보며 울 수도, 웃을 수도 없는 마음으로 물었다.

"무엇 때문에?"

"아직 명확하게 생각을 정리하지 못한 문제들이 있거든."

택의 말에 군구신이 다급하게 물었다.

"어떤 문제지?"

택은 여전히 합장을 한 채 말했다.

"예를 들자면…… 나는 무엇 때문에 태어났는가? 또 무엇 때문에 존재하는가? 나는 어디서 와서 어디로 가는가?"

군구신이 택의 작은 머리를 쓰다듬으며 엄숙하게 말했다.

"그런 문제는 주지 스님도 명확하게 아실 수 없는 문제다. 너처럼 어린 나이에 그런 것들을 생각해서 뭘 하겠니?"

택이 갑자기 합장하던 두 손을 내려놓은 다음 이야기했다.

"형, 방금은 그냥 입에서 나오는 대로 이야기한 것뿐이야. 사실 나는 이곳이 아주 좋아. 그래서 이곳에서 몇 년 지내면서, 마음을 수행하고 무술을 연마하고 싶어."

군구신은 승낙할 생각이 없었지만 택이 그의 옷자락을 잡고 애교를 부리기 시작했다.

"황형, 승낙해 줘! 이곳의 사형제들을 버리고 갈 수도 없고, 몇 년 이곳에서 지내다 환속해도 늦지 않을 거야. 황형…… 그러니까 허락해 줘!"

군구신은 택의 말을 믿을 수 없다는 눈초리로 그를 노려보았다.

택은 결국 군구신의 시선에 굴복해 솔직하게 털어놓았다.

"황형, 나는 황제가 되고 싶지 않아. 그냥 스님이 되는 것이 좋아. 그러니까 내 생각을 막지 말아 줘."

이 말을 들은 순간 군구신은 어찌 반응해야 할지 알 수 없었다. 그가 겨우 정신을 차렸을 때 택은 이미 그를 손가락으로 쿡쿡 찌르고 있었다. 군구신은 참지 못하고 큰 소리로 웃어 버렸다.

"안심해라. 지금은 네 형수가 황제가 되었으니까."

택의 목소리는 자못 애원하는 것처럼 들렸다.

"그럼 나는 더더욱 환속할 수 없어!"

군구신은 택의 성격을 잘 알고 있었기에, 돌아가면 비연에게 택을 달래게 해야겠다고 생각하며 그 이상 권하지 않았다.

"알겠다. 네가 하고 싶은 대로 하도록 해라. 하지만 황형의 희탕[2]은 먹으러 와야겠지?"

택은 무척 기뻐하며 대답했다.

"그거야 당연하지! 지금 당장 사부님께 인사드리고 올게! 황형, 기다려. 금방 올 테니까!"

택이 떠난 후 군구신이 자리 잡고 앉으려는데, 갑자기 담벼락에서 누군가가 뛰어내렸다. 망중이었다. 그는 두 눈에 눈물을 머금은 채 군구신에게 다가와, 한쪽 무릎을 꿇고 공손히 읍하며 말했다.

"전하를 뵙습니다!"

군구신이 그를 직접 일으켜 세우며 어깨를 두드려 주었다.

"너를 너무 고생시켰구나."

망중이 고개를 저었다. 그는 울먹이느라 제대로 말을 잇지도 못하더니, 결국은 군구신에게 다시 한번 읍하고는 나타날 때와 마찬가지로 그의 뒤로 사라졌다.

사실 망중은 군구신이 살아 있다는 소식을 들은 후 당장이라도 전하를 만나러 가고 싶었지만, 군자택이 있는 이곳을 떠날 수 없었다.

형제가 모이고, 주인과 신하가 다시 만나 지나간 나날을 돌이켜 보니 모두 감개무량하기 그지없었다.

그날 택은 주지와 사형제들에게 잠시 작별을 고하고 군구신

---

2 중국에서 결혼식 때 하객들에게 나누어 주는 사탕.

과 함께 절을 떠났다.

가장 가까운 마을에 도착한 후 군구신은, 망중에게 진양성으로 돌아가 혼례와 관련된 일을 처리하도록 분부했다. 군구신 자신은 택을 데리고 운공대륙으로 건너갈 생각이었다.

당장이라도 비연을 현공대륙으로 맞이해 오고 싶은 마음은 굴뚝같았지만, 아직 치러야 할 예식이 적지 않았다. 일단 부친과 함께 가서 혼담부터 넣어야 했다.

며칠 후, 군구신과 택이 대진국 황도에 도착했다.

지금의 세계로 돌아오기 전에도 군구신은 이 화려하고 아름다운 성에 와 있었다. 그런데 이제 다시 이 성에 오게 되니 감정이 남다를 수밖에 없었다. 그는 일부러 말에서 내려 그와 어린 연아가 놀러 다니던 거리를 천천히 걸었다.

택은 이렇듯 번화한 거리를 처음 보았다. 운공대륙은 현공대륙보다 훨씬 번성한 듯했다. 양옆으로 늘어선 상점이며 노점에는 그가 본 적도 없는 물건들이 잔뜩 쌓여 있었다.

천천히 구경하며 걷노라니, 두 형제는 어느새 태부의 저택 앞에 도착했다. 태부부의 대문은 굳게 닫혀 있었다. 택이 고개를 빼어 들고 편액을 읽더니 중얼거렸다.

"황형, 여기가 황형이랑 명신이네 집인 거야?"

군구신도 감동 어린 눈으로 편액을 바라보다가 택의 머리를 쓰다듬어 주었다.

"지금부터는 네 집이기도 하단다."

택이 군구신을 바라보더니 열심히 고개를 끄덕였다.

군구신이 그의 손을 잡고 담담하게 말했다.

"가자. 집에 돌아가야지."

군구신이 문을 두드리자 곧 늙은 하인이 문을 열었다. 군구신은 한눈에 진 숙부라고 불리는 이 하인을 알아보았으나, 진 숙부는 그를 알아보지 못했다.

군구신이 잔잔하게 미소 지으며 말했다.

"진 숙부, 그동안 무탈했는가."

진 숙부가 의심 어린 표정으로 중얼거렸다.

"손님께서는……."

그때 갑자기 꼬맹이가 튀어나오더니, 늙은 하인의 어깨를 뛰어넘어 군구신의 어깨 위로 뛰어올랐다. 그러고는 10여 년 전과 마찬가지로 군구신의 얼굴에 친밀하게 몸을 비비며 찍찍거렸다.

진 숙부는 마침내 눈앞의 남자가 누구인지 알아차렸다. 그는 감동에 젖어 재빨리 절을 하며 말했다.

"노비, 주인님께서 돌아오심을 경하드립니다!"

군구신은 고개를 끄덕인 다음 택과 함께 저택 안으로 들어갔다. 저택은 초목이 무성한 것 외에는 전혀 변한 곳이 없었다.

군구신이 화려한 정원을 지나 다실에 도착하니, 고북월이 뒷짐을 진 채 문 앞에서 그들을 기다리고 있었다.

부자가 서로 만나니, 마음에 쌓여 있던 수많은 감정이 결국은 잔잔한 바람 같은 미소로 변했다. 군구신이 공손하게 예를 행하며 말했다.

"아들이 돌아왔습니다."

고북월이 그를 한번 살펴보더니 직접 일으켜 세웠다. 그는 하고 싶은 말이 많은 듯했으나 결국은 삼켜 버리고 말았다.

"나와 네 어머니는 네가 무척이나 그리웠다. 네가 돌아왔으니…… 좋구나."

군구신이 물었다.

"어머니와 명신은 잘 지내고 있는지요?"

군구신은 이미 명신의 병세가 안정되었으나 앞으로도 한동안 치료를 받아야 한다는 소식을 들은 후였다. 그랬기에 이번에 부친 한 사람만 오기를 청한 것이기도 했다.

고북월이 말했다.

"모두 잘 지내고 있으니 안심하거라."

군구신은 그제야 고개를 끄덕였다.

고북월이 택에게로 시선을 돌리자, 택은 조금 부끄럽기도 하고 이유 없이 겁도 났다. 그는 본능적으로 이 고 태부가 아주 좋은 사람이라는 건 알고 있었지만 어머니처럼 친근하게 여겨지지는 않았다.

고북월이 택의 머리를 쓰다듬더니 그의 얼굴을 진지하게 살펴보았다. 그러고는 곧 안심한 듯 미소 지었다.

"어머니가 네 얼굴을 잘 보고 오라고 말하더구나. 이제 네 어머니도 안심할 수 있겠다."

고북월의 온화한 미소를 본 택이 제 얼굴을 만지작거렸다. 이제 긴장이 좀 풀리는 것 같았다.

고북월이 말했다.

"명신이 나아지고 나면 어머니와 함께 바로 진양성으로 갈 거라고 하더구나. 네가 어머니와 명신이 보고 싶다면, 수하를 시켜 그들에게 보내 주마."

택이 기쁜 표정으로 연신 고개를 끄덕이다가 결국 참지 못하고 소리 내어 말했다.

"네. 저, 저는 명신이 무척 보고 싶어요."

군구신은 그만 웃고 말았다. 어쩌면 비연이 꾀를 낼 필요도 없이, 어머니 혼자서도 택이 환속하도록 설득할 수 있을지도 모른다는 생각이 들었다.

택은 군구신과 함께 태부의 저택에서 하룻밤을 쉰 후, 다음 날 아침 영주를 향해 출발했다. 택을 배웅한 군구신은 구혼을 하기 위해 부친과 함께 황궁으로 향했다.

군구신이 태부의 아들이라는 신분이었다면 부마로 봉해졌을 테고, 구혼에 관련한 복잡한 예식은 필요 없었다. 그러나 군구신은 군씨 가문 가주의 신분으로 구혼할 생각이었고, 고북월은 양부의 신분으로 동석할 예정이었다.

그런데 구혼하러 가는 두 부자의 손이 텅 비어 있었다. 그들은 심지어 시종조차 대동하지 않았다.

그리고 궁 안에서는 용비야가 좋은 차를 준비하고 기다리고 있었다…….

군구신의 예물

혼담을 청하는 목적은 보통 두 가지다. 하나는 양측 부모가 정식으로 만나는 것이고, 또 하나는 예물을 전하는 것이다. 군구신에게는 사실 예물을 전하는 것만 남아 있었다.

군구신과 고북월이 도착했을 때, 용비야와 한운석이 앉아 있는 것이 보였다. 고칠소가 한운석의 오른쪽에 앉아 있었고, 헌원예가 용비야의 왼쪽에 앉아 있었다. 소소옥이며 다른 하인 몇 명 외에는 방 안에 다른 사람은 없었다.

그렇다. 운공대륙의 풍속에 따르면 비연은 이 자리에 있을 수 없었다. 그리고 구혼부터 실제 혼례를 치르는 날까지, 신랑과 신부는 서로 얼굴을 보지 않는 것이 상례였다.

군구신은 비연이 보이지 않자 운공대륙의 풍속을 떠올리고 조금은 실망했다. 그러나 곧 정신을 가다듬고, 고북월과 함께 성큼성큼 걸어 들어갔다.

다른 사람이었다면 군구신과 고북월이 텅 빈 손으로 오는 것을 보고 바로 축객령을 내렸을 것이다. 그러나 이 자리에 있는 네 사람 모두 전혀 놀라지 않았다.

헌원 황족에게 부족한 것이라곤 아무것도 없었다. 금을 거대한 수레에 가득 채워 예물로 가져온다 하더라도 용비야와 한운석의 눈에는 차지 않을 것이다. 아니, 금이 아니라 그 무엇을 가져온다 해도 용비야와 한운석의 눈에 들 리 만무했다.

그런 이유로 두 부자가 아무것도 가져오지 않은 것은 오히려 모두가 예상할 수 있는 바였다.

두 부자가 예를 행하자 용비야가 그들에게 자리를 권했다. 군구신과 고북월이 자리에 앉자 시녀가 차를 가져왔다.

용비야는 단정한 자세로 앉아 아무 말도 하지 않았고, 한운석은 팔걸이에 살짝 기댄 채 강 건너 불구경하듯 한가한 표정을 지었다. 헌원예는 몇 번이고 곁에 있는 휘장을 바라보았다. 아무래도 그 뒤에 누군가가 있는 것 같았다.

서로 너무나 잘 아는 사이였지만, 지금은 모두 별 이유도 없이 긴장하고 있었다. 용비야는 한마디도 하지 않았지만, 그 차갑고 엄숙한 얼굴이며 패기 넘치는 기운이 다른 이들을 긴장하게 만들기에 충분했다.

예전에 군구신이 강산을 예물로 주겠다고 했던 일은 모두 알고 있었다. 그러나 지금 현공대륙 강산은 이미 비연의 것이니, 군구신은 대체 무엇으로 구혼을 할 수 있을까? 오늘 군구신과 고북월이 용비야가 만족할 만한 예물을 내놓지 못한다면, 이 혼사가 성사되기 그리 쉽지 않을 것은 자명한 일이었다.

모두 적막 속에서 차를 마시고 있었다. 마침내 모두 찻잔을 내려놓았을 때, 고칠소가 제일 먼저 입을 열었다. 그는 물론 군구신 편이었다.

"북월, 이 차 괜찮지?"

고북월이 잔잔하게 미소 지었다.

"태황께서 내리시는 차인데, 당연히 천하의 명품이지."

용비야와 한운석은 돌아온 이후 황위를 돌려받지 않았을 뿐 아니라 조정 일에도 관여하지 않았다. 그들은 그저 오랫동안 예아가 감당했던 오해를 풀어 주기만 했다. 조정 대신들을 초청한 식사 자리에서 별로 중요하지 않은 한담만 나눈 것이다.

그들이 얼굴을 내미는 것만으로도 온갖 유언비어가 사라졌다. 예아는 여전히 대진국의 황제였고, 그들 두 사람은 태황과 태후가 되었다.

고북월의 말을 들은 고칠소가 용비야와 한운석의 젊은 외모를 살피더니 참지 못하고 소리 내어 웃기 시작했다.

"됐어, 됐어. 이 차는 내가 구해 온 거라고."

고북월 역시 웃으며 말했다.

"남산홍이라면 나도 알아볼 수 있지."

고칠소가 재빨리 말했다.

"내가 다 준비를 끝내 놨다고. 혼례에서는 우리 남산홍을 마시면 될 거야. 술은 영승이 가장 독한 것으로 준비해 오겠지! 아마 우리 모두 취하기 전에는 자리를 뜰 수 없을걸."

고북월이 웃으며 아무 말도 하지 않았다. 군구신의 마음도 따뜻해졌지만 아무 말도 하지 않았다.

이곳은 혼례를 어떻게 치를지 의논하는 자리가 아니라 구혼을 하는 자리 아닌가. 고칠소는 다들 긴장하고 있는 것을 보고 분위기를 누그러뜨릴 생각으로 이런 말을 꺼낸 거였다. 그런데 용비야가 안색 하나 바꾸지 않는 것은 둘째 치고, 고북월과 군구신조차 말을 제대로 안 받아 주는 게 아닌가.

고칠소가 미간을 찌푸리며 한운석을 바라보았지만, 그녀는 여전히 나른한 자세로 기대앉아 있었다. 마침내 고칠소가 불쾌한 듯 말했다.

"우리는 모두 같은 집안 사람이나 마찬가지인데, 이렇게 좋은 일에 왜들 그렇게 엄숙한 표정들이지? 이러면 재미있나?"

그때 고북월이 몸을 일으키더니 용비야와 한운석에게 읍하며 말했다.

"오늘 제가 아들 구신을 데리고, 연 공주님께 혼담을 올리려고 왔습니다. 제 아들놈의 사람 됨됨이며 연 공주님에 대한 마음에 대해서는 불필요한 말을 줄이겠습니다. 제 아들이 연 공주님께 천하를 예물로 드리겠노라 약속드렸습니다. 오늘 제 아들이 그 약속을 지키기 위해 예물로 건명보검을 가져왔으니, 두 분께서는 웃으며 받아 주시기 바랍니다!"

고북월이 말을 마치자마자 군구신이 몸을 일으키더니, 등 뒤에 지고 있던 건명보검을 꺼내 두 손으로 내밀었다. 겸손하고 예의 바른 동작이었지만 비굴한 구석이라고는 없이 담담하고 의젓했다. 그는 미래의 장인 앞에서 긴장하거나 하지 않았다. 최소한 이 일에 관해서만은 긴장하지 않을 것이다. 그가 고개를 들고 맑은 눈빛으로 용비야를 직시하며 말했다.

"건명력이 이 검 안에 있습니다. 저는 이 검과 힘을 예물로 삼아 연 공주께 청혼하고자 하오니, 두 분께서 도와주시기 바랍니다."

이 말이 떨어지는 순간 그 자리에 있던 모든 이들이 침묵에 빠져들었다.

건명력이 봉황력보다 한 수 위니, 군구신이 원하기만 하면 현공대륙 강산을 취하는 일은 손바닥 뒤집기만큼이나 쉬운 일이었다. 건명보검을 예물로 삼는다는 것은 확실히 강산을 예물로 가져오는 것과 같은 의미였다!

이것은 또 다른 의미에서도 역시 놀라운 일이었다. 다들 알다시피 건명력은 군구신이 현공대륙에서 자리 잡을 수 있는 근본이나 마찬가지였기 때문이다.

그가 건명보검을 용비야와 한운석에게 예물로 준다는 것은 그저 머리를 숙이고 신하가 되겠다는 의미일 뿐 아니라, 현공대륙에서 자리 잡을 수 있는 유일한 패를 잃는다는 의미이기도 했다. 군구신은 이제 초보 단계의 진기부터 다시 수련해야 했다. 바꿔 말하자면, 건명보검을 잃은 그는 현공대륙에서는 폐물이나 마찬가지인 존재였다.

그런데도 그렇게 하겠다고?

하기야, 목숨조차 내놓았던 군구신이 아닌가. 그런 그가 검한 자루에 연연할 리 만무했다.

모두 그가 이런 방식으로 '강산을 예물'로 삼으리라고는 생각지 못했으나, 또한 생각해 보면 이 방법밖에 없었다. 어쨌든 그는 어린 시절부터 연아에게 이리도 진심이었던 것이다.

모두 감동한 듯 조용해져 있었다. 마침내 한운석이 몸을 일으키더니 건명보검을 받아 직접 용비야에게 건넸다.

그녀는 용비야가 승낙할지 아닐지에는 신경 쓰지 않았다. 어쨌든 그녀는 승낙할 수밖에 없었으니까.

별 능력이 없는 사람이라면 연아에게 머리를 숙이고 온 마음을 다 준다 해도 한운석은 눈에 들어 하지 않았을 것이다. 그러나 왕도 황제도 될 수 있는 남자가 달가운 마음으로 신하가 되겠다고 하다니, 이것은 진심으로 사랑에 빠졌다는 증거가 아닌가? 한운석에게는 이것만으로 충분했다.

용비야는 사실 군구신을 괴롭힐 생각이 없었다. 그는 군구신이 연아를 배반했던 사건의 진실을 알게 된 후, 군구신을 사위로 인정하고 있었다. 그게 아니었다면 행궁에서 그렇게 쉽게 군구신에게 구혼하러 오라고 승낙하지 않았을 것이다. 다만 군구신이 예전의 약속을 대체 어떤 방식으로 지키는지 보고 싶었을 뿐이었다.

용비야가 건명보검을 받은 다음 말했다.

"이 검은 곧 천하를 의미하지. 좋다! 이 예물, 우리 부부가 받기로 하겠다!"

이 말을 들은 순간 모두 안도의 한숨을 내쉬었다. 특히 군구신과 고북월이 더더욱 그러했다.

고북월이 말했다.

"태황 폐하, 태후마마, 감사드립니다. 저와 아들은 이제 돌아가 준비를 하고, 길일을 택해 혼례를 치르러 오겠습니다!"

예절을 생각한다면 혼례가 정해진 후 그들은 분명 돌아가야 했다. 그러나 용비야와 한운석이 입을 열기도 전에 고칠소가 불쾌한 듯 말했다.

"고북월, 이미 결정이 난 상황인데 예의범절 차리는 일은 여기까지만 하지? 어렵게 궁에 들어왔으니 차라도 더 들면서 우리와 시간을 좀 보내고 가면 안 되겠나? 대체 왜 그리 조급한 거야? 이 혼사는 이제 날짜만 정하면 되는 일 아닌가? 영자가 이미 다 준비해 놓고 있다는 사실을 모르는 사람이라도 있나?"

고칠소의 말이 옳았다. 군구신은 이미 망중 일행에게 분부해 혼례 준비를 시키는 한편 길일도 알아본 상태였다.

고북월은 긍정도 부정도 하지 않았고, 군구신 역시 가만히 있었다. 그때 고칠소가 한운석에게 눈짓을 하자 그녀가 입을 열었다.

"북월, 소칠의 말이 옳아요. 혼사가 정해졌으니 까다로운 예의는 여기까지만 지키도록 하지요. 용비야와 함께 며칠 지내며 바둑이라도 두도록 해요. 영자도 며칠 더 머물면서 모두와 회포를 풀어야지. 그렇게 조급하게 궁을 떠날 필요 없겠지."

한운석이 하인에게 바둑판을 가져오게 한 후 말했다.

"어젯밤에 용비야와 바둑을 두다가 옴짝달싹하지 못할 지경에 이르렀지 뭐예요. 좀 도와줘요. 어떻게 해야 빠져나올 수 있을지……."

고칠소가 재빨리 끼어들었다.

"독누이가 옴짝달싹하지 못한 판이라고? 나도 봐야겠어!"

한운석과 고칠소가 이렇게 한마디씩 주고받는 이유는 바로 연아와 영자가 서로 만날 기회를 주기 위해서였다.

물론 이 정도 연기로 용비야와 고북월을 속일 수 있을 리 만무했다. 그러나 용비야와 고북월 모두 약속이나 한 듯 속아 넘어가 주며 열심히 바둑판을 들여다보기 시작했다.

　한운석이 용비야 곁에 서서 그의 시선을 가로막은 사이, 고칠소가 재빨리 군구신에게 눈짓했다.

　군구신이 고칠소가 가리키는 방향을 바라보니, 휘장 뒤에서는 연아의 그림자가 그에게 다가오라는 듯이 손을 내밀고 있었다…….

먼저 보양을 해야 합니다

거대한 다실은 무척 조용했다.

용비야와 고북월이 마주 앉은 채 바둑판을 응시하고 있었다. 한운석은 용비야 곁에 서 있었고, 헌원예와 고칠소는 고북월 곁에 바싹 달라붙어 역시 바둑판을 보고 있었다. 군구신 혼자 한옆에 방치된 느낌이었다.

군구신이 모두를 바라보다가, 다시 휘장 뒤에서 빠져나온 작은 손을 보며 망설였다. 그도 연아가 몹시 보고 싶었다. 그러나 오늘은 구혼하러 온 것이니, 미래의 장인 앞에서 몰래 연아를 만나러 가는 것은 옳지 않은 일 같았다.

고칠소와 헌원예는 바둑판을 보는 척하면서도 계속 군구신을 흘깃거렸다. 그러나 군구신이 계속 움직이지 않자 헌원예는 속으로 웃었다. 그렇게 오랜 세월이 흘렀는데도 모든 것이 변함이 없는 것 같았다.

어린 시절, 부황이 있는 곳에서 그와 군구신은 언제나 규율을 지켰고 연아만이 제멋대로 굴곤 했다. 연아가 그들을 부추길 때면 그들은 몇 번이나 고민하고 진지하게 상의한 끝에 결정을 내렸다.

고칠소는 군구신이 움직이지 않는 것을 보고 마음이 급해진 듯, 한 손을 뒤로 뻗어 군구신에게 빨리 지나가라고 손짓했다.

고칠소는 속으로 원망하듯 중얼거리고 있었다.

'이 녀석, 명신보다 더 고북월 친자식 같군. 귀찮아 죽겠네!'

군구신은 고칠소의 재촉에는 주의를 기울이지 않았지만, 비연의 손이 휘장 속으로 사라지자 갑자기 다급해져 아무것도 생각하지 않고 쫓아가기 시작했다. 그러나 그가 휘장 안으로 들어서도 비연은 그림자조차 보이지 않았다.

어디에 있을까?

휘장 뒤로는 긴 회랑이 이어져 있었다. 바로 그들이 어린 시절 항상 함께 놀던 곳이었다. 군구신은 비연이 자신을 놀린다고 생각하며, 회랑을 따라 숨바꼭질하던 곳을 두루 찾아보았지만 그녀는 어디에도 보이지 않았다.

지금 이 궁 안은 안전할 뿐 아니라 비연의 능력이 있으니 그녀가 누군가에게 납치당하거나 하는 일은 있을 수 없었다. 그러니 비연 스스로 숨은 것이 분명했다. 어린 시절에도 비연은 그에게 궁 전체는 물론이고 성 전체를 뒤지게 만들곤 했다.

군구신은 텅 빈 정원을 바라보며 어쩔 수 없다는 듯 웃고 나서 계속 찾기 시작했다. 그러나 사실 비연은 몸을 숨긴 게 아니라 조 할멈에게 끌려간 상태였다. 지금 그녀는 커다란 솥에서 고아지고 있는 삼계탕을 보며 울지도 웃지도 못하고 있었다.

조 할멈은 원래 부황을 시중들던 늙은 시종으로, 후에 부황이 모후에게 상으로 보낸 사람이었다. 그러니 이 궁에서 가장 원로급에 속하는 하인이라 할 수 있었다.

그녀의 옷차림은 소박했고 얼굴은 자상해 보였다. 머리는 온통 하얗게 세어 있었지만 얼굴은 여전히 불그레한 것이 아주 원기 있어 보였다. 그녀는 능숙하게 삼계탕을 비연 앞에 내려놓고, 직접 숟가락을 건네주며 활짝 웃었다.

"공주님, 어서 뜨거울 때 드세요! 제가 장장 10년 동안 키운 암탉으로 끓였답니다. 게다가 천 년 묵은 설삼도 넣었어요. 허한 곳을 보양해 주고, 기운도 살려 줄 거예요."

비연이 조 할멈을 쳐다보고, 다시 삼계탕을 내려다본 후 웃으며 말했다.

"내 생각에 이 탕을 나보다는 모후께 드리는 게 좋을 것 같아. 나는 아직 젊으니 그렇게 보양할 필요가 없다고. 영 오라버니가 기다리고 있으니 어서 가 봐야겠어."

말을 마친 비연이 자리에서 일어나자 조 할멈이 재빨리 그 앞을 막아섰다. 그리고 비연을 다시 앉힌 후 엄숙한 얼굴로 말했다.

"공주님, 지금 만나시면 길하지가 않답니다! 게다가 속설에 따르면, 잠시 떨어져 있어야 부부 사이가 좋아진다고도 하잖아요? 신혼 전에 잠시 떨어져 계시면, 신혼 후에는 더욱……."

조 할멈이 갑자기 무슨 생각을 했는지 말을 멈추더니, 비연을 향해 애매한 미소를 날렸다.

"여하튼 달라질 거라니까요! 그러니 공주님, 이 늙은이의 말을 들어주세요. 이 늙은이가 경험자니까요."

비연이 의심 어린 눈초리로 바라보며 물었다.

"경험자?"

평생 홀로 살았으면서 대체 무슨 경험을 했다는 걸까?

조 할멈이 웃으며 재빨리 설명했다.

"이 늙은이가 공주님 부황 폐하와 모후마마의 시중을 들었잖아요. 여하튼 늙은이 말을 들어 손해날 것이 없다니까요. 어린 시절에도 계속 공주님이 쫓아다니셨으니, 지금은 쫓아오게 만드셔야 할 때라니까요. 혼례 때까지는 좀…… 내버려 두실수록 좋아요. 가장 좋은 건 영자 주인님께서 밤이고 낮이고 공주님을 생각하게 만드는 것이죠. 그렇게 되면 영자 주인님께서는 공주님 곁을 떠날 생각도 하지 못하고 찰싹 붙어 계시게 될 테니까요."

비연은 여전히 의심스러운 표정이었다.

조 할멈이 재촉했다.

"연 공주님, 어서 삼계탕을 드세요. 저는 원래 공주님을 따라 현공대륙으로 가서 시중을 들려 했지만, 안타깝게도 주인님께서 허락하지 않으시네요. 그래도 준비는 해 두었어요. 오늘부터 매일 삼계탕을 끓여 드릴 거고, 또 암탉을 열 마리 준비해 드릴 테니 진양성에 가져가 이틀에 한 번씩 끓여 드세요."

말을 마친 조 할멈이 고민스러운 표정을 지었다.

"그렇게 하면…… 충분하겠지요? 이 늙은이가 방금 영자 주인님을 열심히 살펴보았는데, 아무래도 밤에 공주님을 꽤 괴롭히실 것 같은데……."

비연이 조 할멈의 말뜻을 이해하지 못하고 물었다.

"뭐라고?"

조 할멈이 다시 애매한 미소를 날리며 말했다.

"아휴, 별말 아니었어요. 자, 어서 삼계탕을 드세요. 다 드시면 이 늙은이가 수업을 시작할 테니!"

비연은 여전히 의심스러운 표정이었다.

"수업?"

조 할멈이 웃으며 고개를 끄덕였다.

"곧 성혼하실 터이니, 공부하셔야지요!"

비연은 마음이 급했기 때문에 일단 삼계탕을 꿀꺽꿀꺽 마시고는 말했다.

"조 할멈, 우리 내일 수업하도록 해. 난 갑자기 급한 일이 생각나서 가 봐야겠어!"

조 할멈이 제지하려 했으나 비연은 재빨리 빠져나가 모습을 감췄다.

도망쳐 나온 비연이 한숨을 쉬었다. 어린 시절 부황이 매일 모후에게 삼계탕을 먹이려 하는 것을 보고 몰래 웃곤 했다. 그런데 그녀에게도 이런 날이 오다니.

10년 묵은 암탉이라고? 너무 무섭잖아!

조 할멈이 쫓아 나왔으나, 비연이 보이지 않자 탄식하며 걸음을 멈췄다. 대신 돌아가 다시 삼계탕을 끓이기 시작했다. 그녀의 두 주인이 벌써 며칠째 늦게 일어나고 있으니, 잘 보양해 드려야만 하니까.

비연이 다실 쪽으로 돌아왔을 때 군구신은 보이지 않았다. 궁 안을 돌아다니며 군구신을 찾기 시작했지만, 안타깝게도 두 사람은 계속 엇갈리기만 했다.

결국 태부가 부황과의 바둑을 끝내고 이미 돌아갔다고 시종이 전했다. 군구신 역시 돌아갔다는 의미였다.

비연은 점점 더 군구신이 보고 싶어 견딜 수가 없었다. 아무리 생각해도 조 할멈의 말이 생억지로밖에는 들리지 않았다. 그녀는 기회를 보아 궁 밖으로 빠져나가 군구신을 만나야겠다고 생각했다.

그러나 이게 웬일일까. 다음 날부터 계속 모후와 조 할멈이 그녀를 끌고 가서 혼례에 필요한 각종 물건을 준비하지 않으면, 부황과 오라버니가 그녀를 끌고 가서 차를 마시고 무공을 연습하려 하는 게 아닌가. 그녀가 마침내 궁을 빠져나갈 기회를 잡았을 때는 군구신이 현공대륙으로 돌아간 뒤였다.

그나마 다행인 것은 혼례가 다음 달이라는 것이었다. 즉 군구신은 진양성으로 돌아간 후 바로 다시 그녀를 맞이하러 올 것이다.

군구신은 비연을 보지 못해도 처음에는 담담했다. 그러나 떨어져 있는 시간이 길어질수록 그 역시 비연이 보고 싶어 견딜 수가 없었다. 다행히도 그는 대부분의 시간을 바쁘게 보내거나 길에서 보내고 있었다.

한 달이 지났다. 유난히도 날이 활짝 갠 오전, 군구신이 호탕하게 행렬을 이끌고 대진국 황도에서 가장 번화한 거리를 지나고 있었다. 집집마다 수많은 사람이 거리로 나와 혼례 행렬을 구경했다.

행렬이 마침내 궁 앞에 도착했다. 군구신은 모두를 그 자리에 기다리게 한 후 말에서 내려 홀로 궁문 안으로 들어갔다.

혼례 행렬은 대건국 진양성에서 대진국의 황도까지 한 달 동안 이동해 왔다. 덕분에 양쪽 대륙 사람 모두 군구신이 연 공주를 맞이하려 한다는 것을 알고 있었다. 대진국 황도 백성 모두 연 공주가 마침내 꿈을 이뤄 사랑하는 사람에게 시집을 간다며 축하했다.

궁에 들어간 군구신이 조 할멈의 안내를 받아 비연이 거처하는 금화궁으로 향했다. 그곳에서는 고칠소와 헌원예가 군구신을 위한 시험을 준비하고 있었다…….

〈제왕연〉 20권에서 계속